KB196177

이반 데니소비치의 하루

이반 데니소비치의 하루

A. 솔제니친 지음 | 이동현 옮김

문예출판사

ODIN DEN'IVANA DENISOVICHA

Aleksandr Isayevich Solzhenitsyn, 1962

오전 5시, 언제나처럼 기상 신호가 울렸다. 본부 막사 앞에 매달아놓은 레일 토막을 망치로 치는 소리다. 손가락 두 개 정도의 두께로 성에가 얼어붙은 유리창을 통해서, 끊어질 듯 이어지는 희미한 음향이 흘러들어오다가 이내 잠잠해졌다. 날씨가 추우니까 간수도 망치를 오래 휘두르기가 싫은가 보다.

기상 신호는 울렸으나 창밖은 한밤중이다. 슈호프가 밤중에 소변을 보러 일어났을 때와 마찬가지로 바깥은 여전히 암흑, 캄캄한 암흑이다. 유리창에는 세 개의 누르스름한 불빛이 어려 있다. 두 개는 수용소 외곽에, 나머지 하나는 철조망 울타리 안에 달아놓은 것이다.

어쩐 일인지 막사 출입문을 열러 오는 기척도 없고, 당번 죄수들이 막대기로 똥통을 들어내는 소리도 아직 들리지 않는다.

이반 데니소비치 슈호프는 기상시간에 늑장을 부리는 일이라곤 한 번도 없었다. 언제나 기상 신호가 울리자마자 자리에서 일어났다. 작업 출동까지는 한 시간 반이라는 자유시간이 있다. 수용소 생활에 익숙해진 죄수라면 이 시간을 이용해서 얼마든지 '부업'을 할 수도 있다. 주문을 받아 낡은 안감으로 벙어리장갑에 씌울 주머니를 만들어주는 것도 벌이가 되고, 자주 고향에서 보내오는 소포를 받는 '부유한' 동료가 자리에서 일어나 수북이 쌓인 신발 더미 앞에서 맨발로 서성이지 않도록 밤새 말린 그의 방한화를 찾아 침상 앞에다 잽싸게 갖다 바치는 일도 할 만하다. 그렇지 않으면 일손이 모자라는 보급계 창고로 달려가서 청소를 하거나 무엇을 날라주거나 하는 일도 좋다. 아니면 식당에 가서 먹고 난 식기를 거둬 모아 한아름 안고 설거지통 앞으로 갖다주는 일 역시 괜찮다.

그러나 거기는 지원자가 너무 많아서 오히려 귀찮아할 지경이다. 어쩌다 먹다 남은 찌꺼기라도 얻어걸리면 그릇 밑바닥을 싹싹 핥는 재미도 있으니까. 하지만 슈호프는 처음 수용소 생활을 시작할 때의 작업 반장이던 쿠조민의 말을 언제까지나 깊이 명심하고 있었다. 1943년에 이미 강제 노동 수용소 생활이 3년째라던 쿠조민은 수용소의 늙은 늑대라는 별명을 가지고 있었다. 언젠가 그는 밀림 속 빈터에 피운 모닥불 옆에서, 전선으로부터 새로 압송되어온 슈호프에게 이런 말을 했다.

"여보게, 여긴 법이라는 게 없단 말야. 있다면 이 밀림과 같은 거야. 그렇지만 이런 데서도 얼마든지 목숨을 부지해갈 수는 있어. 수용소에서 죽는 놈이 있다면, 그건 남의 죽그릇을 핥으려는 녀석들, 뻰질나게 의무실에 드나들며 편히 누워 있을 궁리만 하는 녀석들, 그리고 쓸데없이 간수장을 찾아다니는 녀석들, 바로 그런 친구들이지."

간수장을 찾아다닌다는 건 밀정 노릇을 한다는 뜻인데, 이것은 은연중에 그의 울분을 토로하는 말이었다. 밀정 노릇을 하는 자들은 처세술이 능란하기 짝이 없다. 그들은 동료들의 피를 희생시켜 제 몸의 안전만을 꾀하는 놈들이다.

언제나 기상 신호가 울리면 제일 먼저 일어나는 슈호프가 오늘은 도무지 일어날 생각을 않는다. 엊저녁부터 오슬오슬 춥기도 하고, 어디가 쑤시는 것 같기도 해서 기분이 몹시 언짢았는데, 밤중에도 좀처럼 몸이 녹지 않았다. 잠을 자면서도 꼭 무슨 병에 걸린 것처럼 느껴지기도 하고, 좀 나아지는 것 같기도 했다. 제발 날이 새지만 말아주었으면 하는 생각뿐이었다.

그러나 아침은 어김없이 찾아왔다.

하기는 막사 안에 그냥 누워 있을 수 있다 해도 몸이 녹을 리는 만무하다. 창문에는 얼음이 꽁꽁 얼어붙고, 천장 가까운 벽에는 온통 흰 거미줄 모양의 성에가 치렁치렁 눌어붙어 있다. 말이 막사지 이건 한데나 조금도 다를 것이 없다!

슈호프는 일어나지 않았다. 그의 잠자리는 다락처럼 된 위쪽 침상에 있었다. 그는 담요와 작업복을 머리 위까지 푹 뒤집어쓰고 솜저고리 소매 속에 두 발을 넣은 채 그냥 누워 있었지만, 직접 눈으로 보지는 못해도 귀에 들어오는 소리로 막사 안의 동정을, 그리고 자기가 속해 있는 작업반원들의 움직임을 환히 알 수 있었다.

흠, 늙은 당번 죄수들이 여덟 말(斗)들이 묵직한 똥통을 복도로 들어내고 있구나. 작업 불능자라고 해서 가벼운 일을 시킨다는 게 똥통을 나르는 일이라니! 그득 들어 있는 똥물을 흘리지 않고 나르기란 결코 쉬운 일이 아니다. 그건 그렇고, 제75작업반에서 건조기에 말린 방한화를 한아름 갖다 던지는 소리가 난다. 그 다음은 우리 작업반에서 가져올 게다(그러고 보니 오늘은 우리 반도 신발을 말릴 차례로구나). 반장과 부반장이 지금 말없이 신발을 신고 있다. 침상이 삐걱거리는 소리로 알 수 있다. 부반장은 곧 반원들에게 분배할 빵을 받으러 갈 테고, 반장은 명령을 수령하러 본부 막사에 있는 생산계획부로 가겠지.

하지만 오늘은 여느 날처럼 단순히 명령 수령만을 위해 가는 것이 아니다. 슈호프는 오늘 자신들의 운명이 결정된다는 것을 기억했다. 상부에서는 우리 제104작업반의 배치를 현재의 공장 건설 작업장으로부터 새로운 건설 지구인 '사회주의 단지'로 변경시킬 예정이라고 했다. 그러나 '사회주의 단지'라는 것은 눈 덮인 허허벌판이어서, 우선은 구덩이를 파고 말뚝을 세워, 우리 스스로 탈주를 막기 위한 철조망부터 쳐놓아야 한다. 그 다음에야 본격적인 건설 작업이 시작되는 것이다.

거기 가면 영락없이 한 달 동안은 몸을 녹일 만한 장소도 없을 것이다. 움막집 한 채 없는 곳이라니까 불을 피울 수도 없을 것이다. 도대체 무엇으로 불을 피운단 말인가? 빳빳한 동태가 되지 않으려면 죽어라 곡괭이를 휘두르는 수밖에.

반장은 어떻게든 이 문제를 좋게 해결해보려고 지금 생산계획부의 작업할당계를 만나러 가는 것이다. 우리 대신에 어수룩한 다른 작업반을 보내려는 속셈이다. 물론 빈손으로 가서는 말이 통하지 않는다. 하다못해 돼지기름이라도 반 킬로그램쯤 갖다 바쳐야 한다. 아니, 1킬로그램은 채워줘야 할 게다.

어쨌든 온몸이 금방이라도 부서질 것만 같으니 큰일이다. 의무실에 찾아가, 하루만이라도 작업을 면제시켜달라고 부탁해볼까? 밑져야 본전 아닌가!

오늘 당직 간수는 누구더라?

그렇지, 눈깔이 새까만 키다리 하사가 당직을 설 차례다. 얼른 보기엔 굉장히 무서운 것 같지만, 알고 보면 간수 중 누구보다도 이해심이 있는 친구다. 영창에 집어넣는 일도 없고, 감독관한테 끌고 가는 법도 없다. 하여튼, 제9호 막사 죄수들이 아침을 먹으러 갈 차례가 돌아올 때까진 좀더 누워 있어도 되겠지.

침상이 삐걱 소리를 내며 흔들리는가 했더니 한꺼번에 두 사람이 자리에서 일어났다. 위쪽 침상에서는 슈호프 곁에 누워 있던 침례교 신자 알료샤가 일어나고, 아래 침상에서는 전직 해군 중령인 부이놉스키가 일어난 것이다.

똥통 두 개를 다 들어낸 당번 죄수 노인들이 서로 욕지거리를 하며 다투기 시작했다. 누가 더운물을 떠오느냐 하는 것으로 싸움이 붙은 모양이다. 여편네들처럼 시끄럽게 입들만 놀리고 있구나. 제20작업반의 전기 용접공이 버럭 고함을 친다.

"왜들 시끄럽게 구는 거야!"

그는 방한화 한 짝을 홱 집어던졌다.

"닥치지 못해!"

방한화가 요란한 소리를 내며 기둥에 가서 부딪쳤다. 그리고 잠잠해졌다.

옆의 작업반에서는 부반장이 투덜거리고 있었다.

"바실리 표도르치! 양식계 놈들이 또 속였어. 죽일 놈들 같으니! 네 개 있어야 할 900그램짜리 빵이 세 개밖에 없으니 어떡하지? 부족량을 누구 몫에서 떼란 말야?"

그의 음성은 나직했으나 반원들이 그 소리를 못 들었을 리 없다. 그들은 아마 침을 삼키며 서로 눈치를 살피고 있을 게다. 저녁엔 누구든 한 사람은 빵 한 조각을 덜 받아야 할 판이다.

그러나 슈호프는 톱밥을 넣어 만든 매트리스에 그냥 죽은 듯이 누워 있었다. 차라리 오한증이 확실해지거나 그렇지 않으면 아주 몸이 개운해지거나 어느 쪽이든 분명해지면 좋으련만, 이것도 저것도 아니니 딱한 일이다.

옆의 침례교 신자가 중얼중얼 기도문을 외고 있는 동안, 밖에 나갔던 부이놉스키가 다시 기어들어와서, 누구더러 들으라는 소린지 자못 고소하게 됐다는 투로 중얼거렸다.

"기운을 내라, 붉은군대 수병(水兵)들아! 밖은 영하 30도는 내려갔을 게다!"

이 소리를 듣고 슈호프는, 정말 오늘은 의무실에 가봐야겠다고 결심했다.

그러나 바로 그 순간, 누군가의 위압적인 손길이 그의 담요와 솜옷을 낚아채듯 벗겨버렸다. 슈호프는 얼굴에 덮었던 작업복을 끌어내리며 몸을 일으켰다. 침상과 같은 높이에서 얼굴을 쳐든 채 말라깽이 타타르 하사가 버티고 있다.

그러고 보니 슈호프의 예상과는 달리, 오늘은 이 타타르가 당직인가 보다. 그래서 늦잠을 자는 놈을 잡으려고 살그머니 막사에 기어든 게 분명하다.

"CH-854호!"

슈호프의 검은 작업복 등덜미에 붙은 흰 번호표를 재빨리 보고, 타타르는 판결문을 읽듯 뇌까렸다.

"너는 노동 영창 3일이다!"

쥐어짜는 것 같은 그의 독특한 음성이, 빈대가 들끓는 상하 50개의 죄수용 침상에 200명의 인원을 수용하고 있는 어두컴컴한 막사 안에 울려 퍼지자, 늑장을 부리고 있던 패들이 여기저기서 일시에 자리를 차고 일어나 황급히 옷을 꿰입기 시작했다.

"영창이라니, 간수님, 무엇 때문입니까?"

슈호프는 자기가 실제로 느끼는 것보다 더욱 애절한 어조로 물었다.

그래도 노동 영창이라는 건 중영창(重營倉)에 비하면 약과다. 더운 음식을 얻어먹을 수 있을뿐더러, 서글픈 생각에 잠길 시간적 여유가 없는 게 좋다. 진짜 영창은 작업에도 내보내지 않는 중영창을 말한다.

"기상 신호가 울리면 곧 일어나야 한다는 걸 몰라? 자, 본부로 가자!"

하지만 타타르의 말투는 어딘지 시들하다. 어째서 영창이냐고? 그런 것쯤은 타타르 자신에게도, 슈호프에게도 그리고 막사 안에 있는 다른 죄수들에게도 뻔한 일이 아니던가.

수염 하나 자라지 않은 타타르의 밋밋한 얼굴에는 아무런 표정도 없었다. 그는 고개를 돌려 두 번째 '집토끼'를 찾았으나 자리에 누워 있는 죄수는 하나도 없었다. 위층에서도 아래층에서도 왼쪽 무릎 위에 죄수 번호가 붙은 새까만 솜바지에 허둥지둥 다리를 쑤셔 넣는가 하면, 옷을 다 입은 패들은 앞깃을 여미며 타타르를 피해 밖으로 달아나고 있다.

슈호프는 정말 억울하다고 생각했다. 무슨 다른 일 때문에 영창에 들어가게 되었던들 이렇게까지 분하지는 않았으리라. 여태껏 하루도 빼놓지 않고 언제나 제일 먼저 자리에서 일어나곤 하지 않았던가. 그렇다고 타타르에게 사정해봐야 아무 소용도 없다는 것을 그는 잘 알고 있었다. 그래도 예의를 지키는 뜻에서 형식적으로나마 용서를 빌어야 한다. 그는 바지를 입고(그의 바지 왼쪽 무릎 위에도 역시 CH-854라는 번호가 찍힌 때묻은 헝겊 조각이 붙어 있었다), 솜옷을 걸친 다음(거기에도 앞가슴과 잔등 두 곳에 똑같은 번호표가 붙어 있었다), 마룻바닥에 쌓인 방한화 더미에서 자기 것을 찾아 신었다.

슈호프가 당직 간수한테 끌려가는 것을 104작업반 반원들 가운데 못 본 사람은 없었다. 그러나 누구 한 사람 그를 변호하려 나서지는 않는다. 말해봐야 소용도 없으려니와, 사실 뭐라고 할 말도 없지 않은가! 반장쯤 된다면 한두 마디 할 수 없는 것도 아니다. 그러나 반장은 그 자리에 없었다. 슈호프 자신도 동료들에게 아무 말 하지 않았다. 공연히 타타르의 비위를 건드릴 필요가 어디 있으랴. 그저 얌전히 따라나서는 게 상책이다. 아침은 반원들이 남겨두겠지. 눈치가 빠른 친구들이니까.

두 사람은 밖으로 나왔다.

밖에는 숨을 쉴 수도 없을 만큼 짙은 안개가 끼어 있었다. 추웠다. 두 개의 커다란 탐조등이, 양쪽 끝에 서 있는 망루에서부터 서로 엇갈리며 수용소 안을 비추고 있다. 그 밖에도 철조망 안팎에 가설된 무수한 전등이 별빛을 무색케 할 만큼 휘황하게 빛나고 있다.

비걱비걱 방한화 소리 요란하게 죄수들이 눈을 밟으며 이리 뛰고 저리 뛴다—변소에 가는 사람, 세면장으로 가는 사람, 자기에게 온 식량 소포를 찾으러 가는 사람. 저렇게 '부유한' 죄수들은 보내온 밀가루를 사식 취사장에 맡겨놓고 얼마 동안 배를 두드릴 수 있다. 제각기 다 분주하다.

머리들이 모두 어깨 사이로 움츠러들어 있다. 당장 못 견딜 만큼 추워서라기보다는, 이 혹한 속에서 온종일 꿈틀거려야 한다는 생각 때문이리라. 그러나 타타르만은 기름때가 반지르르한 푸른 깃이 달린 모피 외투에 몸을 감싼 채, 이까짓 추위쯤 문제가 아니라는 듯이 의젓한 자세로 걷고 있다.

그들은 수용소 영창인 석조 건물을 에워싼 판자 울타리를 지나 빵 공장 옆을 통과했다. 죄수들의 침입을 막기 위해 빵 공장 주위엔 철조망을 쳐놓았다. 이윽고 본부 막사 모퉁이를 돌았다. 하얗게 성에를 뒤집어쓴 레일 토막이 굵은 철사에 묶여 기둥에 매달려 있다. 다른 기둥에는 고드름이 주렁주렁 달린 온도계가 걸려 있다. 수은주가 지나치게 내려갈 것을 염려해선지, 온도계는 기둥에 깊은 홈을 파고 그 속에 넣어놓았다. 슈호프는 행여나 하고 희뿌옇게 얼어붙은 유리관을 곁눈질해서 보았다. 만일 영하 41도보다도 내려갔다면 작업장에 끌려나가지 않아도 되기 때문이다. 그러나 41도라면 오늘은 어림도 없다.

본부 막사에 들어서자 슈호프는 곧장 간수실로 끌려갔다. 도중에 눈치채지 못한 것은 아니었지만 간수실에 들어오자, 그는 자기를 기다리는 게 결코 영창이 아니라는 것을 깨달았다. 간수실 마룻바닥이 아직도 지저분한 것을 발견했기 때문이다. 타타르는 슈호프에게 관대히 용서한다고 말하고, 그 대신 마루를 닦으라고 명령했다.

간수실 마루를 닦는 일은, 작업장에 나가지 않는 특수한 죄수들이 할 일이다. 즉 본부 막사 당번들의 직무다. 그러나 그들은 본부에 오랫동안 붙어 있는 사이에 간수장이며 감독관이며, 심지어는 수용소장의 방에까지 마음대로 드나들 수 있게 되어, 자연히 간수들조차 모르는 정보를 들어 알게 되었다. 그러다 보니 언제부터인지는 몰라도 하잘것없는 간수들 따위의 방을 닦는 것은 자기들의 일이 아니라고 생각하게 된 것이다. 처음에는 한두 번 당번들을 불러 주의를 주기도 했으나, 사정이 어떻다는 걸 안 간수들은, 일반 죄수 중에서 아무나 잡아다가 청소를 시켰다.

페치카가 훨훨 타오르고 있었다. 간수 두 사람이 때묻은 셔츠 바람으로 장기를 두고, 다른 하나는 모피 외투에 허리띠까지

매고 장화를 신은 채 벽 옆의 좁다란 벤치 위에 자빠져 자고 있다. 한쪽 구석에 걸레가 든 양동이가 보였다.

슈호프는, 용서한다는 말이 너무나 고마워서 타타르에게 이런 소리까지 했다.

"고맙습니다, 간수님! 앞으론 절대로 늑장을 부리지 않겠습니다."

여기서의 '규칙'은 지극히 간단하다—하라는 일만 끝내면 즉시 돌려보낸다. 영창 대신에 간수실 청소를 명령받자, 슈호프는 몸이 금방 거뜬해지는 것 같았다. 그는 장갑도 끼지 않은 채(너무 서두르는 바람에 베개 밑에 넣어두었던 장갑을 잊고 왔던 것이다), 양동이를 들고 우물로 향했다.

생산계획부로 가던 작업 반장들이 기둥 옆에 옹기중기 모여 있다. 전에 '소련 영웅' 칭호를 가졌던 젊은 친구 하나가 기둥에 올라가서 소매로 온도계를 닦는다.

밑에서는 위에다 대고 잔소리들을 한다.

"야, 입김 불지 마. 올라간다, 올라가!"

"저런 바보 같으니! 수은주가 올라간다니까!"

슈호프네 반장인 추린은 그들 속에 끼여 있지 않았다. 슈호프는 양동이를 땅에 내려놓고, 팔짱을 끼고 서서 호기심 어린 눈으로 그들을 바라보았다.

"쳇, 겨우 27도 5분이야!"

기둥에 올라간 청년은 목쉰 소리로 이렇게 내뱉더니, 다시 한번 얼굴을 가까이 가져다가 확인하고 나서 껑충 밑으로 뛰어내렸다.

"저놈의 온도계는 믿을 수가 없어. 엉터리야!"

누군가 투덜거렸다.

"하긴 수용소에 정확한 걸 달아놓을 리가 있나!"

반장들은 흩어져갔다. 슈호프는 우물로 달려갔다. 끈을 잡아 매지 않은 귀덮개 밑에서 두 귀가 짜릿하게 얼어들어왔다.

우물 둘레에는 얼음이 두껍게 얼어붙어서 두레박이 간신히 기어들어갈 지경이다. 두레박 줄은 막대기나 다름없다.

김이 무럭무럭 나는 양동이를 들고 간수실로 돌아온 슈호프는 추위에 감각을 잃은 두 손을 뜨뜻한 우물물 속에 담갔다. 손이 조금 녹는 것 같다.

타타르는 보이지 않았지만 방 안에는 간수가 네 명 있었다. 장기를 두던 간수도, 벤치에서 자고 있던 간수도 서로 얼굴을 맞대고 둘러앉아서, 1월분으로 수수를 얼마씩이나 받게 될 것인가 하는 얘기로 의견이 구구하다(수용소 부속 부락은 식량 사정이 좋지 않았다. 그래서 일반 부락민들과는 달리 간수들에게는 여러 가지 명목을 붙여 식량을 나눠주고 있었다).

"야, 문 꼭 닫아! 바람이 들어오잖아!"

그들 중 하나가 얼굴을 쳐들고 소리쳤다.

아침부터 방한화를 적셨다가는 큰일이다. 막사 안을 모조리 뒤져도 갈아 신을 신발이 없기 때문이다. 슈호프는 8년간 수용소에서 생활하는 동안, 신발 때문에 갖은 고초를 다 겪어왔다. 방한화라곤 구경도 못하고 겨울을 보낸 적도 있었다. 어느 해

겨울인가 편상화〔목이 긴 구두〕 한 켤레 지급받지 못하고, 바닥에 낡은 타이어 조각을 댄 짚신 비슷한 물건을 신발이라고 꿰신고 다닌 적도 있었다.

최근에는 사정이 퍽 나아진 셈이다. 지난해 10월에 슈호프는 제법 구두코가 딱딱하고 방한용 각반까지 달린 편상화 한 켤레를 지급받았다(실은 부반장과 함께 보급계에 열심히 드나들며 일을 거들어준 덕분에 차례가 온 것이지만). 처음 1주일가량은 굽이 높다란 새 구두를 신고 비걱거리며 신이 나서 돌아다녔다. 게다가 12월에는 제때에 방한화 배급이 나왔다. 죽으란 법은 없는 모양이다.

그런데 이 빌어먹을 놈의 경리부장이 상관의 귀에 대고 이렇게 소곤거렸다—방한화를 받는 놈한테선 편상화는 도로 회수하기로 합시다. 죄수가 신발을 두 켤레씩이나 갖고 있다는 건 도대체 규정에 위반되는 일이니까요……

결국 슈호프는 두 가지 중 하나를 선택하지 않을 수 없게 되었다. 편상화만으로 한겨울을 지내느냐, 그렇지 않으면 해빙기까지 방한화를 신느냐 하는 것이다. 방한화를 받으면 그 대신 편상화는 반납해야 한다. 정성껏 기름을 발라 이제 겨우 길이 들어 신기 좋게 된 새 편상화를 말이다! 오랜 수용소 생활을 통해서 이번의 이 편상화만큼 애석하게 여긴 것은 다시 없었다. 한데 모아서 창고로 가져가면, 봄에 다시 지급된다 해도 자기 손에 굴러들어올 리는 만무하지 않은가……

슈호프는 재빨리 방한화를 벗었다. 쩔렁하고 숟가락이 떨어졌다. 영창에 처넣는다는 바람에 아무 경황도 없었지만, 그래도 숟가락만은 잊지 않았던 모양이다. 그는 방한화를 한쪽 구석에 갖다놓고 발싸개를 그 위에 덮었다. 걸레에 물을 흠뻑 적셔가지고 간수들의 발밑을 향해 맨발로 용감히 돌진했다.

"이놈아, 왜 이렇게 수선을 떠는 거야!"

간수 하나가 발을 번쩍 들며 소리쳤다.

"쌀 말인가? 쌀은 배급 기준량이 달라. 수수와 쌀을 동일한 기준량으로 계산하면 되나!"

다른 하나가 하던 말을 계속했다.

"웬 물을 그렇게 많이 칠해, 이 바보 같은 놈아! 그 따위로 마루 닦는 법이 어디 있어?"

"이렇게 하지 않으면 깨끗이 닦이지 않습니다, 간수님. 마루 틈에 먼지가 잔뜩 끼어서……"

"이런 돼지새끼만도 못한 놈 봤나! 넌 마누라가 마루 닦는 것도 못 봤냐?"

슈호프는 물이 뚝뚝 떨어지는 걸레를 손에 든 채 허리를 폈다. 그러고는 앞니가 숭숭 빠져버린 입을 벌리며 히죽 웃어 보였다. 43년 우스치 이지마 수용소에 있을 때, 괴혈병 때문에 이를 몇 개나 한꺼번에 잃고 만 것이다. 바로 그전에 이질을 앓아서 위장이 몹시 상한 탓으로 얼마 동안 아무것도 먹지 못했는데, 아마 그것이 괴혈병의 원인이 되었던 모양이다. 다행히 죽지 않고 무사히 살아나서, 지금은 다만 말을 할 때 입김이 새는 소리를 낼 뿐이다.

"마누라하고는 41년에 헤어졌기 때문에 어떻게 생긴 여잔지 지금은 생각도 잘 나지 않을 지경입니다."

그는 대답했다.

"하여튼 그런 식으로 닦는 게 아냐. 마룻바닥 하나 제대로 닦을 줄 모르는 이따위 등신 같은 놈들한텐 정말 빵이 아깝다니까! 똥물이나 퍼 먹여야 할 놈들이야."

"도대체 어떻게 닦길래 날마다 닦는데 한 번도 깨끗해지질 못할까? 이봐, 854호! 물을 너무 많이 칠하지 말고 좀 찬찬히 닦으란 말야. 얼른 닦고 꺼져버려!"

"아무튼 자넨 쌀과 수수를 혼동하고 있어!"

간수들은 다시 자기들의 화제로 돌아갔다. 마른 곳이 한 군데도 남지 않도록 겉만 번지르르하게 어름어름 문지르고 나서, 슈호프는 물걸레를 그냥 페치카 뒤에 던져 넣었다. 문지방에서 신을 신고, 양동이에 남은 물을 간수들이 다니는 바깥 통로에 뿌려버렸다. 그러고는 목욕탕과, 아무런 난방 장치도 없는 컴컴한 클럽 건물 옆으로 빠져 식당으로 걸음을 재촉했다.

작업 나가기 전에 의무실에 다녀오려면 서둘러야 한다. 또다시 온몸이 쑤시는 것 같다.

그건 그렇고, 혹시 식당 옆에서 간수한테 들켰다가는 재미없다. 혼자 떨어져서 식당에 가는 놈은 당장 잡아다 영창에 처넣겠다는 수용소장의 엄명이 있었다.

오늘따라 이상하게도 식당 앞은 별로 붐비는 것 같지 않았다. 차례를 기다리고 늘어선 줄도 보이지 않는다. 아무 일 없이 그는 안으로 들어갔다.

문을 통해 들어오는 한기와 국그릇에서 올라오는 김으로 식당 안은 흡사 목욕탕처럼 김이 자욱했다. 앞을 내다볼 수도 없을 지경이다. 작업반별로 식탁에 앉아서 한창 먹고 있는 패들, 통로에 가득 들어서서 이리 밀고 저리 밀리며 자리가 나기를 기다리고 있는 축도 있다.

각 작업반에서 나온 식사 당번들이 목판에 죽그릇과 국그릇을 담아가지고 고래고래 고함을 치면서 자리를 찾아 우왕좌왕하고 있다 — 자, 여기 있다, 이거 받아라! 아니, 목판을 밀면 어떡하는 거야! 저런, 저런! 한 손으로 목덜미를 후려치는군! 잘한다, 잘해! 어쩌자고 길을 막아서는 거야! 남이야 죽그릇 바닥을 핥건 말건 뭣 때문에 흘금흘금 보는 거야, 이놈아……

저쪽 식탁에서는 젊은 친구 하나가 숟가락을 앞에 놓은 채 성호를 긋고 있다. 필시 엊그제 갓 끌려온 서부 우크라이나인임에 틀림없을 게다. 러시아인은 저렇게 손을 들어 성호를 긋는 걸 잊은 지가 이미 오래니까.

식당 안은 춥기 때문에 대부분이 모자를 쓴 채 식사를 한다. 그렇지만 결코 서둘러 먹지는 않는다. 모두들 시꺼먼 양배추 잎사귀를 들춰가며 밑바닥에 가라앉은 썩은 생선 부스러기를 끈기 있게 찾고 있다. 식탁 위에 뱉은 생선 가시가 산더미처럼 쌓이면 교대로 들어온 다른 반원들이 바닥에 쓸어내버린다. 까딱하면 그것을 밟고 미끄러져 벌렁 나자빠지기가 일쑤다. 그러나 처음부터 바닥에 생선 뼈를 뱉는 건 추접스런 짓으로 여겨졌다.

널따란 식당 한복판에는, 기둥 같기도 하고 받침대 같기도 한 것이 두 줄로 늘어서 있다. 그 중 한 기둥 옆에 같은 작업반원 페추코프가 슈호프의 식사를 지키고 앉아 있었다. 페추코프는 슈호프보다 더 하급에 속하는 반원이다. 똑같은 검은 작업복에 똑같은 모양의 번호표를 달고 있어서 겉으로는 모든 작업반원이 동등하게 보이지만, 실은 차이가 이만저만한 게 아니다. 다시 말하면 여러 계층이 있는 것이다. 예를 들면, 전직 해군 중령인 부이놉스키에게 남의 국그릇 따위를 지키고 앉아 있으란 말은 할 수 없다. 슈호프만 하더라도 무슨 일이건 죄다 맡아 하는 건 아니다. 더 낮은 반원이 있기 때문이다.

슈호프를 보자 페추코프는 한숨을 푹 쉬며 옆으로 비켜났다.

"다 식어버렸어. 내가 대신 먹어버릴까 했지. ……틀림없이 영창에 들어간 줄 알았어."

그러고는 그냥 돌아서 나가버렸다. 기다리고 있어봐야 국이건 죽이건 자기에겐 국물도 없으리라고 판단했던 것이다.

슈호프는 방한화에 꽂았던 숟가락을 뽑았다. 이 숟가락이야말로 그에게는 무엇보다 귀중한 물건이다. 북쪽의 수용소를 전전하는 동안 잠시도 몸에서 떼어놓은 적이 없는 숟가락이었다. 그것은 슈호프 자신이 알루미늄 철사를 녹여 모래에 부어 만든 것인데, 손잡이에는 '우스치 이지마, 1944'라는 글자까지 새겨져 있었다.

숟가락을 식탁 위에 꺼내놓고, 그는 박박 깎은 머리에 쓴 모자를 벗었다. 아무리 날씨가 추워도 남들처럼 모자를 쓴 채 식사를 할 수는 없었던 것이다.

그는 숟가락으로 국그릇을 휘저어 재빨리 분량을 살핀다. 보통 정도는 못 되지만 그렇다고 예상 이하로 적지는 않은 것 같다. 페추코프가 국그릇을 지켜주었으니까 감자 조각 한 개 정도의 피해는 각오해야 한다.

양배춧국은 뜨끈한 맛에 먹는 법인데 싸늘하게 식어 있다. 그래도 슈호프는 입맛을 다셔가며 천천히 숟가락을 움직였다. 당장 지붕이 훨훨 타오르는 한이 있어도 식사를 급히 할 수는 없다. 사실 수용소 죄수들은, 취침시간을 제외하면, 아침식사 시간 10분과 점심시간 5분, 그리고 저녁식사 시간 5분을 위해서 산다고 해도 과언이 아니다.

양배춧국 건더기는 날마다 똑같았다. 그것은 그해 월동용으로 무엇을 저장하느냐에 따라 결정된다. 지난해에는 소금에 절인 홍당무였다. 그래서 9월부터 5월 말까지 내내 홍당무만을 먹어야 했다. 금년에는 시꺼먼 양배추 시래기뿐이다. 수용소에서는 6월이 가장 잘 먹는 달이다. 저장했던 채소류가 다 떨어져서 곡물 가루로 국을 끓여주기 때문이다. 가장 못 먹는 달은 7월이다. 7월에는 양배추 대신 쐐기풀을 썰어 솥에 넣는다.

생선을 넣는다고 해도 살점은 다 떨어져나가고 뼈만 앙상하게 남아 있기가 일쑤다. 대가리와 꼬리가 간신히 형태를 보존하고 있을 뿐이다. 슈호프는 생선 뼈를 입에 넣고, 씹고 또 씹어 국물을 빨아먹은 다음 찌꺼기를 식탁 위에 뱉었다. 그도 남들처럼 무슨 생선이건 대가리서부터 꼬리까지 남김없이 먹는다. 그러나 눈알만은 아무래도 먹을 용기가 나지 않는다. 그것 때문에 곧잘 다른 친구들의 웃음을 사곤 했다.

슈호프는 오늘 아침 절식(節食)을 하는 셈이다. 막사에 들르지 않았기 때문에 자기 앞으로 나온 빵 조각을 가져오지 못한 것이다.

슈호프는 국그릇을 비운 다음, 죽그릇을 앞으로 당겼다. 말이 죽이지 곡물 가루 대신에 누른빛이 도는 무슨 풀 같은 걸 썰어 넣은 기막힌 물건이다. 이것을 처음 생각해낸 것은 어떤 중국 사람이었다고 한다. 무엇을 넣고 끓였든 국그릇 300그램이라는 정량만 차면 문제될 게 없을 테니 할 수 없는 노릇이다.

슈호프는 죽그릇을 다 비우자 숟가락을 말끔히 핥아서 다시 방한화 속에 찔러 넣었다. 모자를 뒤집어쓰고 식당에서 나와 이번에는 의무실로 향했다.

아직도 하늘은 캄캄했으나 휘황한 전등불 때문에 별빛은 보이지 않았다. 두 개의 탐조등이 여전히 수용소 구내에 불빛을 교차시키고 있다.

여기에 처음으로 특수범(반역죄 해당 죄수) 수용소가 설치되었을 때는, 전방에서 쓰는 조명탄을 밤새껏 쏘아댔다. 죄수들의 도주를 막기 위해서였다. 희고 푸르고 붉은 조명탄을 무수히 쏘아올려, 하늘은 진짜 전쟁터를 방불케 했다. 그러나 얼마 후부터는 조명탄을 사용하지 않게 되었다. 값이 너무 비싸게 먹히기 때문이었을 것이다.

주위는 기상 신호가 울렸을 때와 조금도 다름없는 한밤중 같았다. 그러나 경험이 많은 죄수라면 작업 출동 준비 신호가 멀지 않다는 여러 가지 사소한 징조들을 쉽사리 알아챌 수 있다.

식당 당직 근무인 절름발이 흐로모이가 제6호 막사의 작업 불능 죄수들을 식당으로 인솔해가고 있다. 턱수염이 텁수룩한 늙은 화공(畵工)이 문화부로 붓과 물감을 받으러 간다. 번호표를 그리는 것이 그의 임무다.

당직 간수인 타타르가 중앙 통로를 가로질러 본부 쪽으로 부지런히 걸어가고 있었다. 죄수들의 그림자는 별로 눈에 띄지 않는다. 모두들 침상으로 기어들어가 남아 있는 몇 분이나마 몸을 녹여보자는 것이다.

타타르를 발견하자 슈호프는 재빨리 막사 뒤로 몸을 숨겼다. 이번에 또다시 그의 눈에 띄었다가는 정말로 재미없게 된다. 어떤 경우에도 방심은 절대 금물이다. 혼자 다니는 것을 간수한테 들키면 좋지 않다. 언제나 군중 속에 몸을 숨기는 것이 상책이다. 혹시 일을 시킬 죄수를 찾고 있는지도 모르며, 또는 울분을 터뜨릴 상대를 찾고 있는지도 모르기 때문이다.

죄수들에겐 엄중한 명령이 하달되어 있었다. 누구든지 간수를 만나면 다섯 걸음 앞에서 모자를 벗고, 두 걸음 지난 후에 모자를 쓰라는 것이었다.

슈호프는 타타르를 지나 보내고 다시 걸음을 재촉했다. 그러다 문득, 오늘 아침 작업 출동 전에 제7호 막사로 담배를 사러 오라던 키다리 라트비아인의 말이 생각났다. 엊저녁에 고향에서 보내온 소포를 받았다는 것이다. 그러니까 오늘 아침에 가지 못하면 사기 어려울지 모른다. 이번 기회를 놓치면 다음번 소포가 올 때까지 적어도 한 달은 담배 냄새도 맡지 못할 게 아닌가. 키다리의 쌈지 담배는 그다지 독하지도 않고 냄새가 향긋하며 빛이 거무스름한 게 보기에도 그만이다.

제자리걸음을 하며 슈호프는 잠시 망설였다. 그럼 발길을 돌려 제7호 막사로 돌아갈까? 그러나 벌써 의무실은 눈앞에 있었다. 그는 의무실 현관 쪽으로 다시 걸음을 옮겼다.

의무실 복도는 발을 들여놓기가 송구스러울 만큼 깨끗했다. 벽에는 흰 에나멜 페인트를 칠해서 눈이 부실 정도다. 벽뿐만 아니라 창문도 의자도 눈에 보이는 모든 것이 흰빛이다.

진찰실 문들은 모두 잠겨 있었다. 의사들은 아직 자리에서 일어나지 않은 모양이다. 그러나 접수실에는 니콜라이 브도부쉬킨이라는 젊은 조수가 앉아 있었다. 새하얀 가운을 걸치고 흰 책상에 앉아 무엇인지 종이에 끄적거리고 있다.

그 밖에는 아무도 없었다.

상관 앞에 나갈 때처럼 슈호프는 모자를 공손히 벗어 들었다.

"저…… 니콜라이 세묘느이치…… 다름이 아니라…… 몸이 좀 불편해서 왔는데요……"

슈호프는 머뭇머뭇 입을 열었다.

브도부쉬킨은 일손을 멈추고 얼굴을 들었다. 커다란 두 눈이 부드럽게 보인다. 머리에 얹은 캡도, 몸에 걸친 가운도 모두가 새하얗다. 죄수 번호는 보이지 않았다.

"왜 이제 왔소, 엊저녁에 오지 않고? 아침엔 진찰을 받을 수 없다는 걸 알면서…… 작업 면제자 명부는 벌써 본부에 올라갔어요."

그것쯤은 슈호프도 알고 있었다. 또한 저녁에 의사한테 정식으로 진찰을 받게 되면 좀처럼 작업 면제를 받을 수 없다는 것도 잘 알고 있다.

"그렇지만 니콜라이 세묘느이치, ……엊저녁엔 그게 그렇게까진 아프지 않았기 때문에 그만……"

"그게라니? 어디가 아프단 말이오?"

"어디가 아프다고 꼭 집어서 말할 수 없지만, 하여튼 온몸이 부서지는 것처럼 쑤시고 아파서요."

슈호프는 걸핏하면 의무실 문을 두드리는 그런 부류의 죄수는 아니었다. 그것은 누구보다도 의무실 조수인 브도부쉬킨이 인정할 것이다. 그러나 브도부쉬킨이 아침에 작업 면제를 시킬 수 있는 인원은 두 명으로 한정되어 있다. 그런데 오늘 아침엔 이미 두 사람에게 작업 면제증을 떼어준 것이다. 책상 위에 놓인 푸르스름한 유리 밑에 그 두 사람의 이름이 적힌 쪽지가 깔려 있다.

"그렇다면 좀더 일찍 왔어야 할 게 아니오? 작업 출동시간이 임박해서 달려오면 어떡하오? 아무튼 체온이나 한번 재봅시다."

브도부쉬킨은 거즈에 싼 체온계를 꺼내서 슈호프에게 내주었다.

슈호프는 체온계를 받아들고 벽 밑에 놓인 벤치 귀퉁이에 가서 앉았다.

브도부쉬킨은 다시 자기 일을 계속했다.

수용소 내에서도 의무실은 제일 구석진 곳에 외따로 떨어져 있어서, 여기까지는 아무런 소리도 들려오지 않았다. 괘종시계 소리조차 들리지 않았다(죄수들을 위해 시계를 달아놓을 필요는 없다. 시간은 상관들만 알고 있으면 그만이니까). 그처럼 설치는 쥐새끼들도 여기서는 기척이 없다. 의무실에서 기르는 고양이가 죄다 잡아먹은 모양이다.

이렇게 깨끗한 방에, 이렇게 조용하고 밝은 방 안에 앉아 있기가 슈호프는 어쩐지 어색하기만 했다. 사방을 둘러보았다. 희디흰 벽에는 아무것도 눈에 띄는 것이 없다. 자기가 입고 있는 솜옷을 살펴보니 가슴에 붙은 번호표의 글자가 반쯤 지워져 있다. 다시 그려달라고 해야겠다. 한 손으로 턱을 쓰다듬어보았다. 수염이 텁수룩하게 자라 있다. 전번 목욕 때 깎았으니 아마 열흘은 족히 되었을 게다. 그렇다고 거추장스러울 건 하나도 없다. 3, 4일 후엔 다시 목욕탕에 가게 될 테니까 그때 깎기로 하자. 공연히 이발소에 가서 차례를 기다리고 앉아 있을 필요가 어디 있겠는가? 그리고 굳이 모양을 내 보여줘야 할 상대도 없지 않은가.

브도부쉬킨의 새하얀 캡을 멍하니 바라보며, 슈호프는 어느덧 레닌그라드 남쪽 로바치 강변의 야전 병원을 회상하고 있었다. 턱에 부상을 입고 그곳으로 후송되었으나, 병원에 도착하자마자 그는 곧 자진해서 전선으로 복귀해버렸던 것이다. 모처럼의 기회였는데, 그때는 아무런 미련도 없었다. 실로 애석한 일이다. 적어도 닷새 동안은 편히 드러누워 시간을 보낼 수 있었을 게 아닌가.

그러나 지금은 어떻게 해서든지 2, 3주일 입원해보았으면 하고 꿈을 꾸기까지 한다. 생명에는 지장이 없고 수술도 필요 없으나, 입원은 해야 하는 그런 편리한 병은 없을까? 3주일쯤 꼼짝 않고 드러누워 편히 쉴 수만 있다면, 건더기 하나 없는 멀건 채소국만으로도 만족할 것 같다.

그렇지만 그것도 기대할 수 없다는 생각이 들었다.

요즘은 입원을 한다 해도 침대에 누워 있을 수만은 없는 모양이다. 스체판 그리고르이치라는 의사가 새로 부임해온 후부터는 사정이 아주 달라진 것이다. 그는 굉장히 정력적인데다가 말이 많은 인간이어서, 무슨 일이든지 손수 앞장서서 해내는 대신에 환자들도 가만 놔두지를 않는 성미다.

그는 걸어다닐 수 있는 환자 전원을 의무실 부속지에 몰아내어 작업을 시키기로 했다. 울타리를 세운다, 길을 닦는다, 화단에 흙을 나른다 하여 환자들을 들볶았고, 겨울에는 새로운 영농법에 따라 보설 작업(保雪作業)이라는 걸 시켰다.

병에는 작업이 가장 좋은 요법이라는 게 그의 지론이었다.

말은 너무 부려먹으면 뻗어버리게 마련이다. 하지만 이런 진리도 그에게는 통하지 않는다. 몸소 벽돌을 쌓는 일이라도 한번 해보면 그래도 조금은 기가 죽으련만.

……브도부쉬킨은 여전히 펜을 놀리고 있다. 그가 하고 있는 것도 실은 일종의 '부업'에 지나지 않는다. 그러나 슈호프 같은 인간이 이해할 수 있는 성질의 것은 아니다. 브도부쉬킨은 어제 완성한 장편시를 정서하고 있었다. 작업 요법의 신봉자인 그의 상관 스체판 그리고르이치한테 오늘 보여주기로 약속했던 것이다.

물론 수용소 안에서만 통하는 일이긴 하지만, 브도부쉬킨에게 견습 의사의 경력이 있다고 자칭하게 하여 현재의 직책을 준 것은 스체판 그리고르이치 자신이었다. 무식한 죄수들을 실습 상대로 삼아 브도부쉬킨이 정맥 주사를 놓는 방법 등을 습득하게 된 것도 그 후의 일이다. 하기는 상대가 모두 만만한 친구들뿐이어서 견습 의사의 자격을 의심하는 사람은 하나도 없었다.

사실 브도부쉬킨으로 말하면, 대학 문학부 2학년 때 체포되었던 것이다. 자유의 몸으로는 쓸 수 없었던 것을 수용소 안에서 한번 쓰게 해보자—스체판 그리고르이치는 이런 희망을 가지고 있었다.

……희뿌옇게 얼어붙은 이중창 너머로 출동 준비 신호가 희미하게 들려왔다.

슈호프는 한숨을 내쉬며 벤치에서 일어났다. 아직도 오한은 있지만 작업 면제는 아무래도 틀린 것 같다. 브도부쉬킨은 체온계를 받아들고 흘깃 바라보았다.

"이건 어느 쪽도 아니군. 37도 3분, 38도만 돼도 분명한데. 하여튼 나로서는 작업 면제를 시킬 수 없소. 하지만 당신 스스로 책임질 수 있다면 그냥 여기 남아 있어도 좋소. 나중에 진찰을 받고 환자로 결정되면 물론 작업은 면제될 테지만, 아무렇지도 않다는 진단이 내려지면 그때는 태업이라는 죄목으로 영창 신세를 져야겠지. 내 생각 같아서는 순순히 작업에 나가는 편이 좋을 것 같소……"

슈호프는 아무 대답도 없었다. 고개를 끄덕이려 하지도 않았다. 방한모를 깊숙이 눌러쓰고 그냥 밖으로 나와버렸다.

따뜻한 데 들어앉아 있는 놈이 추위에 떨어야 하는 놈의 심정을 어찌 알 수 있으랴? 혹한이 몸을 움츠리게 한다. 바람은 살을 에는 가스처럼 슈호프를 엄습한다. 저도 모르게 헛기침이 나올 지경이다. 바깥 기온은 영하 28도, 슈호프의 몸은 38도. 자, 어느 쪽이 이길 것인가? 슈호프는 총총걸음으로 자기의 막사로 돌아왔다.

수용소 중앙의 통로에는 사람의 그림자도 보이지 않는다. 주위는 온통 적막에 싸여 있다. 언제나 작업에 나가기 직전에는 잠시 동안 이렇게 쥐죽은 듯 고요한 법이다.

벌써 고삐가 풀려 끌려나갈 채비가 다 되어 있는데도, 아무도 그런 기색을 보이지 않는다. '오늘은 작업 중지다'라는 듯한 얼굴을 하고 있다.

작업 경호병들은 후끈후끈한 병사에서 기어나올 생각을 않고, 총을 손에 쥔 채 꾸벅꾸벅 졸고 있다. 그들도 이 추위에 망루 근무를 하기가 죽기보다 싫은 것은 매일반이다. 정문 옆의 위병소에서는 위병들이 난로에 석탄을 퍼 넣고 있다.

간수실에서는 이제부터 신체 검사를 하러 나갈 간수들이 마지막 한 대의 담배를 게걸스럽게 빨고 있다.

한편, 죄수들은 몇 겹으로 껴입은 누더기를 노끈으로 졸라매고는 얼굴은 눈만 빼꼼히 내놓고 방한용 헝겊으로 둘둘 만 채 방한화를 신고 담요 위에 누워 있다. 그들은 눈을 감고 꼼짝도 하지 않고 있다.

곧 반장의 호령이 떨어질 게다 — "일어나앗!"

제9호 막사에서는 모두들 선잠에 취해 있었다. 제104작업반도 마찬가지였다. 부반장인 파블로만이 연필을 들고 혼자 중얼거리며 무언가 셈을 하고 있다.

또 한 사람, 슈호프의 옆자리에 있는 침례교 신자 알료샤가 위층 침상에서 복음서를 절반가량이나 베껴 넣은 수첩을 읽고 있다.

슈호프는 될 수 있는 대로 발소리를 죽이며 빠른 걸음으로 달려들어와서 곧장 부반장의 침대 머리로 갔다.

파블로가 얼굴을 쳐들었다.

"이반 데니소비치, 용서해줍디까? 별일은 없었어요?"(서부 우크라이나 친구들은 수용소에 끌려와서도 상대방에게 깍듯이 존칭을 쓰는 버릇을 버리지 못한다.)

이렇게 묻고 나서, 그는 탁자 위에서 슈호프의 몫으로 떼어놓았던 빵을 집어주었다. 빵 위에는 흰 사탕이 한 덩어리 얹혀 있다.

마음은 몹시 조급했으나 그래도 슈호프는 실례가 되지 않도록 그의 물음에 공손히 대답했다(부반장도 상관이라면 엄연한 상관이다. 아니, 경우에 따라서는 수용소장보다 더욱 위력을 지닐 수도 있다).

그건 그렇고, 급히 서둘러야겠다.

빵 위에 얹은 사탕을 입에 집어넣으며 그는 한 발을 벌써 위층으로 올라가는 사다리에 올려놓았다. 집합 명령이 떨어지기 전에 잠자리를 정돈해두어야 한다.

이런 판국에도 배급받은 빵을 한 손에 얹고 분량을 가늠해보는 것만은 잊지 않는다. 규정은 550그램으로 되어 있지만, 처음 감옥에 들어갔을 때도, 그 다음 수용소로 옮겨온 후에도, 규정량을 초과해서 받아본 기억은 한 번도 없었다.

하기는 저울에 달아본 적은 없다. 또한 본래가 소심한 인간인지라 양이 부족하다고 해서 불평하거나 따지고 들만한 용기도 없다. 더욱이 규정량을 정확하게 계산해서 빵을 자르다가는 당장에 빵 배급소에서 쫓겨나고 만다는 것쯤은 슈호프뿐만 아니라 모든 죄수에게 알려진 지 오랜 사실이다.

정량 부족은 으레 그런 것이고, 문제는 다만 얼마나 덜 부족하냐 하는 데 있다. 그래서 날마다 빵을 받아들면 거의 본능적으로 손바닥에 얹고 무게부터 재보아야만 마음이 놓이는 것이다—오늘은 그리 많이 가로챈 건 아닌 것 같은데? 어쩌면 거의 규정량에 달할지도 모르겠는걸?

'적어도 20그램은 부족하구나.'

슈호프는 이렇게 생각하며 빵을 두 조각으로 잘랐다. 점심때

먹을 한 조각은 작업복 안주머니에 넣었다. 이 주머니는 그가 손수 헝겊을 대고 꿰맨 것이다(죄수용 작업복은 공장에서 나올 때부터 호주머니가 달려 있지 않다). 나머지 한 조각은 아침식사로 먹지 않은 빵이다. 지금 여기서 먹어버리고 말까? 하지만 곧 작업 출동이다. 급하게 입에 쑤셔 넣어서는 먹어도 먹은 것 같지가 않다. 그럼 침대 마구리 틈에 넣어둘까? 아니다. 감춰둔 물건이 없어졌다고 벌써 두 차례나 당번들이 호되게 얻어맞지 않았는가. 이렇게 휑하니 넓은 막사이고 보면 한길이나 다를 게 없는 것이다.

이반 데니소비치는 방한화를 벗기 시작했다. 그 속에 발싸개와 숟가락은 그냥 남겨둔 채 발만 쑥 뽑고 나서, 맨발로 위층으로 기어올라갔다. 매트리스에 뚫린 구멍을 넓히고 톱밥 속에 재빨리 빵 토막을 집어넣었다. 그러고는 모자 속에서 바늘과 실을 꺼냈다(바늘은 모자 속에 언제나 깊숙이 감춰둔다. 검사 때는 모자도 만져보기 때문이다. 언젠가 신체 검사를 하던 간수가 바늘에 손을 찔려, 하마터면 단단히 경칠 뻔한 일이 있었다).

한 바늘, 두 바늘, 세 바늘, 빵 토막을 쑤셔 넣은 매트리스의 구멍은 조금씩 좁아든다. 어느새 입 안의 사탕은 깨끗이 녹아 없어지고 말았다. 슈호프의 신경은 극도로 긴장되어 있었다. 곧 작업 지도원이 문 앞에 나타나서 고함을 칠지도 모른다. 서둘러야 한다! 급히 서둘러야 한다! 손가락 끝이 부리나케 움직인다. 머리로는 벌써 그 다음에 할 일을 미리 생각하고 있다.

옆자리의 침례교 신자는 제법 소리까지 내가며 성경을 읽고 있다(슈호프더러 들으라고 일부러 그러는지도 모를 일이다. 대체로 그들 침례교 신자들이란 남을 선동하기 좋아하는 족속들이니까).

"너희 중에 누구든지 남을 죽이거나, 남의 재물을 훔치거나 혹은 횡령하거나, 남을 해치거나 하는 것으로 고초를 겪는 일이 없기를 바라노라. 그러나 만일 그리스도를 믿는다는 것으로 고통을 받는다면 이를 추호도 부끄러워하지 말 것이며, 오히려 그러한 운명을 마련해준 주의 이름을 찬양할지니라……"

알료샤는 참으로 용한 재주를 가진 녀석이다. 성경 구절을 적어 넣은 그 수첩을 벽 틈에 어찌나 교묘하게 숨겨두는지 여태껏 내무 검사에서 들킨 적이 없으니 말이다.

슈호프는 재빠른 동작으로 작업복을 가로대에 걸어놓고, 매트리스 밑에서 벙어리장갑과 또 한 켤레의 낡은 발싸개와 허리띠 대용의 노끈을 꺼냈다. 빵을 넣어 불룩하게 된 매트리스를 판판하게 다듬고는, 담요를 둘둘 말아 그 위에 덮고 베개를 제자리에 던져놓았다. 그러고 나서 맨발로 밑에 내려와 신발을 신기 시작했다. 우선 깨끗한 발싸개로 발을 싸고, 그 위에 다시 낡은 것을 감는 것이다.

이때 작업 반장이 헛기침을 하며 일어서더니 큰 소리로 외쳤다.

"제104작업반! 막사 밖으로 집하압!"

눈을 붙이고 졸고 있던 반원들이 일제히 일어나서 하품을 하며 어슬렁어슬렁 문 쪽으로 걸어나갔다.

슈호프네 반장 추린은 수용소 생활 17년인 고참인데, 그는 작업 출동시간 전에 미리 반원들을 끌어내는 일이 절대로 없다. 그러므로 그가 "집하압!" 하는 순간이 곧 작업 출동시간이다. 반원들은 무거운 다리를 끌며 묵묵히 밖으로 걸어나갔다—복도와 현관을 거쳐 마당에 나가서 집합하는 것이다.

제20작업반 반장도 추린의 말투를 흉내내듯 "집하압!" 하고 외쳤다.

슈호프는 재빨리 방한화를 신고 나서 솜옷 위에 작업복을 걸치고 노끈으로 질끈 허리를 동여맸다(가죽 허리띠를 가진 사람도 있었지만 죄다 압수당하고 말았다. 수용소에서는 허리띠도 금물이다).

슈호프는 간신히 현관 앞에서 자기 반원들의 뒤를 따라잡을 수 있었다. 번호표를 붙인 죄수들의 잔등이 현관문을 빠져나가 하나씩 층계를 내려간다. 있는 누더기를 모조리 껴입어 몸집들이 제법 뚱뚱하게 보인다. 죄수들은 가지런하지는 못하지만 그래도 열을 지어 중앙 통로를 향해 무거운 걸음을 옮긴다. 앞 사람을 재촉하려는 자는 하나도 없다. 뽀드득뽀드득 눈을 밟는 방한화 소리만이 들릴 뿐이다.

주위는 아직도 어둡기만 하다. 동녘 하늘이 어렴풋이 밝아오며 푸른빛을 띠기 시작했을 뿐이다. 약하게 불어오는 동풍이 뼈에 스며드는 것 같다.

아침에 작업장으로 나갈 때처럼 괴로운 순간도 별로 없을 것이다. 어둡고, 춥고, 뱃속은 벌써 비어 있다. 앞으로 하루를 보낼 생각을 하면 마음이 암담해진다. 입이 무거워져서 아무에게도 말 한마디 건네고 싶지 않다.

집합 장소에서는 작업할당계 부계장이 초조한 얼굴로 기다리고 있었다.

"이봐, 추린. 왜 이렇게 꾸물거리는 거야? 좀더 빨리 끌고 나오지 못해?"

슈호프에게는 물론이고 추린에게도 부계장이라면 대단한 존재다. 함부로 말을 건넬 수도 없다. 부계장은 이렇게 내뱉듯 말하고는 앞장을 선다. 반원들은 눈을 밟으며 그 뒤를 따랐다. 사각사각, 뽀드득뽀드득.

돼지기름 1킬로그램은 틀림없이 갖다 바친 모양이다. 제104작업반은 오늘도 여느 날과 같은 작업대에 편입되었다. 이웃에도 낯익은 작업반들뿐이다. '사회주의 단지'로는 더 어수룩한 친구들이 배치될 모양이다. 오늘 같은 날 그런 데로 끌려갔다가는 정말 말이 아닐 것이다. 영하 27도, 게다가 바람까지 부는데, 불을 피우기는커녕 바람을 피할 만한 장소도 없다니 말이다.

돼지기름은 작업 반장에게 필요 불가결한 물건이다. 생산계 획부에 갖다 바치기도 해야겠지만 우선 자기도 먹어야 하기 때문이다. 하기는 반장쯤 되면 자기 앞으로 소포가 오지 않더라도 돼지기름이 떨어질 염려는 없다. 반원 중의 누가 소포를 받든지 반장한테는 반드시 인사가 있게 마련이다. 만일 모른 체하는 자가 있다면 그는 결코 무사할 수 없을 것이다.

작업할당계 계장이 흑판에 인원 수를 체크하며 물었다.

"추린, 너희 반은 오늘 병결 1명, 출동 23명이지?"

"예, 23명입니다."

반장이 대답했다.

누가 나오지 않았어? 판첼레프로구나. 뭐 그놈이 병결이라고?

여기저기서 수군거리는 소리가 일어났다.

판첼레프란 놈의 자식, 또 막사에 남았구나. 병은 무슨 병! 보안부에서 그놈의 밀고를 들으려고 붙잡아놨겠지.

낮에라면 얼마든지 밀정 노릇을 하는 죄수들을 소환할 수 있다. 두세 시간쯤 붙잡아놨다 돌려보낸다 해도 누구의 눈에 띌 리는 만무하다. 의무실의 작업 면제증을 핑계삼아 죄수들의 눈을 속여보자는 수작인 게 뻔하다……

집합 장소는 검은 작업복으로 가득 차 있었다. 각 작업반별로 신체 검사를 받으러 나간다. 슈호프는 솜옷에 붙인 번호표의 숫자를 다시 그려 넣어야 한다는 것을 기억해내고 빽빽하게 들어선 죄수들 사이를 뚫고 건너편으로 나갔다.

화공 앞에는 두세 명의 죄수가 차례를 기다리고 서 있었다. 슈호프도 그 뒤에 가서 줄지어 섰다.

도대체 번호표란 골치 아픈 물건이다. 이것을 달고 있기 때문에 멀리서도 간수의 눈에 띄기가 일쑤고, 작업장에 나갈 때는 걸핏하면 경호병의 수첩에 기록되곤 한다. 게다가 제때에 숫자를 다시 그려 넣지 않았다가는 당장에 영창이다—이 자식, 왜 번호표를 소중히 여길 줄 모르는 거야!

수용소 죄수 중에는 이른바 '화가'가 세 명 있었다. 그들은 상관들을 위해 무보수로 그림을 그려 바쳐야 할 뿐만 아니라 아침마다 작업 출동 전에 한 사람씩 돌아가며 죄수들의 번호표를 다시 그려줘야 한다. 오늘 당번은 수염이 허연 늙은 화공이다. 붓을 들고 모자에 붙인 번호표의 글자를 그려 넣고 있는 꼴은, 마치 신부가 성유(聖油)를 이마에 발라주는 장면과 흡사하다. 화공은 두서너 번 붓을 움직이다가는 금방 손을 멈추고 장갑 낀 손에 입김을 끼얹는다. 얇은 털실 장갑을 낀 손이 곱아서 숫자를 제대로 그릴 수가 없는 모양이었다.

앞가슴의 'CH-854'를 다시 그려 넣자, 슈호프는 작업복 앞깃을 여밀 생각도 않고(어차피 신체 검사를 받으려면 작업복을 벗어야 하니까) 허리띠 대용의 노끈을 손에 쥔 채 허겁지겁 자기 작업반이 있는 곳으로 되돌아왔다.

같은 작업반인 체자리가 담배를 피우고 있다. 그것도 마도로스 파이프에 담은 것이 아니고 보통 궐련이었다. 그러니까 한 모금 얻어 피울 수도 있는 담배다.

그러나 슈호프는 염치없게 청을 하지는 않았다. 체자리를 외면한 채로 슬그머니 그의 옆에 가서 섰다. 일부러 딴 데다 시선을 돌리고 전혀 무관심한 표정을 하고 있었지만, 체자리가 한 모금씩 빨아들일 때마다 불그스름한 빛을 띤 동그란 재가 점점 길어지고, 궐련의 남은 부분이 그만큼 짧아지면서 파이프 끝을 향해 타들어가는 것에 신경을 쓰지 않을 수가 없다. 체자리는 무슨 상념에 잠겨 있는지, 이따금 생각난 듯이 담배를 입으로 가져갔다.

이때 게걸쟁이 페추코프가 역시나 냄새를 맡고 다가왔다. 체자리의 앞을 가로막고 서서 그의 입을 바라보며 잔뜩 눈독을 들인다.

슈호프에게 쌈지 담배는 부스러기 하나 남은 것이 없었다. 저녁때가 되기 전엔 어디서 구해볼 도리가 없다. 초조한 기대 때문에 그는 온몸이 떨려오는 것 같았다. 이 순간 그에게는 피우다 남은 꽁초 한 대가 자기 한 몸의 자유보다도 더 귀중하게 여겨질 지경이었다.

그렇지만 그는 페추코프처럼 염치없이 입을 지켜보고 있을 만큼 저열한 인간은 못 된다.

체자리는 그야말로 잡다한 민족의 피가 뒤섞인 인간이었다. 그리스인도 아니고, 유대인도 아니고, 집시족도 아닌, 뭐라고 이름 붙일 수 없는 족속이었다. 나이는 아직도 젊다. 전직 영화 감독이었다. 그러나 처녀 연출 영화의 촬영이 채 끝나기도 전에 사상 면에서의 과오 때문에 투옥되었다.

그는 새까만 콧수염을 기르고 있었다. 수용소에 들어와서도 그 수염을 깎아버리지 못하는 것은, 그의 증명서 사진이 그렇게 되어 있기 때문이다.

"체자리 마르코비치!"

참다 못한 페추코프가 아첨하는 말투로 입을 열었다.

"한 모금만 빨게 해주시오!"

그의 얼굴은 격렬한 갈망으로 일그러져 있었다.

체자리는 감고 있던 눈을 가늘게 뜨고, 검은 눈으로 페추코프를 바라보았다.

그가 마도로스 파이프를 애용하게 된 것은, 꽁초를 달라는 친구들의 귀찮은 청을 듣고 싶지 않았기 때문이다. 담배가 아까워서가 아니라, 자기의 상념이 중단되는 것이 그는 무엇보다도 싫었다. 그가 담배를 피우는 이유는, 왕성한 사고력을 일깨워 무엇인가를 발견하려는 데 있었다. 그런데 궐련을 피우면, 불을 당기기가 무섭게 벌써 몇 사람의 게걸스런 시선을 받아야만 한다. 그것은 마치 "이제 그만! 이제 그만!" 하는 듯한 눈초리들이다.

이윽고 체자리는 슈호프에게 얼굴을 돌리며 입을 열었다.

"한 모금 피우시오, 이반 데니소비치!"

그러고는 호박(琥珀)으로 만든 파이프에서 엄지손가락으로 꽁초를 밀어냈다.

슈호프는 체자리가 먼저 권하기를 은근히 기다리고 있었다. 그러나 막상 상대방이 먼저 말을 꺼내자, 적이 당황하지 않을 수 없었다. 감사하는 마음을 손짓으로 나타내며 얼른 한 손으로 꽁초를 받아들고는, 땅에 떨어지지 않도록 다른 한 손을 그 밑에 갖다 받쳤다.

그는 체자리가 파이프째로 넘겨주지 않은 것을 못마땅하게 여기지는 않았다. 누구나가 다 깨끗한 입을 가지고 있는 건 아니니까. 그리고 또, 거의 다 탄 꽁초를 맨손으로 쥐어도 뜨거운 줄을 모르는 자기의 투박한 손을 부끄럽게 여기지도 않았다.

문제는, 자기가 게걸쟁이 페추코프를 물리치고 입술까지 타들어가기 전의 짧은 시간 동안, 담배 연기를 삼킬 수 있게 되었다는 사실이다. 푸우! 담배 연기가 몸 전체에 퍼져 머리끝에서 발끝까지 골고루 스며드는 것 같다.

형언할 수 없는 황홀감이 온몸에 충만해지는 순간, 슈호프는 저쪽에서 갑자기 웅성거리는 소리를 들었다.

"아래 내의까지 검사한다……"

수용소 생활이란 이런 것이다.

슈호프는 체념한 지 이미 오래다. 요컨대, 요령껏 걸려들지 않도록 항상 조심해야 하는 것이다.

하지만 속옷까지 검사한다는 건 또 무슨 소린가? 속옷은 보급계를 통해서 나온 물건이 아니란 말인가? ……아니, 문제는 그게 아니다!

아직 신체 검사가 끝나지 않은 작업반은 두 개밖에 없었다. 그러나 바로 그때, 제104작업반 반원들은 본부 막사에서 나온 볼코보이 중위가 무엇 때문인지 간수들에게 호통치는 것을 보았다.

그러자 볼코보이가 나타나기 전에는 대강대강 신체 검사를 하던 간수들이 갑자기 설치면서 야수처럼 죄수들에게 덤벼들기 시작했다.

간수장의 호령이 내렸다.

"모두들 내의를 끌러라!"

죄수나 간수 들은 말할 것도 없고, 수용소장까지도 간수장

볼코보이만은 맘대로 다루지 못한다는 말이 돌고 있었다. 그에게 볼코보이〔늑대라는 뜻〕라는 성(性)을 붙여주신 걸 보면 하느님도 곧잘 익살스런 짓을 하시는 모양이다! 이름 그대로 그는 어느 면으로 보나 늑대와 흡사했다. 살갗은 가무스름하고 얼굴은 갸름한데다가 언제나 험상궂게 양미간을 찌푸리고 있었다. 더욱이 그 걸음걸이로 말하면 날아갈 듯이 빠르다. 그는 막사 뒤에서 불쑥 나타나서는 벼락같이 호통을 친다.

"이 새끼들아, 뭣 때문에 이런 데 모여 섰는 거야?"

이자의 눈을 피해 달아난다는 것은 불가능한 일이다.

전에는 채찍까지 들고 다녔다고 한다. 가죽 끈을 꼬아 만든 채찍을 어디를 가나 손에서 떼어놓은 적이 없었고, 영창에서는 그 채찍으로 죄수들을 마구 후려쳤다는 것이다. 취침 전의 점호 같은 때, 죄수들이 막사 옆에 웅기중기 모여 추위를 덜어볼 양으로 몸을 맞대고 있으면, 살그머니 등 뒤로 다가와서는 느닷없이 목덜미에 채찍을 휘두르곤 했다.

"왜 정렬을 하지 않고 있어, 망할 놈의 새끼들!"

모여 섰던 죄수들은 순식간에 흩어져버린다. 얻어맞은 친구들은 목덜미를 감싸고 흐르는 피를 닦으며 찍소리도 못한다. 섣불리 한마디했다가는 영창 신세까지 져야 할 판이다.

그러던 것이 요즘은 무엇 때문인지 채찍을 들고 다니지 않게 되었다.

엄동설한 때의 신체 검사는, 저녁에는 그렇지도 않지만 아침에는 그리 까다롭지 않은 것이 관례로 되어 있었다. 죄수들은 맨 위에 걸친 작업복 단추를 풀고 앞깃을 양쪽으로 벌린다.

그 자세대로 다섯 명씩 앞으로 나가서 역시 다섯 명의 간수 앞에 선다.

간수들은 장갑을 낀 채 노끈으로 동여맨 죄수들의 솜옷 겨드랑이 밑을 툭툭 쳐보고는, 오른쪽 무릎 위에 달린, 죄수에게 허가된 유일한 호주머니를 눌러본다. 무슨 수상한 물건이라도 들어 있는 것 같으면, 얼른 장갑을 벗을 생각은 않고 시들한 어조로 우선 묻기부터 한다.

"이건 뭐야?"

이 아침에 죄수들의 몸을 검사해서 무엇을 찾아내겠다는 걸까? 나이프? 아니, 나이프 같은 건 수용소 안으로 가지고 들어온다면 모를까 밖으로 가지고 나갈 리는 없다.

아침 신체 검사는 죄수들이 혹시 3킬로그램가량이나 되는 빵 덩어리를 몰래 가지고 나가지나 않을까, 그리고 그것을 가지고 작업장에서 도주하지나 않을까 해서 실시한다. 전에는 점심때 먹으려고 각자가 가지고 나가는 200그램짜리 빵 조각에까지 신경을 쓴 일도 있었다. 그래서 작업반별로 나무 상자를 만들어 반원들의 빵을 한데 모아가지고 나가라는 명령이 내렸다. 그 따위 짓을 해서 과연 무슨 소득이 있다고 생각했는지는 알 길이 없다. 아마 죄수들을 더욱 괴롭히려는 속셈이었을 것이다. 그렇게 하면 어쨌든 일거리 하나가 더 느는 셈이니까.

죄수들은 자기의 빵 조각에 이빨 자국으로 표시를 해서 상자에 집어 넣었다. 하지만 본래가 같은 덩어리에서 잘라낸 조각들이라, 어느 것이 어느 놈의 것인지 구분하기가 쉽지 않았다. 죄수들은 작업장에 나가면서도, 혹시 자기의 빵 조각이 다른 놈의 것과 바뀌지나 않을까, 줄곧 이런 걱정만 하고 있어야 한다. 이것 때문에 말다툼이 그치지 않았고, 때로는 큰 싸움까지 벌어지곤 했다.

그런데 하루는 작업장에서 세 명의 죄수가 자동차를 몰고 탈주했는데, 가는 길에 빵 상자까지 가지고 달아나버렸다. 상관들도 비로소 정신이 들었는지 나무 상자를 죄다 회수해서 위병소 난로 속에 넣어버리고 말았다. 결국 다시 각자가 가지고 나가게 된 것이다.

아침에는 죄수들이 민간인의 옷을 껴입지 않았나 하는 것도 검사할 필요가 있다. 물론 민간인이 사용하는 물품은 죄다 압수된 지가 옛날이다. 형기가 끝나면 반환해주기로 되어 있지만 이 수용소에서는 형기가 끝나 석방된 죄수라곤 아직 한 사람도 없지 않은가.

신체 검사의 대상이 되는 것은 또 있다. 작업장 근방의 민간인 손을 거쳐 보내려고 편지를 가지고 나가는 놈은 없을까? 하기는 편지를 숨기지 않았나 한 사람 한 사람 검사하다가는 한낮이 되어도 검사는 끝나지 않을 것이다.

그러나 지금, 감독관 볼코보이 중위의 호통이 떨어지자마자, 간수들은 재빨리 장갑을 벗고 덤벼들었다.

그들은 솜옷 허리띠를 풀고 내의 단추를 풀라고 명령했다(솜옷 속에 간직해온 막사의 마지막 온기마저 달아나게 마련이다!). 그러고는 온몸을 샅샅이 뒤지기 시작했다.

죄수들에게 허가된 내의는 아래위 두 장뿐이다. 더 껴입은 놈은 즉석에서 벗겨버려라! 죄수들의 대열에 어처구니없는 볼코보이의 명령이 전달되었다.

먼저 통과한 작업반은 그야말로 운수대통이라 할 수밖에. 이미 정문 밖으로 나간 패들도 있다. 남아 있는 놈들은 이 혹한 속에서 벌거숭이가 돼야 한다! 규칙 위반이라면 사정이 있을 수 없다.

이처럼 엄격한 검사가 시작되었지만 검사하는 측에도 난처한 일이 생겼다.

정문을 통과하던 죄수의 대열이 끊어지자, 정문의 위병들이 간수들을 재촉하는 것이다. 뭣들 하나, 빨리 보내! 빨리, 빨리!

볼코보이도 하는 수 없이 제104작업반에게는 관대한 조처를 취하기로 했다. 규정 이외의 내의를 입고 있는 자는 그것을 체크만 해두었다가, 저녁에 사물(私物) 보관소로 자진해서 가져오도록 하라. 동시에 개인 옷을 숨겨두었던 상황과 이유를 적은 시말서를 제출토록 하라.

슈호프는 수용소에서 내준 보급품 이외에는 한 가지도 껴입은 것이 없었다. 말하자면 조금도 거리낄 것이 없는 몸이다. 그러나 체자리는 융으로 만든 셔츠가, 부이놉스키는 조끼와 털목도리가 걸린 모양이다.

부이놉스키는 끝내 참지 못하고 볼코보이에게 대들었다. 그럴 법한 일이다. 수뢰정(水雷艇) 위에서는 역전의 용사임에 틀림없겠지만, 수용소 생활로 치자면 아직 석 달도 채 못 된 풋내기니까.

"도대체 당신들이 뭔데 이 추위에 남의 옷을 벗기겠다는 거요? 당신들은 그런 권리를 가지고 있지 않소! 당신들은 형법 제9조를 모른단 말이오?"

권리를 가지고 있는지 없는지, 제9조를 아는지 모르는지, 그걸 아직도 모르고 있는 건, 미안하지만 부이놉스키 너뿐이라는 걸 알아야지!

"당신들은 소비에트 사람이 아니오!"

전직 해군 중령은 덧붙였다.

"당신들은 공산주의자가 아니란 말이오!"

그래도 형법을 끌어대는 정도까지는 볼코보이도 참을 수 있었는지 모른다. 그러나 이 마지막 한마디에 그는 머리끝까지 화가 치밀었다.

"너는 중영창 10일이다!"

이렇게 선언하고 그는 옆에 선 간수장에게 낮은 소리로 말했다.

"수속은 저녁에 취할 것."

아침에는 좀처럼 영창에 집어넣는 일이 없다. 작업 인원이 줄어들기 때문이다. 온종일 녹초가 되도록 실컷 부려먹고 저녁때가 되어서야 감옥으로 끌고 간다. 감옥도 역시 수용소 구내에, 중앙 통로 좌측에 있었다. 가운데 출입구를 중심으로 하여 좌우로 길게 뻗어 있다. 한쪽은 최근에 증축한 것인데, 요즘은 새로 증축한 부분만을 사용한다고 한다. 내부는 견고하게 칸막이를 한 열여덟 개의 독방으로 나뉘어 있다. 다른 수용소 건물들은 모두 목조인데 유독 이 감옥만은 석조 건물이다.

죄수들의 내의 속까지 스며든 한기는 가실 줄을 모른다. 아무리 솜옷의 앞깃을 단단히 여며봐도 소용없는 것이다. 게다가 슈호프는 어깻죽지가 결리는 것 같아 거북하기 짝이 없다. 아아, 지금 의무실 침대에 드러누워 한잠 잘 수만 있다면, 더 무엇을 바라겠는가! 두툼한 담요 생각이 간절하다.

죄수들은 정문 앞에서 단추를 끼고 허리띠를 졸라맨다.

"빨리 나와, 빨리!"

문 옆에서는 경호병들이 재촉한다.

"빨리 나가, 빨리!"

등 뒤에서는 작업할당계원들이 재촉한다.

첫 번째 문을 통과한다. 빈 땅이 있다. 그 다음에 두 번째 정문이 있다. 위병소 옆에는 목책이 두 겹으로 쳐져 있다.

"정지!"

위병이 소리친다.

"어슬렁어슬렁 그 꼬락서니들이 뭐냐. 5열 종대로 정렬해라!"

이제야 겨우 날이 새기 시작했다. 위병소 뒤쪽에 경호병들이 피워놓은 모닥불의 불길이 빛을 잃어간다. 아침에 죄수들이 출동할 때는 언제나 거기다 불을 피운다. 몸도 녹일 겸, 죄수들의 인원 수를 확인하기 좋게 주위를 밝힐 겸 피우는 불이다.

위병 하나가 커다란 소리로 절도 있게 외친다.

"1열! 2열! 3열……"

위병의 호령에 따라 다섯 명씩 횡대를 이루고 대열을 떠나 앞으로 나간다. 앞에서 보나 뒤에서 보나, 머리가 다섯 개에 잔등이 다섯 개, 그리고 발이 열 개, 계산이 틀리려야 틀릴 수가 없다.

목책 저쪽 편에 서 있는 다른 위병이 매표구의 검표원처럼 말없이 죄수의 수를 확인한다. 그리고 또 한 사람, 중위 계급장을 단 그들의 상관이 이것을 감시하고 있다(이 사람은 수용소 측의 중위다).

여기서만은 죄수라는 하나의 인간이 황금보다도 더 귀중하다. 철조망 밖에서는 죄수의 머릿수 하나라도 부족했다가는 그들 자신의 모가지가 달아나는 판이다. 이렇게 위병소를 통과하면, 작업반은 다시 하나로 대열을 정리한다.

이번에는 경호대의 하사관이 점검할 차례다.

"1열! 2열! 3열!……"

다시금 다섯 명씩 횡대를 지어 앞으로 전진한다. 반대편에서는 경호대 부관인 또 한 사람의 중위가 눈을 희번덕거리며 서 있다. 절대로 인원 수에 착오가 있어서는 안 된다. 머릿수 하나라도 덜 체크하는 날이면 자신의 머리로 그것을 보충할 수밖에 없다.

경호병들이 쭉 늘어선다. 공사장으로 가는 작업대를 반원형으로 에워싸고 자동소총의 총구를 죄수들에게 들이대고 있다.

잿빛 군견을 거느린 경호병도 보인다. 그 중 한 마리가 허옇게 이빨을 드러낸다. 마치 죄수들을 조소하는 것 같다.

경호병은 거의 모두가 가죽 반코트를 입고 있다. 기다란 모피 외투를 입은 사람은 여섯 명밖에 없다. 이 모피 외투는 망루 근무를 하는 사람이 돌려가며 입게 되어 있다.

또 한차례의 인원 점검, 경호병이 공사장 작업대에 속한 반들을 전부 합해서 5열 종대로 정렬시킨 다음 인원 수를 재확인하는 것이다.

"하루 중에 추위가 제일 심한 건 해가 뜨기 직전이지."

부이놉스키가 불쑥 입을 열었다.

"밤새껏 내려간 기온이 마지막 고비에 이르렀을 때니까."

이 전직 해군 중령은 남에게 곧잘 설명하는 버릇이 있다. 그는 어느 해 어느 날의 일력(日曆)도 환하게 외우고 있었다. 수용소에 들어온 후 눈에 띄게 수척해져서 두 볼이 푹 꺼져 들어갔다. 그러나 원기만은 여전히 왕성하다.

수용소 문을 나서자 찬바람이 정면으로 휘몰아쳐 추위에 단련된 슈호프도 얼굴이 찢겨나가는 것처럼 따가웠다. 공사장까지는 줄곧 바람을 안고 가야 할 모양이다. 슈호프는 바람막이를 위해 준비한 헝겊을 꺼내 쓰기로 했다. 대부분의 죄수가 그렇듯이, 슈호프도 바람에 대비하여 양쪽 끝에 끈이 달린 헝겊을 가지고 다닌다. 이런 헝겊 조각 하나만 얼굴에 감아도 한결 낫다.

슈호프는 눈 언저리까지 헝겊으로 가리고 귀밑으로 해서 뒤통수에다 끈을 잡아맸다. 그러고는 방한모의 귀덮개를 내리고 작업복 깃을 세웠다. 방한모 차양도 이마 위로 꺾어 내렸다. 앞에서 보면 눈 언저리만 빠끔히 뚫려 있다. 작업복 허리띠도 또 한번 질끈 동여맨다. 이것으로 만반의 준비가 된 셈이다. 다만 장갑이 시원치 않아 손이 곱아 말을 듣지 않는 것이 탈이다. 두 손을 죽어라고 문질러댄다. 꾸물거리고 있을 때가 아니다. 조금만 있으면 두 손을 등 뒤로 돌려야 한다. 그리고 작업장에 도착할 때까지 그냥 그 자세로 걸어가야 한다. 경호대장이 진절머리나는 '죄수의 기도문'을 낭독했다. 아침마다 으레 하는 일과다.

"주의 사항! 행군 중에는 대열의 질서를 엄격히 유지하라! 함부로 간격을 늘이거나 좁히거나, 대오를 흐트러뜨리거나 잡담하거나, 얼굴을 좌우로 돌리거나 하는 것은 엄금한다! 뒷짐을 진 채로 행군할 것! 대열에서 일보라도 이탈하는 자는 탈주로 간주하고 경고 없이 즉각 발포한다! 종대, 앞으로 가앗!"

종대의 선두가 움직이기 시작하고 어깨의 율동이 점차 뒤로 전파되어온다.

경호병들은 종대와는 20보, 그들끼리는 10보 거리를 유지한 채 좌우에서 대열을 감시하면서 전진한다. 앞에총을 한 자동소총은 격발 장치가 되어 있다.

1주일째 눈이 내리지 않았다. 길에 덮인 눈은 돌처럼 굳게 다져져 있다. 수용소를 우회하자 바람은 엇비슷이 불기 시작했다.

모두들 뒷짐을 쥐고 머리를 푹 숙인 채 대열을 따라 전진한다. 장송 행렬을 연상케 한다.

눈에 들어오는 것은 바로 자기 앞을 걸어가는 두세 사람의 발꿈치와 다져질 대로 다져진 발밑의 흰 눈뿐이다. 그 눈 위를 이번에는 자기의 발이 내디딘다.

이따금 경호병들이 소리친다.

"U-48호! 손을 뒤로 돌려라!"

"B-502호! 대오를 맞춰라!"

얼마 후엔 경호병의 고함 소리도 뜸해진다. 혹독한 바람이 시야를 흐리게 하는 탓이리라. 경호병들은 헝겊 조각을 얼굴에 감을 수도 없게 되어 있다. 경호병 노릇도 못할 짓이다.

날씨가 따뜻할 때면 대열에서 잡담이 그치지 않는다. 경호병이 아무리 기를 쓰고 소리쳐도 소용없다.

그러나 오늘은 약속이라도 한 듯이 모두들 몸을 움츠리고 앞사람의 등으로 바람을 피할 궁리들만 하고 있다.

그리고 묵묵히 생각에 잠긴다. 하지만 죄수들의 상념이란 결국은 똑같은 궤도에서 벗어나지 못한다.

매트리스 속에 감춰둔 빵은 무사할까? 오늘 저녁 의무실에 가면 작업 면제를 받을 수 있을까? 해군 중령은 정말 영창에 들어갈까? 체자리의 그 폭신폭신한 셔츠는 도대체 어떻게 손에 넣은 것일까? 틀림없이 사물 보관소에서 흘러나온 것이겠지, 그래도 어떻게 그런 훌륭한 셔츠를 구할 수 있었는가 말이다.

아침에 빵도 없이 식은 죽만으로 끼니를 때웠기 때문에 슈호프의 뱃속에서는 벌써부터 꼬르륵 소리가 나기 시작했다. 공연히 뱃속의 벌레를 자극한다는 건 부질없는 짓이다. 수용소 생각은 집어치우고 집에다 편지 쓸 생각이나 하기로 하자.

죄수들의 대열이 자기들이 세워놓은 목공소 옆을 돌고 주택구를 빠져(역시 죄수들이 지은 것이지만 거기 사는 것은 '속세'의 인간들이다), 새로 세운 클럽 건물을 통과하여(이것도 기초공사부터 벽을 바르는 일까지 전부 죄수들의 손으로 한 것이지만, 여기서 상영되는 영화는 '속세'의 인간들만이 볼 수 있다) 들판으로 나왔다. 또다시 정면으로 바람을 안고 이제야 겨우 붉은빛을 띠기 시작한 동쪽을 향해 전진한다. 흰 눈에 덮인 광야가 아득히 뻗어 있다. 왼쪽에건 오른쪽에건 나무 한 그루 보이지 않는다.

오늘부터 새해가, 곧 1951년이 시작되는 것이다. 슈호프는 1년에 두 통의 편지를 보낼 수 있게 되어 있다. 지난해 7월에 한 번 편지를 썼다. 그리고 10월에 회답을 받았다. 우스치 이지마에 있을 때는 규칙이 지금과는 달라서 편지를 보내고 싶으면 한 달에 한 통씩이라도 보낼 수 있었다. 하지만 도대체 편지에 무엇을 쓴단 말인가? 슈호프가 편지를 쓰는 횟수는 그때나 지금이나 별로 다를 것이 없다.

슈호프가 고향 마을을 떠난 것은 1941년 6월 22일(독 · 소 전쟁이 일어난 이튿날, 월요일)이었다. 일요일 미사에 참례하러 폴로므냐의 교회에 다녀온 사람들의 입에서 전쟁이 일어났다는 소식을 들었다. 폴로므냐 우체국에 제일 먼저 이 소식이 들어왔다는 것이었다.

전쟁 전만 해도 슈호프의 고향인 춤게네보 마을엔 라디오를 가진 집이 하나도 없었다. 전해오는 말에 의하면 지금은 집집마다 스피커가 왕왕거리고 있다지만.

요즘에는 1년에 두 번 쓰는 편지나마 쓸 이야기가 없다. 편지를 보내봐야 저쪽에서 이쪽 생활을 알 턱이 없다. 지금은 제 몇 작업반에서 일하고 있다느니, 반장인 안드레이 프로코피예비치 추린이란 사람은 어떤 위인이라느니 하는 따위 수작을 써봐야 아무런 반응도 없었다. 깊은 물에 돌 던지기다. 오히려 지금은 같은 작업반에서 일하는 라트비아인 키르가스가 멀리 고향에 있는 가족들보다 훨씬 가깝게 느껴진다.

하기는 고향에서도 1년에 두 번씩 편지를 보내오지만, 그 편지만으론 도무지 알 수 없는 일이 한두 가지가 아니다. 기껏해야 콜호스 위원장이 새로 갈렸다느니, 이웃에 있는 몇 개의 콜호스가 합쳐져 하나가 됐다는 따위의 소식을 전해온다. 해마다 갈리는 게 콜호스 위원장 아닌가! 그리고 콜호스는 전에도 한번 그렇게 통합되었다가 얼마 후에 다시 분할되었다고 하지 않았는가! 그 밖에도, 누구는 작업량을 완수하지 못해서 개인 채소밭을 150제곱미터나 회수당했다느니, 또 누구는 바로 자기 집 옆에 채소밭을 할당받았다느니 하는 따위 소식이다.

슈호프가 특히 이상하게 생각한 것은, 전쟁이 일어난 후부터 지금까지 콜호스의 인원이 단 한 명도 늘지 않았다는 편지 구절이었다. 젊은 패들은 사내건 계집이건 모두 무슨 구실을 붙여 도회지의 공장이나 탄광 같은 데로 빠져나가버린다고 한다. 전쟁에 나간 남자의 반수는 영영 돌아오지 않았다. 돌아온 친구들도 콜호스의 일은 거들떠보려 하지도 않고, 살기는 콜호스에 있는 자기 집에 살면서도 일은 딴 데 가서 한다는 것이다.

현재 콜호스에서 일하고 있는 사내라고는 반장인 자하르 바실르이치와 목수인 치혼 두 사람뿐이라고 한다. 이 치혼이라는 목수는 여든네 살이나 먹은 노인인데도 얼마 전에 다시 장가를 들어 아이까지 생겼다는 것이다. 콜호스를 끌고 나가는 것은 20년 전부터 일해온 중년의 아낙네들이라고 한다.

콜호스에 살면서 딴 데 나돌아다니며 일한다—슈호프는 아무래도 이 점이 이해가 가지 않았다. 개인농(個人農) 생활도 콜호스 생활도 모두 경험해온 슈호프였지만, 다른 마을이라면 또 몰라도 자기 마을에 그런 친구들이 있다는 건 도무지 알 수 없는 일이다. 그러면 품팔이 일이라도 하는 것일까? 하지만 풀베기를 할 때는 어떡한단 말인가? 마누라의 답장을 보면, 품팔이 일을 하지 않은 지가 이미 오래라고 한다. 목수 일을 하는 사람도 없고(그의 마을은 옛날부터 목수 일로 이름이 나 있었지만), 버드나무 가지로 바구니를 겯는 일도 이젠 집어치웠다고 한다. 아무도 그런 일들을 거들떠보지 않게 된 대신에, 요즘은 테이블보나 이불보 따위에 무늬를 넣어 염색하는 일이 새로 유행하기 시작했는데, 벌이가 괜찮다는 것이다.

전쟁에 나갔던 어느 친구가 염색용 본을 구해 돌아온 것이 계기가 되었는데, 이 새로운 벌이는 날이 갈수록 번창해서, 지금은 제법 솜씨가 능숙한 '염색장이'의 수도 많이 늘었다고 한다.

그들은 콜호스의 작업반에 속하거나 일정한 직장을 가지거나 하지 않고, 풀베기라든가 추수 때와 같은 농번기에 한 달 동안만 콜호스의 일을 거든다. 그리고 그 대가로 나머지 열한 달 동안 콜호스에서 신분증을 발급받는다는 것이다(신분증 없이는 여행이 불가능하기 때문이다).

그 증명서를 가지고 그들은 전국 방방곡곡을 떠돌아다닌다. 때로는 비행기까지 타고 다니기도 한다. 시간이 아깝기 때문이다. 그리하여 가는 곳마다 테이블보니 이불보 따위를 염색해주고는 굉장한 액수의 돈을 벌어들인다. 그도 그럴 것이, 거의 누더기가 되다시피 한 낡은 시트 따위에다 문양을 넣어 물을 들여주는 것으로 50루블씩 받아먹으니 말이다. 더욱이 한 장 물들이는 데 한 시간이면 넉넉하다니 입이 딱 벌어질 노릇이다.

이반이 돌아오면 다른 것 다 그만두고 '염색장이'나 시키자, 이것이 그의 마누라가 간직하고 있는 희망이었다. 그렇게 되기만 하면 여편네 손 하나로 피땀 흘리며 살아온 궁색한 생활도 면하게 되겠지. 아이들도 실업학교에 넣을 수 있고, 금방 쓰러질 것 같은 오막살이도 헐어버리고 새집을 마련할 수 있다. 염색장이 치고 집을 새로 짓지 않은 사람은 하나도 없지 않은가 — 철도가 가까운 곳에선 전에는 5천 루블이면 지을 수 있던 집을 지금은 2만 5천 루블은 가져야 한다는데도 말이다.

슈호프는 마누라한테 써 보냈다.

어떻게 나 같은 게 염색장이 노릇을 할 수 있다는 거냐? 내가 그림에는 쥐꼬리만 한 소질도 없다는 걸 모를 리는 없을 텐데. 도대체 그 멋진 테이블보라는 건 어떻게 생긴 거냐? 그리고 어떤 문양을 그려 넣느냐?

마누라의 회답은 이러했다.

바보가 아닌 이상 그런 것쯤은 누구나가 다 그려 넣을 수 있다. 본을 대고 그 위에 물감을 칠한 붓을 문지르면 되는 거니까. 문양은 세 가지가 있다. '트로이카', 그러니까 기병 장교가 말을 모는, 아름다운 마구가 달린 삼두 마차와 '사슴'을 그린 것, 그리고 마지막으로 페르시아식 나뭇잎 무늬를 넣은 것, 문양은 이 세 가지밖에 없다. 그러나 이런 문양이라도 어디를 가나 인기가 대단하다. 그도 그럴 것이, 진짜 그림 테이블보나 이불보를 사자면 몇천 루블씩이나 하는 것을 단돈 50루블만 내놓으면 되기 때문이다.

슈호프도 그 그림 테이블보라는 것을 먼빛으로나마 한번 보고 싶다고 생각했다.

감옥과 수용소를 전전하는 사이에 이반 데니소비치는 내일은 무엇을 어떻게 하고 내년엔 또 무엇을 어떻게 한다는 계획을 세운다든가, 가족의 생계를 걱정한다든가 하는 일이 아주 없어지고 말았다. 그가 걱정하지 않아도 모든 것은 높은 사람이 대신 생각해준다. 오히려 그에게는 그것이 훨씬 마음이 편하기도 했다.

어쨌든 형기를 마치려면 아직도 2년은 더 있어야 한다.

그러나 이 '염색장이' 일만은 그에게 초조감을 느끼게 만들었다. 잘은 몰라도 굉장히 수입이 괜찮은 장사인 것만은 틀림없는 것 같다. 더구나 고향 친구들한테 뒤떨어진다는 건 참을 수 없는 일이다.

그렇지만 이반 데니소비치는 진심으로 이 '염색장이'라는 장사가 마음에 든 것은 아니었다. 철면피가 아니고서는, 그리고 양심 같은 건 아주 팽개치고 덤비지 않고서는 할 수 없는 일인 것 같다. 뇌물도 슬쩍 먹이곤 해야 할 것이다.

슈호프는 세상에 나와 어느덧 40년, 이빨도 반은 빠져버리고 머리숱도 얼마 남지 않은 이날 이때까지, 뇌물이라는 걸 주거나 받거나 한 경험이 전혀 없다. 수용소에 와서도 이것만은 끝내 배우지 못하고 말았다.

쉽게 번 돈은 쉽게 없어지게 마련이다. 자기가 일해서 번 돈이라는 실감도 나지 않을 것이다.

아무리 늙고 기운이 없어졌다 해도 무슨 일에든 누구 못지않은 솜씨를 가진 슈호프다. '속세'에 나가기만 하면, 하다못해 빵 공장이나 목공소나 양철 공장 같은 데서라도 일자리는 얼마든지 얻을 수 있으리라. 다만 공민권(公民權)을 상실한 사람을 아무 데서도 받아들이려 하지 않는다는 게 문제라면 문제다. 집에도 돌려보내지 않을지 모른다. 그렇게 되면 할 수 없이 '염색장이' 노릇이라도 할까……

그럭저럭 대열은 목적지에 도착했다. 넓은 공사장 한쪽 끝에 있는 수위실 앞에서 일단 정지한다. 모피 외투를 입은 경호병 두 명이 철조망을 따라 저쪽 끝에 서 있는 망루를 향해 걷기 시작했다. 망루마다 경호병이 올라선 다음에야 비로소 죄수들을 공사장으로 들여보내게 되어 있다.

자동소총을 어깨에 맨 경호대장이 위병소 쪽으로 걸어갔다. 수위실 굴뚝에서는 연기가 무럭무럭 솟아오르고 있다. 여기서는 군인이 아닌 민간인 수위들이 목재나 시멘트 같은 물자의 도난을 방지하기 위해 밤낮없이 지키고 있다.

철조망으로 엮은 정문을 통해 작업장이 한눈에 바라보이고 맞은편 철조망까지 보인다.

작업장 너머 아득한 지평선 위에 안개에 싸인 붉고 큰 태양이 솟아올랐다. 슈호프 곁에 있던 알료샤가 아침에 해를 보자 반가운 듯이 입가에 미소를 지었다. 움푹 패어들어간 두 볼, 아무런 '벌이'도 하지 않고 배급되는 식량만으로 간신히 연명하고 있는 처지에 대관절 무엇이 좋아서 히죽거리는지 모르겠다.

수용소 내의 침례교 신자들은 일요일이 되면 자기들끼리 모여서 소곤거리곤 한다. 그 친구들에게 수용소 생활 같은 건 그야말로 아무것도 아닌 모양이다.

얼굴을 감쌌던 헝겊이 입김에 젖어 군데군데 얼어붙었다. 슈호프는 헝겊을 턱밑으로 끌어내리고, 바람이 불어오는 방향으로 등을 돌렸다.

아무 데도 찢어진 곳은 없는데도 본래가 아무렇게나 만든 장갑이라 손이 곱아들고, 왼쪽 발가락은 감각이 전혀 없다. 왼쪽 발에 신은 방한화는 불에 타서 다른 헝겊을 대고 꿰맨 자리가 두 군데나 있기 때문이다. 허리에서 잔등으로, 그리고 어깻죽지까지 온몸이 멍이라도 든 것처럼 뻐근하다. 이런 몸으로 과연 작업을 해낼 수 있을까?

몸을 돌리니, 바로 눈앞에 반장의 얼굴이 보였다. 슈호프의 뒷줄에 서 있었던 모양이다. 반장 추린은 어깨가 딱 벌어진 것이 전체적으로 꿋꿋한 느낌을 주는 인간이다. 망부석처럼 말없이 서 있다. 농담을 하여 자기 반원들을 웃기곤 하는 그런 부류의 반장은 아니다. 대신 자기 반의 식사 할당량에 대해서만은 언제나 적극적으로 나선다. 그런 점에서는 수완이 있는 반장이다. 그는 처음 선고받은 형기를 다 마치고 지금은 추가형을 치르고 있는 중이지만, 강제 노동 국장의 아들이란 별명으로 통할 만큼 수용소 생활을 세세한 면에 이르기까지 환히 꿰뚫고 있다.

수용소 안에서는 뭐니 뭐니 해도 반장이 절대적이다. 좋은 반장을 만나면 우선 목숨만은 건졌다고 생각해도 무방하지만, 좋지 않은 반장한테 걸렸다가는 죽도록 착취만 당하게 마련이다.

지금의 작업 반장인 추린과는 우스치 이지마 시절부터 잘 아는 사이였다. 하기는 거기 있을 때도 그의 반에 들어 있던 것은 아니었다. 우스치 이지마의 일반 수용소에서, 형법 52조(반역죄)에 해당하는 죄수만 이곳 유형수 수용소로 쫓겨올 때, 그가 자기 반에 넣어준 것이다.

슈호프는 수용소장이나 생산계획부, 현장감독이나 기사(技師) 같은 사람들과는 전혀 교섭이 없다. 만사를 반장이 대신 해결해주기 때문이다. 이런 반장 밑에 있으면 그야말로 모함(母艦)에 타고 있는 것처럼 든든하다.

그 대신 언제나 그의 눈치를 잘 살피고 있다가 재빨리 시중을 들어야 한다. 수용소에서는 다른 사람이라면 몰라도 반장인 추린의 눈만은 절대 속이려 들어서는 안 된다. 그의 밑에서 무사하려면 이것이 첫째 조건이다.

슈호프는, 어제와 같은 곳에서 작업할 것인지 또는 딴 데로 옮기게 될 것인지 반장한테 물어보려고 했다. 그러나 무엇을 골똘히 생각하고 있는 반장에게 말을 거는 건 삼가야 한다. '사회주의 단지'의 난관을 극복한 지금, 아마도 반장은 작업량 사정(査定)에 대해 머리를 짜내고 있음에 틀림없다. 그 결과에 따라 앞으로 5일간의 식사 할당량이 달라지기 때문이다.

반장의 얼굴은 마마자국투성이였다. 바람을 정면으로 받으면서도 눈썹 하나 까딱하지 않는다. 떡갈나무 껍데기처럼 얼굴의 피부가 단련되어 있다.

죄수들은 장갑 낀 손을 탁탁 두드리며 제자리걸음을 하고 있다. 바람이 세차다!

여섯 군데 망루에 경호병들이 다 올라갔을 때가 됐는데도, 어째서 빨리 들여보내주지 않는지 모르겠다. 경계심이 지나치게 왕성하구나.

경호대장과 인원 점검원이 수위실에서 나와 정문 양쪽에 선다. 문이 열린다.

"5열 종대로 정렬! 1열! 2열! ……"

죄수들은 마치 열병식에 나갈 때처럼 보조를 맞추며 걸어나간다.

공사장에 들어가기만 하면 그 다음에는 행동이 어느 정도 자유롭다. 정문을 통과하여 얼마쯤 더 들어가면 납작한 현장 사무실 건물이 있다. 그 안에 현장감독이 나와서 반장들을 부르고 있다. 아니, 부르지 않아도 이쪽에서 먼저 그리로 간다. '데르', 곧 현장 조감독들도 감독한테 간다. 같은 죄수이면서 동료들을 마소처럼 부려먹는 개새끼들이다.

8시, 아니 8시 5분은 됐을 게다(조금 전에 신호용 기적이 울렸으니까).

현장감독은 될 수 있으면 시간을 낭비하지 않으려고 죄수들이 불 있는 곳을 찾아 뿔뿔이 흩어져 달아나는 것을 막아보려 하지만, 죄수들은 마음껏 늑장을 부리며 해가 넘어가기까지 시간이 아직 많은데 무엇 때문에 서두를까 보냐 하는 태도다.

공사장에 들어가면 모두들 허리를 굽히고 걷는다. 여기저기 흩어진 나뭇조각을 주워 모아다가 자기들 작업장 난로에 불을 지피려는 것이다. 나뭇조각을 주워서 제각기 적당한 곳으로 숨어버리는 식이다.

추린은 파블로 부반장을 데리고 사무실로 갔다.

체자리도 대열을 벗어나 그쪽으로 갔다. 체자리는 '부유한' 죄수다. 한 달에 두 번 이상이나 소포를 받는다. 그것으로 필요한 데마다 뇌물을 먹인 덕분에, 공사장에 오면 계산계 조수로 뜨뜻한 사무실에 들어앉아 펜대나 굴리고 있으면 된다.

제104작업반의 나머지 반원은 재빨리 불 있는 데를 찾아 줄행랑을 친다.

안개 낀 붉은 태양이 텅 빈 공사장 구내를 비추기 시작했다. 구내에는 조립식 주택의 판자 벽이 눈을 뒤집어쓴 채 쌓여 있고, 세우다가 그만둔 석조 창고의 토대 옆에는 핸들이 부러진 굴착기가 방치되어 있다. 무쇠 통이 뒹굴고 있는가 하면 폐철이 산더미처럼 높이 쌓여 있다. 공사 중인 배수로, 여기저기 파놓은 구덩이, 자동차 수리 공장 지붕에는 기둥 하나가 높이 솟아 있다. 그리고 저쪽 언덕 위에는 2층을 쌓다 그만둔 '테츠'—난방 발전 센터 건물이 서 있다.

죄수들이 몸 녹일 곳을 찾아 뿔뿔이 흩어져버리고 난 다음에는, 여섯 군데 망루에 올라선 경호병들과 사무실 주변을 왕래하는 사람의 그림자가 보일 따름이다.

이 순간이야말로 문자 그대로 자유시간이다!

작업장의 주임감독은 오래전부터 각 작업반의 작업을 전날 저녁에 미리 할당해놓으라고 강경히 요구하고 있다는데, 좀처럼 그렇게 될 것 같지가 않다. 왜냐하면 밤사이 상부의 방침이 180도로 바뀌기가 일쑤기 때문이다.

잠시 동안이지만 완전한 자유시간!

높은 사람들의 논의가 계속되는 동안, 아무래도 좋으니 따뜻할 것처럼 보이는 건물 속으로 기어들어가 얼마 후에 시작될 고된 노동을 위해 잠시 쉰다. 혹시 재수 좋게 난로 옆에 자리잡을 수 있으면 발싸개라도 풀어 불을 쬐는 것이 좋다. 그러면 발가락들은 하루 종일 추위를 모를 것이다. 아니, 난로가 없어도 괜찮다. 이 잠시 동안의 쾌적한 기분에 어찌 변함이 있으랴.

제104작업반 반원들은 텅 빈 자동차 수리 공장 건물 안에 들어박혀 있었다. 이 건물은 제38작업반이 콘크리트 판 제조장으로 사용하는 곳인데 지난해 가을에 유리 창문까지 달아놓았다.

나무틀에 들어 있거나 나무틀을 빼고 모로 세워놓은 콘크리트 판들이 늘어서 있고, 보강 철재 같은 것도 한쪽에 쌓여 있다.

천장이 높고 밑이 흙바닥이어서 그리 따뜻하지는 않지만, 그래도 이 건물에서는 석탄을 아끼지 않아 난방이 잘되어 있었다. 물론 사람을 위한 난방이 아니라 콘크리트 판의 동결을 방지하기 위한 것이지만, 한란계까지 걸려 있다.

일요일에는 무슨 이유에선지 죄수들을 작업장에 내보내지 않게 되어 있는데, 작업이 없는 날에도 이 건물에는 공사장 측의 인부가 계속해서 불을 피웠다.

제38작업반 친구들은 자기 반 죄수들 외에는 난롯가에 얼씬도 못하게 한다. 저희끼리 난로를 둘러싸고 앉아서 발싸개를 말리고 있다. 그러나 불평할 처지가 아니니, 구석 자리나마 만족할 수밖에 없다.

슈호프는 금방 뚫어질 것같이 닳아빠진 솜바지 엉덩이를 나무틀 위에 얹고 앉아서 벽에 등을 기댔다.

잠시 후 옆으로 몸을 돌리려 했더니 겉에 입은 작업복과 속의 솜옷이 이상하게 땅기며 왼쪽 가슴이 무슨 단단한 물건에 짓눌리는 듯한 촉감을 느꼈다. 슈호프는 그것이 안주머니에 넣은 빵 덩어리라는 것을 알았다. 점심때 먹을 식량이다.

보통 때 같으면 점심때가 되기 전엔 절대로 빵에 손을 대거나 하는 일이 없는 슈호프였다. 여느 날은 아침에 반 조각을 먹고 나온다. 오늘처럼 식은 죽만 먹고 나온 적은 없었다.

이제야 슈호프는, 절식한다는 것이 결코 절식이 되지 못했다는 걸 똑똑히 깨달은 셈이다. 호주머니 속의 빵을 여기 따뜻한 데서 지금 먹어버리고 싶은 욕망이 고개를 든다. 점심때까지는 아직도 다섯 시간. 그때까지 도저히 참을 수 있을 것 같지가 않다.

아까부터 어깻죽지가 아프더니 이제는 다리가 아파온다. 다리의 힘이 빠져나가버린 것 같다. 아아, 난로 옆에 가고 싶은 생각이 간절하건만!

슈호프는 장갑을 벗어 무르팍에 놓고 솜옷의 앞섶을 헤쳤다. 그 다음 입김에 얼어붙은 방한용 헝겊을 목에서 풀어 쓱쓱 문질러 호주머니 속에 집어넣었다. 그 헝겊으로 빵을 감싸가지고 겨드랑이 밑에 꼈다. 부스러기 하나라도 떨어뜨리지 않으려는 것이다.

그 다음 조금씩 빵을 물어뜯어 씹기 시작했다. 작업복과 솜옷에 싸여 체온이 미치는 데 들어 있었기 때문에 빵은 조금도 언 것 같지가 않았다.

수용소에 들어온 후부터 슈호프는 전에 고향 마을에 있을 때 배불리 먹던 일을 자주 떠올리곤 했다. 무쇠 냄비에서 찐 감자를 몇 개씩이나, 채소를 넣은 죽을 몇 대접씩이나, 그리고 식량 사정이 좋았던 옛날에는 커다란 고깃덩어리를 닥치는 대로 집어삼켰다. 게다가 우유는 배가 터지도록 마셨다.

그렇게 먹는 것이 아니었다고 지금 슈호프는 절실히 느끼고 있다. 음식을 먹을 때는 그 진미를 알 수 있도록 먹어야 한다.

다시 말하자면 지금 이 조그만 빵 조각을 먹듯 먹어야 한다. 조금씩 입 안에 넣고 혀끝으로 이리저리 굴리며 양쪽 볼에서 침이 흘러나오게 한다. 그렇게 하면 이 설익은 검은 빵이 얼마나 향기로운지 모른다. 수용소 생활 8년, 아니 이제는 9년째로 접어들지만, 그동안 슈호프가 먹을 수 있었던 것은 도대체 무엇이었던가? 전 같으면 입에 대지도 못할 것들뿐이었다. 그렇다고 이제는 그것에 싫증이 났다는 건가? 천만에!

200그램짜리 빵 덩어리에 온 정신이 팔려 있는 슈호프 옆에는 제104작업반 전원이 역시 같은 모양을 하고 앉아 있다.

형제처럼 닮은 두 사람의 에스토니아인이 콘크리트 바닥에 나란히 앉아서 파이프에 낀 반 토막짜리 담배를 한 모금씩 번갈아가며 빨고 있다. 이 에스토니아인들은 둘 다 살갗이 희고 키가 크며, 빼빼 마른데다가 다리가 굉장히 길다. 그리고 두 사람이 똑같이 눈이 크다.

그들은 한시도 떨어지지 않고 언제나 붙어다닌다. 한쪽이 없으면 다른 한쪽은 아마 살지 못할 것이다. 반장도 그들을 떼어놓을 생각은 아예 하지 않는다.

그들은 무엇이나 똑같이 나눠 먹었고, 잠도 위층의 같은 침상에서 나란히 누워서 잔다. 줄지어 섰을 때도, 집합시에도, 밤에 잠자리에 들어서도 그들은 언제나 소곤소곤 다정하게 말을 주고받는다. 그렇다고 해서 그들은 형제도 아무것도 아니다. 수용소에 들어와서 제104작업반에 편입된 후에 사귄 친구들이다.

한 사람은 발틱 해 연안의 어부였다고 한다. 또 한 사람은

1917년 처음으로 소비에트 정권이 에스토니아에 수립되었을 때, 아직 어린아이였지만 부모를 따라 스웨덴으로 피난했다. 자란 후에 그는 다시 고국으로 돌아와〔에스토니아는 그 당시 비공산권 국가였다. 소련에 합병된 것은 1940년이다〕 대학을 졸업했다는 것이다.

민족을 가지고 따지는 건 어리석은 일이다. 어느 민족이건 나쁜 놈은 반드시 있는 법이다. 그러나 슈호프가 아는 한, 에스토니아인 치고 나쁜 사람이라곤 아직까지 단 한 사람도 본 일이 없다.

모두 콘크리트 바닥이나 나무틀이나 땅바닥에 주저앉은 채 아무도 일어날 생각을 않고 있다. 아침에는 혀끝도 풀리지 않는다. 저마다 생각에 잠겨 말없이 앉아 있을 뿐이다.

게걸쟁이 페추코프가 어디서 발견했는지 꽁초를 잔뜩 주워 가지고 왔다(타구 속에 들어간 꽁초까지 서슴지 않고 끄집어내어오는 친구다). 그는 지금 무르팍 위에 꽁초를 전부 까놓고 종이에 그것을 말고 있다. '속세'에 있을 때 페추코프에게는 아이가 셋이 있었다. 그러나 그가 투옥되자 아이들은 제각기 흩어져 버리고 아내도 딴 사람과 재혼하고 말았다. 그러니까 그는 식량 소포를 기대할 만한 곳조차 없는 처지다.

페추코프를 한참 동안 곁눈으로 바라보고 있던 부이놉스키가 끝내 잠자코 있지 못하고 한마디했다.

"야, 이놈아, 그런 더러운 걸 뭣 하러 긁어모으는 거야? 입에서 매독이 옮는다! 내버려!"

해군 중령이라면 웬만한 군함의 함장이다. 몸에 밴 것이 지휘 명령이다. 누구와 말할 때도 명령조로 나오기가 일쑤다.

그러나 페추코프로서는 그런 부이놉스키한테 기가 죽을 이유라곤 털끝만큼도 없었다. 중령에게도 소포가 올 징조는 전혀 보이지 않으니 더욱 그렇다. 그는 이가 거의 다 빠져 달아난 빼끔한 입에 독기 품은 조소를 띠며 대꾸했다.

"그러지 마시오, 함장 동무. 당신도 8년쯤 갇혀 있으면 꽁초에 눈이 벌게지게 될 거요. 수용소에는 당신보다 더 높은 계급을 가졌던 양반들도 많이 들어왔지만 결국……"

하지만 중령만은 어쩌면 끝내 버틸 수 있을지도 모른다…… 이렇게 생각한 것일까? 페추코프는 말꼬리를 흐려버렸다.

"뭐라고?"

세니카 크레프쉰이 끼어들었다. 그는 귀가 좀 먹었다. 아마 부이놉스키가 아침 검사 때 간수한테 대든 이야기를 하고 있는 줄 알았던 모양이다.

"그렇게까지 흥분하는 게 아니었어!" 하며 머리를 설레설레 내젓는다.

"무사히 넘어갈 걸 가지고 공연히……"

세니카 크레프쉰은 모든 것을 체념한 듯한 조용한 사내다. 그는 41년(독·소 전쟁이 일어났던 해)에 전선에서 한쪽 귀를 다쳤다. 그 후 포로가 되었다가 탈주했고, 다시 붙잡혀 바이마르 근처의 나치 수용소에 투옥되었다. 거기서 기적적으로 살아남아 지금은 이 수용소에서 조용히 형을 치르고 있다〔독일군에게 포로가 되었다가 귀국한 군인은 전원 강제 노동 수용소로 추방되었다〕. 흥분해선 안 된다는 것은 그의 입버릇이다.

사실 그건 옳은 말이다. 분한 일이 있더라도 꾹 참아야 한다. 공연히 맞섰다가는 그만큼 자기한테 손해가 돌아오니까.

알료샤는 손으로 얼굴을 가린 채 잠자코 앉아 있다. 기도를 드리고 있는 거다.

반 토막의 빵에 슈호프는 온 정신이 팔려 있었다. 그러나 이제는 그것도 거의 다 삼켜버렸다. 둥글게 말라붙은 위쪽의 껍질만은 그냥 남겨두기로 했다. 그릇 밑바닥에 들러붙은 죽을 긁어 먹는 데는 숟가락보다도 이 빵 껍질이 제격이다. 그는 먹다 남긴 껍질을 점심때 먹기로 하고 흰 헝겊에 싸서 솜옷 안주머니에 넣었다.

추위를 막기 위해 솜옷과 작업복을 다시 한번 잘 여미고 노끈으로 허리를 동여맸다. 이것으로 준비 완료. 언제든지 작업에 착수할 수 있다. 하지만 작업 개시는 되도록이면 늦어지길 바란다.

제38작업반 반원들은 난롯가에서 일어나 제각기 맡은 일에 착수했다. 콘크리트 혼합기에 가서 붙는 사람, 물을 길어오려고 가는 사람, 보강 철재를 가지러 가는 사람.

제104작업반은, 반장 추린도 부반장 파블로도 좀처럼 나타나지 않는다. 겨울철의 노동시간은 오후 6시까지로 단축되어 있다. 이렇게 편히 앉아 쉬는 것도 기껏 20분밖에 안 되는 짧은 시간이지만, 그래도 모두들 굉장히 많은 시간을 잡아먹은 듯이 만족해하고 있다. 해가 지고 작업이 끝나는 것도 얼마 남지 않은 것같이 생각된다.

"제기랄, 부란〔초원 지방의 무서운 눈보라〕도 한번 불어오지 않는군!"

투실투실 살지고 얼굴이 불그스름한 라트비아인 키르가스가 한숨을 내쉬었다.

"겨우내 한 번도 부란이 없으니 원, 이런 놈의 겨울이 어디 있담!"

"그러게 말야…… 부란! ……한 번쯤 불어와야 할 게 아냐!"

다른 반원들이 맞장구를 치며 역시 한숨을 내쉰다.

이 지방에서는 부란이 맹위를 떨칠 때는 작업이 중지될 뿐만 아니라 막사 밖으로 나가는 것조차 제한한다. 막사에서 식당에 가는데도 동아줄을 붙잡지 않고는 갈 수 없을 정도다. 죄수 한두 명쯤 눈 속에 파묻혀 얼어 죽는대도 문제될 건 없다. 개가 뜯어먹게 내버려두면 그만이다.

그러나 혹시 탈주자라도 나온다면? 아니, 사실 그런 일이 없었던 것은 아니다. 부란이 불 때는 아주 자디잔 싸락눈이 내리지만 그것을 다지면 간단히 눈더미를 쌓을 수 있다. 이 눈더미를 발판으로 하여 철조망을 뛰어넘어 도망친 것이다. 물론 멀리까지 갈 수는 없었지만.

냉정히 생각해보면 부란이 불어온다고 해서 죄수들에게 이익이 될 건 하나도 없었다. 막사의 문은 잠기고 만다. 석탄도 떨어지기가 일쑤다. 창 틈으로 몰려드는 바람에 막사 안의 온기는 사라지고 만다. 곡물 가루의 보급이 중단되어 빵이 부족해지고 식당의 부식도 떨어진다. 더욱이 부란이 아무리 오래 계속되어 사흘이 걸리건 1주일이 걸리건, 작업이 중단된 날은 모두 휴일로 간주하고, 그 대신 일요일에 일을 해서 작업 일수를 채우지 않으면 안 된다.

그런데도 죄수들은 너나없이 부란을 기다리고 있었다. 조금이라도 바람이 세게 불면 모두들 하늘을 쳐다본다. 푸슬푸슬 오지 않을까! 푸슬푸슬! 물론 눈을 두고 하는 말이다. 땅에 내려 덮인 눈을 불어 일으키는 정도의 눈보라만으로는 본격적인 부란은 오지 않기 때문이다.

어느새 제38반의 난롯가로 슬그머니 다가간 친구들도 있었지만, 이내 쫓겨나고 만다.

드디어 추린이 건물 안에 나타났다. 잔뜩 찌푸린 얼굴이다. 무슨 일인지 급히 서둘러야 하는가 보다.

"자, 그럼……"

추린은 반원들을 둘러보았다.

"104반, 전원 이상 없지?"

이렇게 말했으나 인원 점검을 하려는 기색은 없다. 추린의 밑에서 도망칠 놈이 어디 있을라고. 즉석에서 인원 배치가 시작된다.

먼저 에스토니아인 둘과 크레프쉰 그리고 고프치크는 근처에 있는 커다란 시멘트 혼합통을 '테츠'—난방 발전 센터 건물로 나르라는 명령을 받았다.

이것으로 오늘 작업은 작년 가을에 세우다 중단했던 '테츠'라는 것이 판명됐다.

그 다음 두 명은 공구반으로 배치되었다. 공구반에는 부반장 파블로가 연장을 받으러 먼저 가 있었다.

그리고 네 명은 '테츠' 주위, 특히 기계실의 입구와 내부, 그리고 계단의 제설 작업, 다른 두 명은 기계실 난로에 불을 피우라는 명령을 받았다. 아무 데서나 판자 조각을 주워다가 석탄에 불을 지펴야 한다.

썰매로 시멘트를 날라오는 데 한 명, 물을 길어오는 데 두 명, 모래를 나르는 데 두 명, 그 모래에서 눈을 털어 망치로 잘게 부스러뜨리는 데 한 명이 배치되었다.

이제 남은 것은 제104작업반에서 일솜씨가 제일 뛰어난 슈호프와 키르가스뿐이었다. 반장은 이 두 사람을 앞으로 불러내서 말했다.

"그럼 젊은이들, 너희는……"

반장은 이 두 사람보다 나이를 더 먹은 것도 아닌데 아무한테나 '젊은이들'이라고 부르는 버릇이 있었다.

"낮부터는 2층 벽에 벽돌을 쌓아올리도록 하게. 작년에 제6작업반에서 쌓던 곳 말이야. 하지만 그전에 기계실 난방을 해야 할 텐데, 커다란 창문이 세 개나 뚫려 있으니까 우선 무엇으로든 창문을 막아야 할걸세. 인원은 얼마든지 내줄 테니 창문 막을 재료를 찾아보게. 기계실에서 시멘트를 혼합해야 하는데, 외풍을 막지 않으면 모두 개새끼들처럼 얼어 죽고 말 테니 말야."

이 밖에도 또 무슨 말을 하려 했던 모양이었으나, 그때 고프치크가 달려왔다. 흰 돼지새끼처럼 얼굴이 불그스름한, 열여섯 살밖에 안 된 소년이다. 다른 반에서 시멘트 혼합통을 내주려 하지 않아서 지금 대판 싸움이 벌어졌다고 호소하러 온 것이다.

추린이 곧 그쪽으로 달려갔다.

요즘 같은 엄동설한엔 작업을 시작할 때까지가 더 힘들다. 막상 일을 시작하고 나면 그 다음은 오히려 쉽다.

슈호프와 키르가스는 서로 얼굴을 마주 보았다. 두 사람은 벌써 여러 번 짝을 지어 일한 경험이 있다. 서로 상대방을 목수로서 벽돌공으로서 존경하고 있었다.

눈 덮인 텅 빈 작업장 구내에서 창문 막을 재료를 구한다는 건 결코 쉬운 일이 아니었다.

그러나 키르가스가 말했다.

"이봐, 바냐[이반의 애칭]! 저기 조립식 주택에 방수 천 두루마리를 한 개 감춰둔 게 있는데, 어때, 거기나 가볼까!"

키르가스는 라트비아인이지만 러시아어를 제 나라 말처럼 잘한다. 그의 이웃 마을이 러시아 정교를 믿는 부락이었으므로 어릴 적부터 러시아어를 배웠다는 것이다. 수용소 생활은 아직 2년밖엔 안 되었지만 벌써 모든 것에 환하다. 날쌔게 쫓아다니지 않고는 아무것도 구해오지 못한다는 것도 잘 알고 있다.

키르가스의 이름은 요한이었다. 그래서 슈호프도 역시 그를 바냐라고 부른다[이반은 요한의 러시아식 발음].

그들은 방수 천을 가지러 가기로 했다. 다만 그리로 가는 길에 슈호프는 자동차 수리 공장의 부속 건물에 들러 자기의 흙손을 가져와야 했다. 벽돌공에게는 길이 잘 든 가벼운 흙손이 무엇보다 귀중하다. 그러나 어느 작업장에서나 아침에 공구반에서 받아온 연장은 저녁이면 반드시 반환하게 되어 있다. 그러니까 이튿날 어떠한 연장이 차례로 오는가 하는 것은 순전히 그날 운수에 달린 것이다.

그러나 슈호프는 어느 날 공구의 수를 교묘하게 속여 자기 손에 알맞은 흙손 한 개를 슬쩍해둔 게 있었다. 그 후부터는 저녁 때 흙손을 감춰두었다가 이튿날 벽돌 쌓는 일이 있으면 그것을 꺼내 쓰곤 했다. 오늘 제104작업반이 '사회주의 단지'로 전출되었다면, 슈호프는 애지중지하는 그 흙손을 영영 잃고 말았을 것이다. 하지만 오늘은 문제없다. 돌을 밀어내고 틈바구니에 손가락을 넣어 소중한 흙손을 꺼냈다.

슈호프와 키르가스는 조립식 주택이 있는 쪽으로 걸음을 옮겼다. 입김이 희고 둥근 공처럼 공기 속에 서린다. 해는 이미 높이 떠올랐으나 짙은 안개 때문에 희뿌옇게 보인다. 태양의 좌우로 기둥 모양의 오로라가 나타난 것 같았다.

"아니, 저건 오로라 아냐?"

슈호프가 키르가스를 보며 말했다.

"오로라 기둥이라면 백 개가 있어도 상관없어."

키르가스는 히죽 웃어넘겼다.

"설마 저 기둥에까지 철망을 치진 못할 테니 말야."

키르가스는 농담을 섞지 않고는 말을 못하는 성미였다. 그래서 반원들은 모두 그를 좋아한다. 특히 수용소 내의 라트비아인들은 그를 무척 따르고 있다. 키르가스의 '생활 수준'은 보통 정도는 된다. 한 달에 두 번씩 식량 소포를 받고 있다. 불그스름한 두 볼이 수용소 죄수답지 않다. 그쯤 되면 농담도 나올 법하다.

작업장 대지는 꽤 넓었다. 그들은 이쪽 끝에서 저쪽 끝까지 횡단해야 한다.

도중에 제82작업반을 만났다. 구덩이를 파고 있다. 구멍은 작아도 좋다. 지름이 50센티미터, 깊이가 역시 50센티미터, 그렇지만 이곳은 여름에도 땅이 바윗돌처럼 굳다. 게다가 지금은 꽁꽁 얼어붙어서 그것을 파헤치기란 이만저만한 일이 아니다. 곡괭이를 내리쳐도 끝이 미끄러지며 불똥이 튈 뿐 땅에는 자국조차 나지 않는다. 죄수들은 각자의 구덩이 앞에 선 채 구멍을 팔 엄두도 못 내는 모양이었다. 몸을 녹일 장소도 없고, 그렇다고 제자리를 떠나라는 명령도 없다. 하는 수 없다. 또 한번 곡괭이를 휘둘러본다. 그것이 동사를 면하는 유일한 방법이니까.

그들 중에는 슈호프와 친분이 있는 뱌트카인도 끼여 있다.

"여보게, 구덩이 위에 불을 피워보게나. 땅이 한결 물러질 테니."

슈호프가 말을 걸었다.

"그렇게 하라는 명령이 있어야지."

뱌트카인은 한숨을 쉬며 대답했다.

"명령이 있다 해도 불을 피우라고 나무를 줄 놈이 어디에 있겠나."

"알아서 구해와야지."

키르가스는 '퉤' 침을 뱉는다.

"이봐, 바냐, 분별 있는 감독이라면 말야, 이 엄동설한에 곡괭이로 구덩이를 파라는 바보는 없을 거야."

키르가스는 무슨 소린지 혼자 투덜거렸으나 조금 후엔 입을 다물고 말았다. 이런 추위에는 오래 입을 놀리고 있을 수도 없다.

두 사람은 걸음을 재촉하여 조립식 주택의 판자 벽이 쌓여 있는 곳까지 왔다.

슈호프는 키르가스와 짝이 되는 것을 좋아했다. 키르가스에게 결점이 있다면 담배를 피우지 않는다는 한 가지 점뿐이었다. 따라서 그에게 오는 소포에 담배가 든 적이 한 번도 없었다.

과연 키르가스는 약삭빠른 친구다. 둘이서 판자 벽을 한 장 한 장 들추노라니까, 그 밑에서 지붕에 씌우는 방수 천 한 두루마리가 나타났다. 그들은 그것을 끄집어냈다. 하지만 이것을 어떻게 가져가지?

망루에 있는 경호병은 문제가 아니다. 그들의 임무는 죄수의 탈주를 막는 데 있을 뿐, 죄수들이 공사장에서 판자 벽을 죄다 부숴 불쏘시개를 한다 해도 간섭할 처지가 아니다.

수용소 소속인 간수를 만난다 해도 역시 걱정할 건 없다. 간수는 간수대로 자기에게 필요한 물건 찾기에 눈이 뒤집혀 있기 때문이다.

그리고 일반 죄수들은 이런 조립식 주택 같은 건 거들떠보려고도 하지 않는다. 작업 반장들도 역시 마찬가지다.

시끄럽게 구는 것은 민간인인 현장감독과, 죄수 중에서 뽑혀 나온 현장 직원, 그리고 시크로파첸코라는 키다리 녀석뿐이다.

이 시크로파첸코란 녀석은 한낱 죄수에 지나지 않지만, 죄수들이 함부로 재료를 집어가지 못하게 조립식 주택을 감시하는 임무를 띠고 있다. 그것으로 자기의 작업량을 대신하는 팔자 좋은 친구다.

사면이 트인 곳으로 나가기만 하면, 제일 먼저 그놈의 눈에 띄고 말 것이다.

"그러니까 바냐, 두루마리를 가로로 들고 가는 건 위험해."

슈호프가 머리를 짜냈다.

"그냥 세운 채로 옆에 끼고 가세. 몸으로 가리고 가면 먼 데서는 잘 모를 테니까."

묘안인 것만은 틀림없다. 그러나 두루마리를 세운 채로 가져가려면 손으로 쥘 데가 만만치 않았다.

그래서 손으로 쥐지는 않고 두 사람 사이에 다른 사람을 하나 꼭 끼듯이 하고 걷기 시작했다. 먼 빛으로는 두 사람이 붙어 걸어가는 것처럼 보인다.

"그렇지만 창문에 달고 나서, 현장감독이 와보면 어떡하지? 아무래도 눈치챌 거 아냐?"

슈호프는 그것이 염려되는 모양이다.

"그게 어쨌다는 거야?"

키르가스가 반문했다.

"'테츠'에 와보니까 전부터 이렇게 되어 있더군요, 이걸 떼야 하나요? 하고 시침을 떼면 그만이지."

그럴듯한 말이다.

그보다도 허술한 장갑 속에 든 손가락이 자꾸만 얼어붙어서 말을 듣지 않는다.

게다가 왼쪽 방한화가 아무래도 시원치 않다. 손이야 일을 하노라면 풀리겠지만, 구멍 뚫린 신발은 문제다.

사람 발자국도 나지 않은 흰 눈 위를 가로질러 한참을 걸어가니, 공구반에서 '테츠' 쪽으로 썰매 자국이 나 있다. 벌써 시멘트를 운반한 모양이다.

'테츠'는 나지막한 언덕 위에 있었다. 그 언덕 너머가 공사장의 경계선이다. 꽤 오랫동안 '테츠'에는 사람의 발길이 끊어졌었다. 그리로 통하는 길도 부드러운 눈에 덮여 있다. 그 눈 위에 썰매 자국이 한결 두드러져 보이고, 푹푹 빠진 사람의 발자국이 새로운 길을 만들어놓고 있었다. 반원들이 걸어간 자국이다. '테츠'의 주위와 자동차가 들어올 통로에는 반원이 넉가래를 가지고 눈을 치우고 있었다.

'테츠'의 승강기만 움직인다면 일은 훨씬 쉬울 것이다. 그러나 모터가 타버렸다는 말이 전에 있었는데, 그 후 수리했다는 말은 듣지 못했다. 그렇다면 벽돌이건 모르타르건 일일이 등에 지고 2층으로 날라야 할 판이다.

'테츠'는 벌써 두 달째 잿빛 해골처럼 눈 속에 버려져 있었다. 그러다가 오늘에야 처음으로 104반이 찾아든 것이다.

하기는 어디를 보나 믿음직스런 점이라고는 한 군데도 없는 패거리임에 틀림없다. 속이 빈 배를 노끈으로 질끈 동여맨 초라한 인간들이다. 게다가 숨이 막히는 엄동에 난방은 고사하고 난로 하나 성한 것이 없는 형편이다.

그러나 104반도 공연히 찾아온 것은 아니다. 이 폐허와 같은 '테츠'에 또다시 생명의 입김을 불어넣으려는 것이다.

기계실 입구에는 부서진 시멘트 혼합통이 뒹굴고 있었다. 부피가 엄청나게 큰 것이어서 운반하기가 어려울 것이라 생각했는데, 슈호프의 예상이 빗나가지 않은 셈이다.

반장이 들입다 욕설을 퍼붓고 있다. 그렇게라도 하지 않으면 성이 풀리지 않기 때문이리라. 하지만 내심으로는, 누구를 탓할 수도 없는 일이라고 단념하고 있는 모양이었다.

그때 마침 키르가스와 슈호프가 방수 천을 사이에 끼고 돌아왔다.

금세 기분이 좋아진 반장은 즉석에서 작업 배치를 바꾸었다. 슈호프는 빨리 불을 피울 수 있도록 난로의 연통을 고칠 것, 키르가스는 두 에스토니아인의 도움을 받아 혼합통을 수리할 것, 세니카 크레프쉰은 자귀를 가지고 방수 천을 붙일 가로대를 만들 것, 방수 천의 폭이 창문의 반밖에 안 되기 때문이다. 그러나 어디서 가로대 감을 구한단 말인가?

창문을 막겠다고 해도 현장감독이 재목을 내줄 리가 없다.

반장은 주위를 한번 둘러본다. 반원들도 주위를 둘러본다.

한 가지 방법이 있긴 하다. 2층으로 올라가는 층층다리에 손잡이 대신 붙어 있는 판자를 두 장만 떼내는 것이다. 조심해서 오르내리기만 하면, 그것이 없다고 설마 밑으로 떨어지지야 않겠지. 사실 그것밖엔 다른 도리가 없지 않은가?

그건 그렇고, 10년이나 수용소살이를 한 처지에 뭐가 안타까워 일에 열중한단 말인가?

나는 못하겠다고 하면 그만 아닌가? 저녁때까지 적당히 시간을 보내다가, 밤이 되면 잠자리에 드러누우면 된다는 식으로는 통하지 않는단 말인가?

하지만 그게 아니다. 그렇게 게으름을 부리지 못하게 하기 위해 작업반이라는 게 조직되어 있는 것이다.

말이 작업반이지 '속세'의 작업반과는 성질이 다르다. 이반은 이반대로 표트르는 표트르대로, 제각기 임금이 지불되는 그런 제도가 아니다.

수용소의 작업반이란, 높은 사람이 일부러 나돌아다니지 않아도 죄수들끼리 서로 채찍질을 하게 만든 조직이다. 작업반 전원에게 상여 급식이 나오느냐, 아니면 전원이 배를 곯느냐, 이것이 수용소의 규칙이다.

허, 이놈 봐라, 게으름을 부리려 드는구나! 네 놈 때문에 다른 사람까지 굶어야 한다는 걸 몰라? 한눈팔지 말고 어서 일하지 못해!

더구나 오늘 같은 날 늑장을 부린다는 건 말이 아니다. 전력을 기울여 일에 박차를 가할 필요가 있다. 앞으로 두 시간 이내에 어떻게 해서든지 난방을 해결하지 못하면 여기서 모두 뻗어 버리고 말 것이다.

연장은 파블로가 벌써 타다놓았다. 다만 모든 일이 아직 가닥이 잡히지 않아서 탈이다.

연통도 낡은 것이 몇 개 있다. 물론 양철공이 쓰는 도구는 없지만 장도리와 자귀는 있다. 어떻게 해서든 뜯어 맞출 수는 있을 것이다.

슈호프는 장갑 낀 손바닥을 탁탁 치고 나서 연통을 연결하기 시작했다. 손이 곱으면 또 한번 손바닥을 치고 작업을 계속한다(흙손은 가까운 데 감춰두었다. 같은 반원들은 말하자면 한집안 식구지만, 그렇다고 방심해서는 안 된다. 키르가스만 해도 완전히 믿을 수는 없다).

그러나 조금 후엔 모든 잡념이 말끔히 사라져버렸다. 슈호프는 아무것도 생각지 않고 아무것에도 마음을 쓰지 않았다. 지금 머릿속에는 연통 구부러지는 곳을 어떻게 연결하면 연기가 새지 않게 할 수 있을까 하는 생각뿐이다. 철사를 구해오라고 고프치크를 보냈다. 창문 밖에 연통을 매다는 데 필요하기 때문이다.

기계실 한쪽 구석에는 벽돌로 쌓은 굴뚝이 달린 또 하나의 납작한 난로가 있다. 새빨갛게 녹슨 널따란 철판이 난로 위에 놓여 있다. 얼어붙은 모래 덩어리를 얹어 얼음을 녹이고 모래를 말리는 데는 안성맞춤이다. 그쪽 난로에는 벌써 불을 지피고 있었다. 전직 해군 중령과 페추코프가 모래를 나르고 있다. 모래를 나르는 일이라면 병신이라도 할 수 있다. 그러니까 반장도 이런 일은 옛날에 높은 자리에 앉았던 죄수들에게 맡기는 것이다.

페추코프는 전에 어느 관청에서 제법 높은 자리에 앉아 있었다고 한다. 전용 차까지 가지고 있었다니 대단하다. 해군 중령이 들어온 후 처음 며칠 동안은 노골적인 적의를 표시하여 쉴새 없이 호통을 쳤으나, 중령한테 한번 호되게 얻어걸린 후부터는 잠잠해졌다.

모래를 얹은 난로에는 몸을 녹이려는 친구들이 어느새 겹겹이 둘러섰다. 반장이 고함을 친다.

"저것들이, 얻어맞고 싶은가! 일할 채비부터 해야 할 게 아냐!"

주저앉으려는 개한테는 채찍을 보이라는 말이 있다. 추위도 무섭지만 반장은 더욱 무섭다. 모여 섰던 패들은 다시 제자리로 흩어져갔다.

슈호프는 반장이 파블로에게 소곤거리는 소리를 들었다.

"여긴 자네가 남아 있게. 게으름을 피우지 못하게 잘 단속해. 나는 작업량 사정 문제를 해결하고 올 테니."

작업 그 자체보다도 더욱 중요한 것이 작업량 사정이다.

능력 있는 반장이란 작업량 사정을 잘해야 한다. 작업량을 어떻게 사정하느냐에 따라 급식량이 늘 수도 있고 줄 수도 있으니 소홀히 할 문제가 결코 아니다.

다하지 못한 일도 다한 것처럼 속여야 하고, 사정률이 낮은 일은 좀더 높이도록 교섭해야 한다. 모든 것은 반장의 수완에 달려 있다. 사정원(査定員)한테도 무엇이든 갖다 바쳐야 한다.

사정원이라고 해서 먹지 않는다는 법은 없으니까.

그러면 이렇게 해서 이루어진 계획량 초과 완수의 퍼센티지는 도대체 누구를 위한 것인가?

그것은 수용소를 위한 것이다. 즉 수용소는 이러한 방법으로 건설 공사에서 수천 루블의 이득을 얻어, 그것으로 수용소 소속 장교들에게 상여금을 지급한다. 감독관 볼코보이의 '채찍 수당'도 여기서 나온다. 한편 죄수들은 저녁에 200그램짜리 빵 덩어리를 상여 급식으로 받게 된다. 요컨대 수용소 생활이란 200그램의 빵이 모든 것을 지배하고 있는 셈이다.

물을 두 양동이 길어왔으나, 오는 길에 꽁꽁 얼어버렸다. 파블로가 묘안을 생각해냈다. 먼 데서 물을 길어오는 것보다 가까운 데 있는 눈을 긁어모아 녹여 쓰는 편이 오히려 간단하다. 눈을 담은 양동이를 난로 위에 올려놓았다.

고프치크가 어디서 새 알루미늄 전선을 훔쳐와서 슈호프한테 보고한다.

"이반 데니소비치! 숟가락을 만들기에 알맞은 철사예요. 숟가락 만드는 법 가르쳐주세요."

슈호프는 장난꾸러기 고프치크를 친자식처럼 귀여워한다(슈호프의 아들은 어릴 때 죽고, 지금 집에는 딸만 둘 있다).

고프치크는 숲속에 숨어 있던 벤데르파(우크라이나 민족주의자들)에게 우유를 갖다주었다는 죄목으로 체포되었다. 열네 살밖에 안 된 소년이었는데도 형기는 어른들과 똑같았다. 송아지처럼 온순한 성격이어서 누구한테나 곧잘 응석을 부리곤 한다. 그러면서도 한편으론 제 속을 차릴 줄 아는 똑똑한 녀석이다. 소포를 받아도 혼자 움켜쥐고, 밤중에 이불 속에서 우물거린다. 하긴 남에게 나눠주다가는 제 입에 들어갈 게 없을 테니 그것도 무리가 아니지만.

슈호프와 고프치크는, 숟가락 재료로 쓸 만큼 전선을 잘라서 구석진 곳에 감춰두었다. 그 다음 슈호프는 두 장의 판자로 사다리를 만들어, 고프치크에게 연통을 달아매게 했다.

다람쥐처럼 날쌘 고프치크는 판자를 타고 기어올라가서 못을 박고, 못에 건 철사로 연통을 감는다.

슈호프도 손을 쉬지는 않는다. 연통 끝에다 위쪽으로 또 한 개를 연결한다. 오늘은 바람이 대단치 않지만, 내일은 어떨지 모른다. 연기가 거꾸로 밀려 내려오면 곤란하다. 자기 반원들이 몸을 녹일 난로니까.

그러는 동안, 세니카 크레프쉰이 창문을 막을 가로대를 준비했다. 가로대를 박는 것도 고프치크가 할 일이다. 장난꾸러기 고프치크는 벌써 사다리에 올라가서 나무를 올려 보내라고 소리치고 있다.

해는 꽤 높이 떠올랐다. 안개가 걷히고 오로라도 사라졌다. 불그스름한 햇살이 기계실 안으로 흘러들어온다. 새로 연통을 고친 난로에도 불을 지폈다. 이제 좀 살 만하구나!

"정월 해는 송아지 한쪽 옆구리를 녹여주는 게 고작이지."

슈호프가 혼잣말처럼 중얼거렸다.

키르가스도 시멘트 혼합통을 거의 수리한 모양이다. 뚝딱뚝

딱 자귀질을 하며 부반장에게 소리친다.

"여보게, 파블로, 반장한테 수리비 조로 100루블 꼭 받아줘야 하네. 1루블이라도 깎으면 안 돼. 알겠나!"

"100루블이 아니라 100그램이겠지."

파블로가 싱긋 웃는다.

"검사가 상여금(여기서는 추가형을 말한다)을 줄 거예요."

사다리 위에서 고프치크가 쨍쨍 울리는 소리로 한마디한다.

"얘, 얘, 거기 손대지 마라!"

슈호프가 위에다 대고 소리친다(방수 천을 자르는 방식이 틀렸기 때문이다). 어떻게 잘라야 하는지 직접 해 보인다.

난로 옆에 여럿이 모여 있다. 파블로가 쫓아낸다.

키르가스에게는 조수를 또 한 사람 배당하여 모르타르 통을 만들게 했다. 모르타르를 2층으로 나르는 데 필요하기 때문이다.

모래 운반에 두 사람을 더 배치했다. 위층으로 올라가는 층층다리와, 발판의 눈을 치우는 데도 사람을 배치한다. 그리고 또 한 사람에게는 건물 안에 남아서 철판 위의 마른 모래를 혼합통에 옮기는 일을 시킨다.

밖에서 엔진 소리가 들려왔다. 벽돌을 실은 트럭이 눈 덮인 언덕길을 올라오고 있는 모양이다. 파블로가 밖으로 달려나가 손짓으로 벽돌 부릴 장소를 가리킨다.

창문에는 방수 천을 한 장 한 장씩 붙이는 중이다. 이런 것으로 과연 추위를 막아낼 수 있을까? 보통 천과 다를 것이 없다.

하지만 틈바구니가 없어졌으니 적어도 바람만은 막을 수 있을 것이다. 그 대신 실내가 어두워지고 난롯불이 새빨갛게 빛나기 시작한다.

알료샤가 석탄을 날라왔다. 빨리 넣어라! 누군가 소리친다. 넣지 마라, 나무토막만으로도 넉넉하다! 라는 소리도 들린다. 어느 쪽 말을 들어야 할지 몰라 알료샤는 머뭇거리고 서 있다.

페추코프는 난로 앞에 버티고 서서 방한화를 들이대고 있다. 바보 같은 녀석, 저러다 신발을 태워먹으면 어쩔 셈인가? 해군 중령이 그의 목덜미를 잡아끈다.

"자, 어서 모래를 날라야지!"

부이놉스키에게는 수용소 작업도 해상 근무와 다를 바가 없다. 명령이 내리면 그대로 실천하는 것뿐이다! 지난 한 달 동안에 중령은 정말 몰라보게 수척해졌다. 그러나 기백만은 여전히 살아 있다.

길고 짧고, 가지런하지는 못했지만, 어쨌든 방수 천으로 세 개의 창문이 모두 가려졌다. 빛이 들어오는 건 출입구뿐이다. 냉기가 흘러들어오는 것도 역시 출입구 한 군데밖엔 없다.

파블로는 출입구 위를 막아버리라고 명령했다. 아래쪽은 허리를 굽히고 드나들 정도의 구멍만 있으면 족하다.

지체 없이 출입구를 막는다.

그러는 동안에 덤프 트럭 석 대가 벽돌을 실어다가 밖에 부려놓고 갔다.

이번에는 승강기 없이 어떻게 벽돌을 위층으로 올리느냐가 문제다.

"자, 벽돌공! 어디 한번 올라가보실까!"

파블로가 말했다.

벽돌을 쌓는 건 아무나 할 수 있는 일이 아니다. 말하자면 명예로운 일에 속한다.

슈호프와 키르가스는 부반장을 따라 위층으로 올라간다. 가뜩이나 좁은 층층다리인데 세니카가 손잡이까지 떼어냈기 때문에 벽 쪽으로 몸을 바싹 붙이고 올라가지 않으면 밑으로 떨어질 위험이 있다. 게다가 층층다리에 눈이 얼어붙어 미끄럽기 짝이 없다. 모르타르를 위로 나르자면 골탕깨나 먹겠다.

위층에 올라가서, 어디서부터 벽을 쌓아올릴 것인가 돌아본다. 지금 삽으로 눈을 치우고 있는 곳부터 시작하기로 결정한다. 전에 쌓다가 그만둔 벽 위도 도끼로 얼음을 쪼아내고 비로 깨끗이 쓸어내야 한다.

문제는 벽돌을 어떻게 올리느냐다.

아래층을 내려다보고 이렇게 결정했다—층층다리를 오르내리는 것보다, 밑에 네 명을 배치하여 벽돌을 중간 발판에 올리고, 그것을 두 명이 다음 발판에 옮겨놓으면, 2층에 배치된 다른 두 명이 벽을 쌓은 곳까지 나른다. 좀 복잡한 것 같긴 하지만 이렇게 하는 편이 훨씬 빠를 것이다.

위층에는, 대단치는 않으나 그래도 바람이 불고 있었다. 벽돌을 쌓을 때는 꽤 추울 것 같다. 그러나 쌓아올리던 벽 밑에 움츠리고 앉으면 바람을 피하는 건 문제가 아니다. 볕이 드는 벽

밑은 오히려 따뜻할 지경이다.

슈호프는 하늘을 쳐다보고 무의식중에 탄성을 올렸다. 태양이 어느새 구름 한 점 없이 갠 하늘 한가운데까지 솟아 있었기 때문이다.

일을 하노라면 어이없을 정도로 시간이 빨리 지나간다. 가끔 느끼는 일이지만, 수용소에서는 정말 하루하루가 눈 깜짝할 사이에 지나가곤 한다. 그러면서도 형기는 좀처럼 줄어들 줄을 모른다.

세 사람이 아래층에 내려와보니 난롯가에는 또 반원들이 모여 있었다. 파블로는 버럭 화를 내며 그 중 여덟 명을 당장에 벽돌 운반 일로 내몬다. 그리고 두 명은 혼합통에 시멘트를 넣고 모래를 섞는 일, 또 한 명은 눈을 퍼다 녹이는 일, 나머지 한 명에게는 석탄을 나르는 일을 시킨다. 키르가스도 자기 조수한테 소리를 지른다.

"모르타르 통은 적당히 두드려 맞추면 돼. 뭘 그렇게 꾸물거리고 있는 거야!"

"내가 좀 거들어줄까요?"

슈호프는 부반장에게 자청해서 나섰다.

"그래 주시오."

파블로가 동의했다.

그때 낡은 드럼통이 실려 들어왔다. 모르타르에 쓸 눈을 녹이려는 것이다. 어디서 들었는지 드럼통을 가져온 친구들이, 벌써 12시라고 말한다.

"12시가 틀림없을 거야."

슈호프도 수긍한다.

"해가 제일 높은 곳에 걸려 있으니까."

"제일 높은 곳에 걸려 있으면 12시가 아니라 1시지."

해군 중령이 끼어든다.

"그건 또 무슨 말이지?"

슈호프는 눈을 부릅뜨며 반박한다.

"정오에 해가 제일 높다는 것쯤은 꼬부라진 할아버지도 모르는 사람이 없을걸세."

"할아버지 때는 그랬지만 그 법령(1930년부터 소련에서는 겨울에도 섬머타임제를 실시해왔다)이 공포된 후부터는 오후 1시에야 해가 제일 높은 곳에 오게 돼 있거든."

부이놉스키가 받아친다.

"누가 그 따위 법령을 만들어냈어?"

중령은 모래를 나르러 나갔다. 슈호프도 그 이상 다투려 하지 않았다. 하지만 과연 하늘의 태양까지도 그들의 법령에 따라야 한단 말인가?

한참 동안을 뚝딱거려 모르타르 통 네 개를 만들어냈다.

"이젠 됐어. 그럼 한 대씩 피우며 몸이나 좀 녹입시다."

파블로가 말했다.

"그리고 세니카, 오후엔 당신도 벽돌을 쌓아야 할 테니까 이리 와서 좀 쉬시오!"

정식 허가가 있었으므로 그들은 난로를 에워싸고 앉았다. 아무래도 점심시간 전에 벽돌 쌓기를 시작하기는 틀린 것 같다. 모르타르를 만드는 데도 시간이 어중간할뿐더러 만들어놔봐야 점심을 먹는 동안에 얼어버릴 것이다.

석탄이 점점 벌겋게 타오르며 고르게 열을 발산하기 시작했다. 하기는 그 열도 난롯가에서나 느낄 수 있을 뿐 기계실 전체의 온도는 변함이 없다.

장갑을 벗고 난로에 손을 쬔다. 특히 신발을 신은 채로 발을 쬐어서는 안 된다. 이것은 조심해야 한다. 편상화라면 가죽이 트고, 방한화라면 김이 무럭무럭 나며 축축해질 뿐 발가락까지 녹지는 않는다. 그렇다고 바싹 가까이 들이댔다가는 거죽이 불에 녹는다. 겨우내 구멍 뚫린 신발을 끌고 다녀야 하는 것이다. 신발을 교환한다는 것은 도저히 불가능하기 때문이다.

"슈호프는 걱정할 게 하나도 없을 거야!"

키르가스가 말을 걸었다.

"여보게들 그렇지 않아? 이 친구는 벌써 한쪽 발을 고향 집 문턱에 걸쳐놓은 거나 다름없거든."

"그렇고말고, 저 신을 벗은 발은 수용소에 있는 발이 아니라니까."

누군가가 맞장구를 쳐서 모두들 한바탕 웃어댔다(마침 슈호프는 구멍 뚫린 왼쪽 방한화를 벗고 발싸개를 말리고 있었던 것이다).

"슈호프는 얼마 안 있으면 석방이야."

키르가스의 형기는 25년이었다.

한때는 어수룩한 시대도 있었다. 누구에게나 일률적으로 10년이 언도되었던 것이다. 그러나 49년부터는 시대가 바뀌어, 일단 걸려들기만 하면 무조건 25년이다. 10년이라면 돌을 깨물고서라도 목숨을 부지할 수 있으리라. 하지만 25년이라면 문제는 달라진다.

녀석은 얼마 안 있으면 석방이다! 이렇게 모두들 부러운 듯이 치켜세우면 슈호프도 결코 기분이 나쁠 리는 없다. 그러나 슈호프 자신은, 별로 기대할 수 없을 것만 같다고 생각하는 것이었다.

슈호프가 직접 보아온 일이지만, 전쟁 중에 형기가 찬 죄수들은 한 사람도 빠짐없이 '추후 상부 방침이 결정될 때까지', 곧 1946년(전쟁이 끝난 이듬해)까지 그냥 붙잡아두었다. 특히 심한 것은, 처음에 3년을 언도받았던 죄수가 형기를 마친 후에 다시 5년이라는 추가형을 받은 일도 있었다.

도대체 법률이라는 건 믿을 것이 못 된다. 10년을 다 살고 난 후 1년만 더 살아라 해도 별 수 없다. 어쩌면 유형(流刑)이 될지도 모른다[유형이란 주로 시베리아와 중앙아시아 지방에만 거주가 허가되는 형벌의 일종이다].

형기가 끝나더라도 완전히 해방되는 것은 아니다…… 이따금 이런 생각을 하면 정말 앞길이 캄캄해지곤 한다.

주여! 내 발로, 내 마음대로 걸어다닐 수 있는 날이 오긴 오는 겁니까, 안 오는 겁니까?

그러나 수용소의 고참들 앞에서 이러한 소리를 입 밖에 낸다는 건 실례가 되는 짓이다. 그래서 슈호프도 키르가스에게 응수한다.

"25년, 25년 하고 자꾸만 되뇔 필요는 없어, 25년을 살게 될지 어떨지는 아무도 확언할 수 없다니까. 확실한 건 내가 이미 8년을 살았다는 사실뿐이야."

요컨대 언제나 발밑만을 보고 살라는 말이다. 그렇게 하면, 무엇 때문에 들어왔느니, 언제 나가게 되느니 하고 쓸데없는 생각에 잠길 겨를이 없다.

군법 회의의 입건 서류에 의하면, 슈호프의 죄목은 '조국에 대한 반역'이다. 아니, 본인 자백서에도 틀림없이 그렇게 기술되어 있다.

조국을 배반할 목적으로 나는 자진하여 포로가 되었고, 독일군 첩보 부대의 임무를 수행한 후 소련군 진지로 귀환했습니다…… 그러나 그 '임무'가 무엇인가 하는 것까지는 슈호프 자신도 취조관도 꾸며낼 수가 없었다. 그래서 그저 '임무'로만 통하게 되었다.

슈호프의 생각은 극히 단순한 타산이었다.

만일 자백서에 서명을 거부하면 판자 옷(棺)을 입어야 한다. 서명을 하면 좀더 목숨이 붙어 있을 것 같기도 하다. 그렇다면 굳이 서명을 거부할 이유가 없지 않은가……

그러나 사실은 이러했다.

1942년 2월 그의 부대는 북서부 전선에서 독일군에게 완전히 포위되고 말았다. 비행기의 식량 보급도 중단되었다. 아니, 중단되었다기보다는 비행기 자체가 한 대도 없었다.

사태가 극도로 악화되어 병사들은 죽어 자빠진 말 발굽을 칼로 깎아 그 각질부를 물에 불려 먹었다. 물론 탄약은 한 발도 없었다. 그리하여 숲속에서 그들은 몇 명씩 독일군에게 붙잡혀 포로가 되어갔다.

슈호프도 그들 가운데 하나였다. 그러나 그는 숲속에서 이틀 동안 포로가 되었을 뿐이다. 그리고 다섯 명이 함께 도망을 친 것이다. 얼마 동안 숲속과 소택지(沼澤地)를 헤매다가 기적적으로 우군 부대를 만날 수 있었다.

그러나 함께 탈주한 다섯 명이 다 살아온 것은 아니었다. 두 명의 자동소총수는 즉석에서 사살되었고, 한 명은 부상을 입고 도중에 죽어버렸다. 결국 무사히 귀환한 사람은 두 명뿐이었다.

그들 두 사람이 조금만 더 분별이 있었더라면, 숲속에서 길을 잃었다고 보고하여, 그냥 아무 일도 없이 넘기고 말았을 것이다. 그러나 그들은 독일군의 포로가 되었다는 것을 정직하게 고백해버렸다. 뭐 포로가 되었다고? 이런 죽일 놈들 같으니!

다섯 명이 다 살아 돌아오기만 했어도 그들의 진술을 대조하여 곧이들었을지도 모를 일이다. 그러나 단 두 사람의 말만으론 통할 리가 만무했다. 개새끼들이 미리 짜고 속이려 드는 거지, 탈주는 무슨 탈주야!

귀먹은 세니카 크레프쉰에게도 '탈주'라는 말이 들렸던 모양이다. 불쑥 커다란 소리로 말했다.

"난 세 번씩이나 포로가 되었지만 세 번 다 도망쳤어."

세니카는 참을성이 있고 말이 아주 적은 사내다. 남의 말을 들으려고 하지도 않거니와 잡담에 끼어드는 일도 없다. 따라서 그의 과거는 거의 알려져 있지 않다. 알려진 것이 있다면, 바이마르 근처의 나치 수용소에 들어가 있었다는 것, 거기서 지하조직에 가담하여 폭동을 일으킬 목적으로 무기를 모아 들였다는 것, 뒤로 두 손이 묶여 천장에 매달린 채 독일군에게 혹독한 고문을 당했다는 것, 그저 이런 정도였다.

"여보게, 바냐, 자네가 수용소에서 8년을 살았다지만 도대체 그건 어떤 수용손가?"

키르가스가 다시 말을 건넸다.

"일반 수용소 아니냔 말야? 계집년들도 물론 함께 있었겠지. 번호표도 달지 않았을 게고. 여기 같은 특수범 수용소에서 8년을 살아보게. 끝까지 목숨 부지할 놈은 아마 하나도 없을걸세……"

"계집년들이라고? ……그런 소리 작작해. 계집 대신 통나무하고 함께 살았지……"

슈호프는 물끄러미 난로 속에 타오르는 불을 바라보았다.

북방에서 지낸 7년간의 일이 머릿속에 되살아났다.

3년 동안은 산판에서 통나무와 침목(枕木) 나르는 일을 했다. 그때의 모닥불도 지금처럼 혀를 날름거리듯 타올랐다. 아니, 그것은 지금처럼 낮이 아니라 한밤중이었다. 그때는 낮에 할당된 작업량을 채우지 못하는 작업반은 밤중까지라도 그냥 산판에 남아서 일을 해야 했다. 자정이 지나서야 겨우 수용소로 들어간다. 그리고 이튿날 새벽부터 또 산판으로 나가곤 했다.

"아니, 그렇지도 않아. ……오히려 여기가 점잖은 편이야."

슈호프는 나직한 목소리로 말했다.

"여기선 죄수들을 작업장에 남겨두는 법은 없잖아. 할당된 작업량을 채우건 못 채우건 저녁때가 되면 수용소에 돌려보내지. 그뿐인가 식량도 최소한 100그램은 보장되어 있지 않나. 이 정도라면 넉넉히 살아갈 수 있지. 특수범 수용소건 뭐건, 이름이야 뭐라고 붙여도 좋아. 번호표도 문제될 건 없어. 무거워서 질질 끌고 다니는 것도 아니니까."

"여기가 점잖은 편이라고?"

페추코프가 끼어들었다. 점심시간이 거의 되었기 때문인지 모두들 난롯가에 모여 있었다.

"잠자리에 누워 있는 사람이 칼침을 맞고 죽어가는 판인데도? '점잖다'는 말이 질겁을 하고 달아나겠다!"

"칼침을 맞은 건 사람이 아니라 밀정이지!"

파블로가 손가락을 세우며 페추코프에게 위협하듯 말했다.

사실 수용소 내에서는 어떤 새로운 기운이 조성되고 있었다.

딱지 붙은 밀정 두 놈이 아침에 자리에서 일어나려 할 때 칼침을 맞고 죽었다. 그 후 또 한 사람, 아무 죄도 없는 죄수가 칼을 맞았다는데, 아마도 잠자리를 잘못 알았던 것 같았다.

마침내 밀정 한 놈은 제 발로 영창으로 달려가서 석조 건물인 독방 감옥으로 피신해버렸다.

기특한 일이다. ……일반 수용소에서는 그런 친구를 본 적이 없다. 아니, 여기서도 처음 보는 일이긴 했지만……

별안간 이동 발전소의 기적이 울리기 시작했다. 점심시간을 알리는 신호다. 기적은 탁 트인 소리로 울어대지를 못하고, 마치 목청을 가다듬듯 처음에는 목쉰 소리로 씩씩거린다.

드디어 한나절이 지나갔다! 자, 점심시간이다!

공연히 꿈지럭거리고 있었나 보다. 벌써 식당에 가서 자리를 확보해놨어야 했다. 작업장에는 모두 11개 작업반이 와 있지만, 식당에는 한 번에 두 반씩밖엔 들어가지 못하기 때문이다.

반장은 아직도 돌아오지 않는다. 부반장 파블로가 반원들을 둘러보고 나서 곧 결정을 내렸다.

"슈호프와 고프치크는 나와 함께 식당으로 갑시다. 그리고 키르가스! 준비가 되면 고프치크를 보낼 테니 곧 반원들을 인솔하고 식당으로 오도록."

난롯가의 그들 자리는 곧 다른 반원들이 차지했다.

계집을 둘러싸듯 둥그렇게 난로를 에워싸고 모두들 독점할 기회를 노리고 있다.

"그만 밀어, 어디를 자꾸만 쑤시고 들어오려는 거야!"

"자리 다툼은 그만두고 담배나 한 대 피우지!"

누가 담배를 피워 물지나 않나, 서로들 눈치만 살핀다. 그러나 아무도 담배를 꺼내지 않는다. 담배가 없어서 그러는 건지, 아니면 남에게 보이고 싶지 않아서 그냥 손아귀에 쥐고 있는 건지, 모를 일이다.

슈호프와 파블로는 밖으로 나왔다. 그 뒤를 고프치크가 토끼처럼 깡충깡충 따라간다.

"날씨가 좀 풀렸군."

슈호프는 온도계 못지않다.

"영하 18도쯤 될 거야. 벽돌 쌓기엔 그만이겠어."

뒤를 돌아보니 발판 위엔 벌써 벽돌이 꽤 많이 올려져 있다. 2층 중간벽 밑에까지 갖다놓은 것도 있다.

슈호프는 눈을 가늘게 뜨고 태양의 위치를 확인했다. 해군 중령이 말했던 그 법령인가 뭔가 하는 것이 아무래도 마음에 걸린다.

바람받이에 나오니 살을 에는 듯이 알알하다. 누가 뭐라 해도 아직은 정월이니까.

작업장 식당이라는 건 초라한 판잣집이다. 난로를 중심으로 판자를 둘러 세우고 그 틈새를 녹슨 양철 조각으로 막아놓은 것이다.

내부는 역시 판자로 칸을 막아, 한쪽이 취사장이고 다른 한쪽이 식당이다. 양쪽 다 마루를 깔지 않은 흙바닥인데 신발에 묻어 들어온 흙덩어리로 바닥은 온통 울퉁불퉁하다. 취사장이라야 네모진 난로가 한 개 있을 뿐이고 그 위에 커다란 솥이 걸려 있다.

취사장을 관리하고 있는 것은 취사부와 위생 지도원 두 사람뿐이다.

취사부는 아침에 수용소 취사장에서 껍질째 빻은 곡물 가루를 받아가지고 온다. 1인당 50그램씩, 1개 작업반에 1킬로그램씩, 따라서 작업장 전체에 해당되는 곡물 가루는 1푸드(약 16킬로그램)가 조금 못 되는 양이다. 작업장까지 3킬로미터나 되는 길을, 자기 어깨에 곡물 가루 자루를 메고 올 만큼 취사부는 어리석지가 않다. 그에게는 곡물 가루를 날라주는 '개인 조수'가 달려 있다. 무거운 자루를 메고 다닐 필요가 어디 있으랴. 다른 죄수들의 몫을 떼어 개인 조수에게 죽 한 그릇만 더 퍼주면 해결되는 문제다.

장작이나 물을 날라오는 일도, 난로에 불을 때는 일도 취사부가 직접 할 필요 없다. 부업 희망자는 얼마든지 있다. 그들에게도 죽 한 그릇씩만 더 퍼주면 된다. 남의 것 가지고 구태여 인색하게 굴 필요가 없다.

식사는 전원 식당에서만 하게 되어 있다. 죽그릇은 날마다 수용소에서 날라오곤 하는데(작업장에 놔두면 밤에 민간인들이 집어간다), 한 번에 가져오는 그릇 수가 50개 미만이기 때문에 한쪽에서 재빨리 그릇을 씻어 돌려야 한다(물론 그릇을 나르는 친구들에게도 죽을 더 퍼준다).

식당에서 그릇을 내가지 못하게 또 한 명의 개인 조수가 임명되어 출입구를 지키고 서 있다. 그러나 문지기가 아무리 눈을 부릅떠도 결국 그릇은 밖으로 새 나가고야 만다. 문지기 몰래 가지고 나가는 친구도 있지만, 그럴듯한 이유를 붙여 들고 나가는 친구도 있다. 그래서 그릇을 모아오는 조수가 또 필요하다. 작업장을 한 바퀴 돌며 그릇을 모아 취사장에 갖다 바치는 것이다. 역시 이런 친구들에게도 죽 한 그릇씩이 더 돌아간다. 취사부가 직접 하는 일이라곤 솥에 곡물 가루와 소금을 넣고, 지방 덩어리에서 좋은 부분을 골라 자기 몫으로 떼어내는 일밖엔 없다(질 좋은 지방이 일반 죄수의 입으로 들어가는 일은 거의 없다. 그 대신 질이 좋지 않으면 전량이 솥 안으로 들어간다. 그래서 죄수들은 식량 창고에서 지급되는 지방이 되도록 질이 나쁜 것이기를 바란다). 하기는 죽을 저어 잘 끓었나 안 끓었나 확인하는 것도 취사부의 임무에 속한다.

그런데 취사부만큼도 할 일이 없는 것이 위생 지도원이다. 그는 그저 멍청히 앉아서 보고 있다가 죽이 다 끓으면 제일 먼저 맛을 본다. 아니 맛을 본다기보다 배가 터지도록 실컷 먹는 것이다.

그 다음은 취사부다. 취사부 역시 목젖까지 차도록 먹는다. 그리고 그 다음은 식당 당번인 작업 반장이 시식을 한다. 당번은 1일 교대제인데, 그날의 죽이 죄수들의 식사로 적합한가 어떤가를 확인한다는 명목으로 두 사람 몫을 먹는 것이 관례로 되어 있다.

당번 반장의 시식이 끝날 무렵에 기적이 울린다.

각 반의 반장이 번갈아 창구에 나타나서, 취사부가 떠주는 죽그릇을 받는다. 죽그릇이라고 해봐야 밑바닥이 드러나지 않을 정도의 양밖에 안 된다. 그렇다고 50그램이라는 정량이 들어 있는가 어떤가를 따지고 들 수는 없는 노릇이다. 섣불리 그 따위 소리를 입 밖에 냈다가는 단단히 보복을 당하기 십상이다.

삭막한 광야에는 언제나 바람이 설치고 있다—여름에는 가

물의 열풍이, 겨울에는 살점을 에는 삭풍이.

이 지방은 옛날부터 불모의 땅이었다. 하물며 겹겹이 에워싼 철조망 안에는 풀 한 포기 제대로 자랄 리가 없다. 빵은 빵 공장에 가야 구경할 수 있고, 귀리는 식량 창고에서나 찾아볼 수 있다. 제아무리 기를 쓰고 일해봐도, 그러다가 마침내 땅 위에 뻗어버려도, 불모의 대지에서는 낟알 하나 얻을 수 없다. 상부에서 정해준 규정량 이외에는 아무것도 구할 수가 없는 것이다.

아니, 그 쥐꼬리만 한 규정량이나마 취사부에게, 개인 조수에게, 그리고 펜대를 놀리는 친구들에게 뜯기고 뜯겨, 제대로는 돌아오지 않는다. 가로채기는 여기서도, 수용소에서도, 그리고 그 이전의 창고에서도 공공연한 사실이 되어 있다. 더구나 이렇게 남의 몫을 가로채는 놈일수록 곡괭이하고는 인연이 먼 놈들이다. 약육강식이 철칙으로 통하는 세상이다.

파블로와 슈호프, 그리고 고프치크 세 사람은 식당으로 들어갔다.

식당 안은 그야말로 코가 부딪칠 정도로 붐비고 있었다. 나지막한 식탁도 벤치도 사람 등에 가려 보이지 않는다. 앉아서 먹고 있는 패도 있지만 대부분은 서서 먹고 있다.

한나절을 한데서 구덩이를 판 제82반이 신호 소리와 때를 같이하여 일착으로 들어온 모양이다. 식사가 끝났는데도 좀처럼 일어나려 하지 않는다. 밖에 나가봐야 몸을 녹일 만한 곳이라고는 없다. 다른 반 친구들이 빨리 일어나라고 욕지거리를 하고 있지만 귓등으로도 듣는 것 같지 않다. 한데 나가 떨 생각을 하면 그까짓 욕지거리쯤 아무것도 아니다.

파블로와 슈호프는 팔꿈치로 사람의 장벽을 헤치고 들어갔다. 알맞은 때에 온 것 같다. 지금 죽그릇을 받고 있는 반을 빼놓으면 기다리고 있는 것은 한 반밖엔 없다. 양쪽은 다 부반장이 와 있다. 다른 작업반들은 아직 오지 못한 모양이다.

"그릇! 그릇!"

창구에서 취사부가 소리친다. 이쪽에서 빈 그릇을 거둬다 들이민다.

슈호프도 그릇을 거둬다 창구로 들이민다. 죽을 좀더 얻어먹자는 속셈에서라기보다 그릇의 회전을 빠르게 하려는 것이다.

칸막이 저쪽에서는 취사부의 개인 조수 몇이 그릇을 닦고 있다. 물론 죽 한 그릇에 팔려온 녀석들이다.

파블로 앞에 서 있는 다른 반 부반장이 죽그릇을 받을 차례가 됐다. 파블로는 얼른 허리를 펴고 소리친다.

"고프치크!"

"네에!"

출입구 쪽에서 대답 소리가 난다. 염소 새끼가 우는 소리처럼 가느다랗다.

"가서 다들 오라고 해!"

고프치크는 반원들을 부르러 달려간다.

그런데 오늘 점심으로 나오는 죽은 전에 없이 고급이다. 오랜만에 귀리죽이 나온 것이다. 귀리죽이라면 먹은 다음 한결 배가 든든하다.

슈호프는 어릴 적부터 말에게 귀리를 먹였다. 자기 자신이 이렇게 몇 숟가락의 귀리죽을 보고 환장을 하는 신세가 될 줄은 꿈에도 몰랐다.

"그릇! 그릇!"

창구에서는 성화를 부린다.

이윽고 104반이 죽을 받을 차례가 됐다. 앞에 서 있던 부반장 파블로는 자기 그릇에 두 사람 몫의 죽을 받아들고 물러선다. 이것도 다른 죄수들의 몫에서 뗀 것이다. 그러나 누구도 거기에 대해 따지려 드는 사람은 없다. 작업 반장에게는 두 사람 몫을 주게 되어 있는데, 그것을 자기가 먹건 부반장에게 양보하건 반장의 자유다. 파블로는 추린한테서 물려받은 것이다.

이제부터는 슈호프가 바빠진다. 우선 식탁 옆으로 뚫고 들어가서, '벌이꾼' 두 놈을 밀어내고, 또 한 사람의 죄수한테는 정중하게 부탁하여 식탁 한 귀퉁이를 점령한다. 그릇을 바싹 붙여서 열두 개만 놓을 수 있으면 된다. 그 위층으로 여섯 개를 얹고, 다시 그 위에 두 개를 얹으려는 것이다.

장소를 확보하고 나면, 이번에는 파블로의 손에서 죽그릇을 받는다. 파블로와 함께 수를 확인해야 하고, 한편으로는 다른 반 놈들한테 죽그릇을 도둑맞지 않도록 눈을 밝히고 있어야 한다. 어쩌다 옆 사람의 팔꿈치에 걸려 죽을 쏟아버리는 일이 없도록 주의할 필요도 있다.

바로 옆자리엔 다른 반원들이 쉴새없이 드나들며 식사를 하고 있다. 그러니까 경계선을 확실히 기억해두고 혹시 이쪽 그릇에 손을 대지 않나 감시해야 하는 것이다.

"둘! 넷! 여섯!"

칸막이 안에서 취사부가 죽그릇을 센다. 그는 언제나 한 번에 두 개씩 내준다. 이렇게 하는 것이 편리하기 때문이다. 하나씩 내주다가는 그릇 수를 잘못 세기 쉽다.

"둘, 넷, 여섯……"

창구에 대고 파블로가 낮은 소리로 되풀이한다. 그러고는 역시 두 그릇씩 슈호프에게 넘겨준다.

슈호프는 그것을 식탁 위에 놓는다. 소리를 내어 세지는 않지만, 슈호프의 계산은 두 사람보다 훨씬 정확하다.

"여덟, 열……"

고프치크 녀석이 반원들을 데리고 올 때가 됐는데 어쩐 일일까?

"열둘, 열넷……"

죽그릇은 계속된다.

바로 그때 취사장에 그릇이 동이 났다. 파블로의 어깨 너머로 슈호프가 보고 있노라니까, 취사부의 손이 국그릇을 창구에 놓고는 딴 데 정신이 팔린 것처럼 그냥 멎어버리고 말았다. 아마 뒤를 돌아보고 그릇을 빨리 씻으라고 고함을 치는 모양이었다.

그때 마침 빈 그릇 한 무더기가 창구로 들어갔다. 취사부는 죽이 담긴 그릇에서 손을 떼고 빈 그릇을 집어 뒤로 돌렸다.

슈호프는 식탁에 쌓아놓은 자기 반 죽그릇을 그냥 놔둔 채 재빨리 의자를 넘어 창구로 달려가서 죽그릇을 앞으로 당겼다.

그러고는 취사부에게보다는 파블로에게 낮은 소리로 복창했다.

"열넷."

"가만 있어! 어디로 가져가는 거야?"

취사부가 소리쳤다.

"저건 우리 반 거요."

파블로가 응했다.

"너희 반 거라도 계산은 분명히 해야 할 게 아냐!"

"열네 번째요."

파블로는 어깨를 움츠렸다. 그릇 수를 속이려는 생각은 없었다. 부반장의 위신에 관한 문제다. 하지만 자기는 슈호프의 복창을 되풀이한 데 지나지 않는다. 만일의 경우엔 슈호프에게 책임을 뒤집어씌우면 그만이다.

"열넷은 아까 나갔어!"

취사부는 고함을 쳤다.

"열넷이라고 세긴 했지만 죽그릇은 내주지 않았다고!"

이번엔 슈호프가 대꾸했다.

"의심스럽거든 세어보면 될 게 아냐, 식탁 위에 고스란히 그냥 쌓아놓았으니까!"

슈호프는 취사부에게 이렇게 소리치며, 북적거리는 사람들 틈을 헤치고 이쪽으로 들어오는 에스토니아인 2인조를 발견하자 얼른 그리로 달려가서 손에다 죽그릇을 하나씩 안겼다.

그러고는 이내 식탁 옆으로 돌아와서 그릇 수를 다시 확인했다. 잠시 무방비 상태였지만 아무도 손을 댈 기회는 없었던 모양이다.

취사부의 불그죽죽한 얼굴이 창구를 막고 이쪽을 내다보며 을러댄다.

"죽그릇은 어디 있어!"

"여기 있으니 똑똑히 봐라!"

슈호프는 말을 받는다.

"이봐, 거기 좀 비켜줄 수 없겠나!" 하고 앞에 있는 죄수를 밀어내고는, "자, 이게 방금 받은 두 그릇이다!" 하며 윗줄에서 두 개를 번쩍 들어 보였다.

"밑에는 네 그릇씩 세 줄. 어때, 틀림없지?"

"반원들이 와 있겠지?"

취사부는 의아스럽다는 얼굴로 조그만 창구에다 얼굴을 비비대고 내다본다. 솥에 죽이 얼마나 남았는지 식당 쪽에서 들여다보지 못하도록 창구는 아주 조그맣게 뚫려 있다.

"반원들은 아직 안 왔소."

파블로가 고개를 젓는다.

"반원들도 오지 않았는데 뭣 때문에 죽은 먼저 타는 거야?"

취사부는 화가 나서 씨근거린다.

"왔다 왔어, 저기들 들어오는군!"

슈호프가 소리쳤다.

그때 출입구 쪽에서 해군 중령의 목소리가 울려 퍼졌다. 마치 사령탑 위에서 호령하듯 우렁찬 목소리가.

"왜들 꾸물거리고 있어? 먹었으면 얼른 밖으로 나가야지! 다음 사람 생각도 해야 할 게 아냐!"

취사부는 여전히 뭐라고 투덜거렸으나, 하는 수 없었던지 구부렸던 허리를 폈다. 창구에 다시 그의 손이 나타났다.

"열여섯, 열여덟……"

마지막 한 그릇을 곱빼기로 퍼서 내밀고는, "스물셋. 다 나갔어! 다음 반!" 하고 다음 반을 재촉한다.

반원들이 모두 나타났다.

파블로가 한 사람 한 사람에게 죽그릇을 분배한다. 저쪽 식탁에 자리잡은 패들에겐 앉아 있는 친구의 머리 위로 죽그릇을 건넨다. 여름에는 벤치 하나에 다섯 명까지도 앉을 수 있었다. 그러나 지금은 옷을 두껍게 입고 있어서 네 명이 고작이다. 그런데도 숟가락 놀리기가 거북할 지경이다.

취사부를 속여 더 타낸 두 그릇 중에서 적어도 한 그릇은 나한테 차례가 오겠지 — 슈호프는 이렇게 생각하며 우선 자기 앞으로 분배된 죽그릇을 집어 들었다. 오른쪽 무릎을 쳐들고 방한화에서 '우스치 이지마, 1944'라고 새겨진 숟가락을 꺼낸다. 그다음, 모자를 벗어 왼쪽 겨드랑이 밑에 끼고, 한쪽 언저리부터 죽 건더기를 건져낸다.

지금 이 순간은 먹는 데만 온 신경을 집중해야 하는 것이다. 밑바닥에 가라앉은 건더기를 박박 긁어 입에 넣고 이리저리 혀를 굴려가며 천천히 삼켜야 한다.

하지만 오늘은 약간 서두를 필요가 있다. 남보다 먼저 그릇을 비우는 걸 부반장이 보고, 한 그릇 더 하시오, 라는 말이 나오게 만들어야 하기 때문이다.

더구나 에스토니아인들과 함께 들어온 페추코프가, 죽 두 그릇을 더 타낸 걸 눈치챈 모양이다. 그는 지금 파블로 앞에 서서 죽을 먹으며 아직 행방이 결정되지 않은 네 개의 죽그릇에 눈독을 들이고 있다.

한 그릇을 다 줄 수 없으면 반 그릇이라도 달라는 듯이 파블로에게 무언의 압력을 가하고 있다.

그러나 살갗이 가무스름하고 아직 젊은 기운이 감도는 파블로는, 곱빼기로 담은 자기의 죽그릇에서 천천히 죽을 떠먹고 있을 뿐, 그 얼굴빛만으로는 자기 옆에 있는 사람이 누구라는 걸 알고 있는지, 두 그릇을 더 탔다는 걸 기억하고 있는지 도무지 알 길이 없다.

슈호프는 그릇을 비웠다. 귀리죽을 먹고 나면 언제나 뱃속이 든든해진 느낌이 드는 법인데, 오늘은 처음부터 두 그릇을 먹게 되리라 기대를 했기 때문인지 한 그릇만으로는 좀처럼 먹은 것 같지도 않았다. 슈호프는 솜옷 안주머니에서 흰 헝겊에 싼 빵 껍질을 꺼냈다. 그러고는 그 딱딱한 빵 껍질로 그릇 밑바닥에 들러붙은 찌꺼기를 긁어냈다. 그릇 옆에 묻은 것도 깨끗이 긁었다. 껍질에 묻은 죽 찌꺼기를 혀끝으로 핥아먹은 다음, 또 한번 그릇을 말끔히 닦아냈다. 죽그릇은 물에 씻은 것처럼 깨끗해졌다. 어느 정도 희뿌연 빛은 남아 있지만 그것까지는 어쩔 수 없는 일이었다.

슈호프는 그릇을 거두는 죄수에게 어깨 너머로 자기의 빈 그릇을 넘겨주었다. 그러고 나서도 모자를 쓸 생각을 않고 그냥 자리에 앉아 있었다.

그릇 수를 속인 것은 슈호프지만 소유권은 어디까지나 부반장에게 있다. 다시 얼마 동안 애를 태우고 나서야 파블로는 자기의 죽그릇을 비웠다. 그릇을 핥을 생각은 않고 숟가락만 핥아서 방한화에 찔러 넣고 성호를 긋는다. 그 다음, 아직 손을 대지 않은 네 개의 죽그릇 중 두 개를 손가락으로 가볍게 건드리며 (비좁기 때문에 그릇을 옆으로 미는 것도 거북한 일이다) 눈짓으로 슈호프 쪽을 가리켰다.

"이반 데니소비치, 한 그릇 더 하시오. 그리고 또 한 그릇은 체자리한테 갖다주시오."

슈호프는 현장 사무실에 있는 체자리에게 죽을 갖다줘야 한다는 걸 잊고 있었던 것은 아니다(체자리는 지체가 높은 죄수여서, 여기서나 수용소에서나 식사시간에 식당에 가는 일이라곤 한 번도 없다).

잊고 있었던 것은 아니지만, 파블로의 손끝이 한꺼번에 두 개의 그릇에 닿는 순간, 심장의 고동이 딱 멎어버리는 것 같았다. 아니, 두 그릇 다 내게 주려는 건가? 하는 생각이 들었던 것이다. 그러나 심장은 곧 정상적인 상태로 돌아갔다.

그는 합법적으로 자기의 소유가 된 한 그릇을 얼른 앞으로 끌어당겨, 자못 거드름을 피우는 표정으로 먹기 시작했다. 뒤에 들어온 다른 반 죄수들이 잔등을 쿡쿡 찌르지만 그런 것은 아랑곳없다. 다만 나머지 한 그릇이 페추코프 차례가 될 것 같은 게

은근히 밸이 꼴린다. 페추코프는 알아주는 게걸쟁이다. 추접스럽기로는 이미 이름을 떨치고 있지만, 죽그릇 수를 속여 더 타낼 만한 용기는 없다.

옆자리에는 부이놉스키 중령이 앉아 있었다. 자기 몫을 먹어치운 지는 오래지만 식탁에서 일어나려는 기색도 없다. 하지만 반에 남아돌아가는 죽그릇이 있다는 건 모르는 눈치였다. 몇 그릇 남았는가고 부반장 쪽을 돌아보지도 않는다. 다만 얼었던 몸이 풀리면서 팔다리가 나른해진 모양이었다. 따뜻한 식당에서 한데로 나가, 써늘한 난롯가로 돌아가기가 죽기보다 싫은 것이다.

불과 5분 전만 해도 쩡쩡 울리는 금속성 목소리로 다른 친구들을 쫓아낸 바로 그 장본인이 이번에는 자기가 부당하게 자리를 점령하고 뒤에 온 죄수들에게 내줄 생각을 않는다.

수용소에 들어와서 얼마 되지 않은 몸이다. 수용소 노동에도 아직 익숙지 못하다. 지금과 같은 순간은 그에게 특히 귀중한 것이었다(물론 그것을 자각하지는 못하겠지만). 이러한 순간에만, 그는 무슨 말이든 대담하게 내뱉을 수 있는 도도한 해군 장교 티를 벗어 던지고 엉덩이가 천근처럼 무거운 소심한 한 사람의 죄수로 돌아갈 수 있다. 사실 말이지, 그만큼 엉덩이가 무겁지 않고서는 그를 기다리고 있는 25년이라는 수용소 생활을 견뎌내기란 도저히 불가능한 일이다.

일어나라, 자리를 내놓아라! 욕설이 빗발치듯 날아온다. 등덜미를 쿡쿡 찌르기까지 한다.

"카피탄(함장)! 여보, 카피탄!"

파블로가 불렀다.

부이놉스키는 잠에서 깬 것처럼 흠칫 몸을 떨며 주위를 둘러보았다.

파블로는 말없이 죽그릇을 앞으로 내밀었다. 먹겠느냐 물어볼 필요도 없다.

부이놉스키의 눈썹이 벌레처럼 꿈틀했다. 그의 눈은 불가사의한 기적이라도 보는 듯 죽그릇을 응시한다.

"드시오, 들어요."

부반장은 부드러운 어조로 권하고는, 반장 몫으로 남은 마지막 한 그릇을 집어 들고 나가버렸다.

발틱 해와 북해를 무대로 용맹을 떨쳤을뿐더러 한때는 북극해에서까지 활약한 바 있는 해군 중령의 주름진 입술이 어색한 미소를 머금은 채 히죽 벌어졌다. 행복한 것이다. 규정량의 반도 못 되는 멀건 귀리죽, 기름기라곤 전혀 없는 맹물과 귀리만의 죽 한 그릇. 그 죽그릇에 중령은 환장을 한 듯 덤벼든다.

게걸쟁이 페추코프는, 슈호프와 부이놉스키에게 원망스러운 눈초리를 던지더니 어슬렁어슬렁 걸어 나갔다.

중령에게 차례가 가서 다행이라고 슈호프는 생각했다. 그러노라면 중령도 차차 생활의 지혜를 터득하게 되리라. 그러나 아직은 완전한 무능력자다.

슈호프는 내심 또 하나의 희망을 버리지 않고 있었다. 어쩌면 체자리도 자기 몫으로 가져간 죽을 양보할지 모른다.

아니, 역시 기대하지 않는 편이 좋을 것 같다. 그에게 소포가

온 지도 벌써 2주일은 지났을 테니까.

두 그릇째 죽을 다 먹고 나자 슈호프는 아까처럼 빵 껍질로 밑바닥과 옆에 붙은 찌꺼기를 말끔히 긁어 혀끝으로 핥았다. 마지막으로 빵 껍질 자체를 입 안에다 톡 던져넣었다.

슈호프는 싸늘하게 식은 체자리의 죽을 들고 일어났다.

"현장 사무실로 가져가는 거요!"

식당 문에 서 있는 개인 조수, 그릇을 들고 나가지 못하게 감시하는 문지기한테 이렇게 한마디 쏘아붙이고 그는 밖으로 나왔다.

사무실은 정문 수위실에서 가까운 통나무집이었다. 아침과 다름없이 굴뚝에서는 시꺼먼 연기가 무럭무럭 솟아오르고 있다. 불을 때는 건 전령 노릇까지 맡아 하는 늙은 당번 죄수인데, 그에게는 시간제로 작업량이 계산된다. 사무실 난로에 땔 나무토막이나 장작은 언제나 충분하다.

슈호프는 현관문을 열고, 외풍을 막아놓은 문간방으로 들어갔다. 그 다음, 포대 조각을 붙인 방문을 열었다.

하얀 증기에 싸여 방 안에 들어서자 슈호프는 얼른 문을 닫았다(우물쭈물하다가는 당장에, "이놈아! 문을 닫아!" 하는 호통이 떨어지게 마련이다).

사무실 안은 한증막처럼 무더웠다. 언저리에 얼음이 붙은 유리창 너머로 보이는 태양도 여기서는 어딘지 따사로운 느낌을 준다. '테츠' 2층에서 볼 때처럼 싸늘한 기운은 없다.

그 햇살 사이를 수놓듯 체자리의 파이프에서 폭넓은 담배 연기가 피어오르고 있다. 난로는 투명해 보일 만큼 새빨갛게 달아 있었다. 어쩌면 저렇게도 달궈졌을까? 굴뚝까지 빨갛게 달아 있다. 이렇게 후끈후끈한 곳에는 잠시 동안만 앉아 있어도 금방 졸음이 올 게다.

사무실은 두 칸으로 나뉘어 있는데 안쪽은 현장감독실이었다. 빠끔히 벌어진 문틈으로 현장감독의 목소리가 흘러나온다.

"여기선 임금도 지출 초과가 되어 있고, 건설 자재의 사용량도 규정을 초과해 있는 형편이야. 죄수들은, 조립식 주택 판자까지 모조리 난로에 쑤셔 넣고 있어. 너희 눈깔은 도대체 어디 박혀 있는 거냐? 시멘트도 마찬가지지. 며칠 전에 바람이 마구 부는 데서 창고에 시멘트를 하적하면서, 글쎄 10미터나 떨어진 거리를 들것으로 나르고 있질 않겠어. 덕택에 창고 근처엔 무르팍까지 빠질 만큼 온통 시멘트투성이가 됐지. 검은 작업복이 새하얗게 되고 말야. 도대체 얼마만 한 손실이라고 생각하나?"

현장감독실에서는 회의가 진행되고 있는 모양이었다. 아마 조감독들이 모여 있는가 보다.

이쪽 방 한구석의 당번 죄수인 노인이 더위에 녹아떨어진 꼴을 하고 앉아 있다.

그 저쪽에는 B-219호인 시크로파첸코. 기다란 몸을 구부리고 눈깔을 뒤집고서 창문 밖을 내다보고 있다. 조립식 주택의 자재를 도둑맞지 않게 감시하고 있는 것이다. 그래 봐야 별 수 없다. 이 친구야. 아까 우리가 방수 천을 슬쩍할 땐 뭘 하고 있었나!

기록계도 두 사람 다 죄수들이지만 난로 위에 빵을 굽고 있다. 타지 않게 철사로 석쇠까지 만들어놓고서.

체자리는 책상 옆으로 다리를 쭉 뻗고 앉아서 파이프를 입에 물고 있었다. 방문을 등지고 있어서 슈호프가 들어온 것을 모르는 모양이었다.

그 맞은편에 앉아 있는 것은 X-123호. 수용소 생활 20년인 깡마른 노인인데, 죽을 먹고 있다.

"그렇지만 말입니다."

담배 연기를 뿜으며 사뭇 부드러운 어조로 체자리가 말한다.

"객관적인 견지에서 보면, 에이젠슈테인의 천재성은 인정해야 할 줄 압니다. 〈이반 대제〉〔소련의 유명한 영화감독 에이젠슈테인(1898~1948)이 제작한 전기 영화〕, 이것도 굉장히 천재적인 작품이라고 생각하는데요? 어떻습니까, 근위대원들의 횃불춤은! 그리고 사원(寺院) 장면은!"

"너무 과장되어 있어요!"

숟가락을 입에 가져가다 말고 X-123호는 분연한 어조로 대답했다.

"예술 과잉은 이미 예술이 아니란 말이오! 빵 대신에 고춧가루와 후춧가루만 먹고 살라는 말과 다를 게 뭐요! 더군다나 정치 사상이 돼먹지 않았어요. 개인 전제(專制)의 변호로 일관되어 있지 않소! 3대에 걸친 러시아 인텔리겐치아의 기억을 우롱해도 분수가 있지 어디 그럴 수가 있소!" (이렇게 말하면서도 무의식적으로 죽을 씹어서 삼킨다. 저래 가지고는 먹으나 마나

일 거다.)

“하지만 그렇게밖엔 해석을 내릴 수 없는 세상이니 어떡합니까!……”

“그렇다면 천재라는 말은 빼버리란 말이오! 천재는 고사하고, 상전 비위 맞추기에 여념 없는 아첨꾼이라 해야 할 거요. 진짜 천재는 압제자의 비위를 맞추려고 왜곡된 해석을 내리지는 않는 법이오!”

“으흠!”

슈호프는 헛기침을 했다. 교양이 풍부한 친구들의 대화를 중단시킨다는 것은 송구스런 일이긴 하다. 그렇다고 언제까지나 멍청히 서 있을 수도 없는 일이다.

체자리는 빙그르르 몸을 돌리더니 죽그릇에 손을 뻗었다. 슈호프의 얼굴은 거들떠보려고도 하지 않는다.

죽그릇을 받아놓고는 그냥 토론에 열중한다.

“그렇지만 예술이란 ‘무엇을’이 아니라, ‘어떻게’가 문제니까요.”

X-123호는 한 손으로 책상을 두드리며 그의 말꼬리를 잡는다.

“천만에! 당신이 말하는 ‘어떻게’는 아무런 가치도 없는 거요. 그것이 우리의 감정을 높은 데로 이끌어주지 못하는 이상 무슨 소용이 있단 말이오!”

슈호프는 실례가 되지 않을 정도의 시간을 그 자리에 선 채로 있었다. 체자리가 담배를 권하기를 기다렸다. 그러나 체자리는 자기 등 뒤에 슈호프가 서 있다는 사실을 새까맣게 잊은 모양이었다.

슈호프는 몸을 돌려 슬그머니 사무실을 빠져나왔다.

밖의 추위는 그다지 심한 것 같지 않다. 이 정도라면 벽돌 쌓기에도 지장은 없을 것이다. 지름길을 건넌 슈호프는 문득 눈 위에 떨어져 있는 조그만 줄칼 조각을 발견했다.

당장 무엇에 쓰겠다는 생각은 없었으나, 언제 필요할 때가 있을지 모를 일이다. 집어서 호주머니 속에 넣었다. '테츠'에 감춰두면 된다. 개똥도 약에 쓸 때가 있다.

'테츠'에 돌아오자, 슈호프는 우선 감춰두었던 흙손부터 꺼내서 허리춤에 꽂았다. 그리고 모르타르 기계실로 들어갔다.

햇빛이 눈부시게 반사되는 바깥에서 갑자기 들어와서 그런지 실내는 한결 어두워 보였다. 그렇다고 바깥보다 더 따뜻한 것 같지도 않다. 어쩐지 축축한 느낌이다.

모두들 슈호프가 수리한 둥그런 난로와 모래를 녹이는 난로 주위에 모여 있었다. 모래에서는 하얀 김이 가물거리고 있다. 난로 옆에 자리잡지 못한 친구들은 모르타르 통에 앉아 있다. 반장은 난로 바로 옆에서 죽을 먹고 있었다. 파블로가 난로에 얹어 데워 바쳤겠지.

소곤소곤하는 말소리가 들린다. 기쁜 일이라도 있는 것 같은 분위기다. 슈호프에게도 누군가가 귓속말로 알려준다. 작업량 사정이 잘된 모양이야. 반장의 안색이 환하거든……

그런데 무슨 명목을 붙였는지 궁금한 일이다. 물론 그것은 반장의 수완 여하에 달린 문제이기는 하지만, 그러나 오늘만 해도 한나절 동안 아무 일도 하지 못한 셈이 아닌가. 난로를 수리한다든가 창문을 막는다든가 하는 일을 작업으로 쳐줄 리는 없다. 그것은 생산을 위한 것이 아니라 작업반 자체를 위해서 한 일이기 때문이다. 그렇다고 작업량 사정란을 그냥 비워둘 수는 없다.

어쩌면 체자리가 우리 반 사정란에 적당히 기입해 넣었는지도 모를 일이다. 체자리에게만은 반장도 언제나 정중한 태도로 대한다. 필시 그럴 만한 이유가 있을 것이다.

'사정이 잘되었다'는 말은, 앞으로 닷새 동안 배급 식량에 상여 급식이 덧붙어 나온다는 의미다.

하긴 닷새 동안이라고는 하지만, 정확히 따진다면 나흘밖엔 안 된다. 수용소 당국은 닷새 중 하루를 절식일로 정해놓고, 작업 성적이 좋은 반이나 나쁜 반이나 차별 없이 최저 보장선까지 배급량을 끌어내리기 때문이다.

모든 죄수에게 공평하게 식량을 할당한다는 것이 그 취지로 되어 있지만, 실은 죄수들의 배를 곯림으로써 여유 있게 식량을 확보하자는 수작 외에 아무것도 아니다. 그렇다고 불평하지는 않겠다. 죄수들의 위장은 어떠한 시련도 감내할 수 있을 만큼 단련되어 있다. 편리하다면 편리하다고나 할까. 오늘 뱃속이 차지 못했으면, 내일 그만큼 보충하면 된다. 절식일에는 수용소 죄수 전원이 이런 꿈을 안고 잠자리에 든다.

그렇지만 곰곰이 생각해보면, 닷새 동안 일하고 나흘밖에 얻어먹지 못한다는 결론이 나온다.

실내는 조용해졌다. 담배를 가진 사람은 몰래 숨어 담배를 피우고 있다. 모두들 어둠 속에 둥그렇게 모여 앉아 타오르는 난롯불만 바라보고 있다. 마치 하나의 대가족과도 같이. 사실, 작업반이란 바로 하나의 가족이다.

난롯가에서 반장이 두세 명의 반원들을 상대로 이야기를 하고 있다. 다른 반원들도 그쪽으로 귀를 기울인다.

그가 부질없는 소리를 늘어놓는 일은 없다. 혹시 무슨 말을 한다면 그것은 반원들을 위해서 하는 말이다.

반장인 추린—안드레이 프로코피예비치도 모자를 쓴 채로는 식사를 못하는 성미다. 모자를 벗으면 그의 머리는 한결 늙어 보인다. 다른 죄수들처럼 그의 머리도 박박 깎은 중대가리였지만, 희미한 난로 불빛 앞에서조차 머리에 섞인 흰 머리카락이 희끗희끗 눈에 띈다.

"……본시 나는 대대장 앞에만 나가도 몸을 후들후들 떠는 축이었는데, 그때 나를 불러들인 것은 연대장이었단 말이야! 잔뜩 긴장해 가지고, '붉은군대 병사 추린, 연대장 동무의 명을 받고 왔습니다……'라고 했지. 연대장은 미간을 찌푸리고 노려보더니, '이름과 부칭(浮秤)은?' 하고 묻더군—아무개올시다. '나이는?' — 몇 살입니다. 그때가 1930년이었으니까 아마 스물두 살이나 되었을 거야. 새파란 애송이였지. '근무는 어떤가, 추린?' — '예, 근로 인민을 위해 열심히 복무하고 있습니다!' 그랬더니 연대장은 갑자기 화를 내며 두 손으로 책상을 내리치지 않겠나. '근로 인민을 위해서라고? 그렇게 말하는 네놈은 대체 뭐냐? 죽일 놈 같으니!' 이런 소릴 듣고 흥분하지 않을 놈이 어디 있겠어! ……그래도 꾹 참고 말했지. '경기관총 사수로서 일급 사수 칭호를 받고 있습니다. 국사와 정치 양면에 걸쳐 우수한 성적을 받았으며……' — '뭐 일급 사수? 이 돈벌레 같은 놈! 네 아비는 부농(富農)이 아니냐? 봐라, 카메니에서 조회가 와 있다. 아비가 부농이라는 걸 숨기고서 무사할 줄 알았느냐? 당국에서는 2년 전부터 네놈 행방을 찾고 있었다는 걸 몰라!' 나는 그만 새파랗게 질려버리고 말았지. 할 말이 있을 수 없지. 사실 행방을 감추려고 1년 동안이나 집에 편지도 쓰지 않았거든. 식구들이 어떻게 지내는지도 알 수 없었고, 집에서도 물론 내 소식을 모르고 있었을 테고. '이놈, 너한테도 양심이 있냐?' 대령 계급장이 흔들릴 정도로 몸을 떨며 그놈은 분을 참지 못하겠다는 듯이 을러대더군. '소비에트 정권을 기만해도 분수가 있지!' 나는 틀림없이 얻어맞는 줄 알았어. 하지만 때리진 않더군. 그 대신 즉석에서 명령서에 서명이야—여섯 시간 이내에 영외(營外)로 추방하라 ……그때가 2월이었는데 겨울 군복을 벗기고, 그 대신 여름옷 한 벌만 걸치고 나가라는 거야. 발급된 제대증명서에는 '부농의 아들'이라는 사유가 기입되어 있더군. 어디를 가나 이 낙인을 버릴 수 없게 된 셈이지. 고향까지는 기차로 가야 하는데 무료 승차권 같은 건 물론 내주지도 않고, 식량도 전혀 지급하지 못하겠다는 거야. 마지막으로 겨우 점심 한 끼를 얻어먹고 영문 밖으로 쫓겨나고 말았다네.

……말은 좀 달라지지만, 38년에, 코트라스에 있는 중계 수용소에서 옛날 소대장을 만났어. 역시 10년형을 받았더군. 그 친구한테서 들은 바에 의하면 나를 추방한 그 연대장도, 연대 정치위원도 37년의 숙청 때 모두 총살되었다는 거야. 프롤레타리아니 부농이니 하는 것도 문제가 안 되었던 모양이야. 양심이 있느냐 없느냐 하는 것도 역시 문제가 안 되었고……"

죽을 두 그릇이나 먹었기 때문인지 슈호프는 담배 생각이 나서 견딜 수가 없었다. 7호 막사의 라트비아인한테 쌈지 담배를 두 컵 살 수 있을 테니까 그것으로 갚으면 된다—이렇게 생각하고 슈호프는 어부 출신인 에스토니아인에게 귓속말로 소곤거렸다.

"이봐, 에이노, 내일까진 틀림없이 갚을 테니 담배 좀 꾸어줄 수 없겠나? 한 대만 말아 피울 수 있을 정도면 되겠는데……"

에이노는 슈호프의 눈을 뚫어지게 들여다보더니, 자기의 단짝인 에스토니아인에게 천천히 눈을 돌렸다.

그들 두 사람은 무엇이든지 반반이었다. 담배 한 대 꿔주는 것도 혼자서는 결정하지 못한다. 저희끼리 알아듣지 못할 말로 한참 지껄이고 나서, 에이노는 붉은 끈이 달린 담배 쌈지를 꺼냈다. 잘게 썬 담배를 두 손가락으로 집어내어 슈호프의 손바닥에 놓고 분량을 살펴보고는 부스러기 몇 개를 더 떨어뜨린다. 꼭 한 대 분이다. 모자라면 모자랐지 결코 남지는 않을 것 같다.

신문지는 슈호프도 가지고 있다. 귀퉁이를 찢어 담배를 말고, 반장의 발 사이로 굴러나온 석탄 덩어리를 집어 불을 당긴다. 한 모금 깊이 빨아들인다. 순간 눈이 아찔하며 어지러운 기운이 전신에 확 퍼진다. 사지가 나른해지고 머리가 빙그르르 도는 것 같다.

담배에 불을 붙이자마자, 곧 맞은편 구석에서 새파란 두 개의 눈이 번쩍 빛났다. 페추코프다.

저 게걸쟁이한테 한 모금 선심을 쓸까? 그러나 페추코프는 아침 나절에 벌써 몇 번이나 구걸을 했다. 차라리 세니카 크레프쉰한테 주기로 하자. 세니카는 반장의 이야기도 귀에 들어오지 않는지 고개를 옆으로 기울인 채 멍하니 난로 앞에 앉아 있었다.

난롯불이 반장의 얽은 얼굴을 벌겋게 비추고 있다. 마치 다른 사람의 이야기를 하듯 익살스런 어조로 그는 이야기를 계속했다.

"……가지고 있던 시시한 물건들을 시가의 사분의 일도 안 되는 헐값에 고물상에 팔아서 암시장에서 빵 두 덩어리를 샀지. 이미 빵 배급제가 실시되고 있던 시절이었거든. 정거장에 가서 화물 열차라도 타고 갈 생각이었는데, 재수가 없으려니까 때마침 화물 열차의 부정 승차를 엄중히 단속하라는 명령이 내려 있었던 거야. 기차표는 돈을 가지고도 살 수 없었지. 자네들 중에도 기억하고 있는 사람이 있겠지만, 그때는 특별한 신분증이나 출장증이 없는 사람에게는 기차표를 팔지 않게 되어 있었거든. 플랫폼으로 빠져들어가기도 쉬운 일이 아니었어. 개찰구에는 경찰이 서 있고, 정거장 양쪽 끝 선로에는 경비병이 파수를 보고 있었단 말이야.

어느새 해가 저물어 물 웅덩이엔 얼음이 얼기 시작했어. ……오늘 밤은 어디서 잘까 생각하니 정말 처량하더군. 기회를 엿보아 미끄러운 벽돌담을 간신히 타고 넘어가서 구내의 변소로 뛰어들어갔지. 얼마 동안 변소간에서 바깥 동정을 살폈는데, 누구한테 들킨 것 같지는 않았어. 그래서 공무상 출장 가는 군인인 척하고 플랫폼으로 나갔지. 마침 블라디보스토크발 모스크바행 열차가 닿아서, 뜨거운 물을 얻으려는 승객들로 가마솥 근처는 일대 수라장을 이루고 있더군. 가만히 보니, 푸른 블라우스를 입은 처녀 하나가 두 되들이 큰 주전자를 들고 서성거리고 있는데, 기가 죽어 감히 가까이 갈 엄두도 못 내고 있는 모양이야. 가느다란 다리로 그 속에 섣불리 끼어들었다간 물에 데거나 밟혀 죽거나 하기에 알맞지.

'자, 이 빵을 가지고 있으시오, 내가 물을 떠다줄 테니!' 했지. 사람들을 헤치고 들어가서 물을 퍼담고 있는데, 글쎄 기차가 움직이기 시작하지 않겠나! 처녀는 빵을 들고 울먹울먹하며 발을 동동 구르고…… 큰일 났더군. 주전자고 뭐고 어디 그런 걸 생각할 여유가 있어야지!

'빨리 가서 타요! 빨리!' 이렇게 소리치며 나는 처녀에게 달려가서 한 손으로 차에 올려주고는, 죽을힘을 다해서 기차를 쫓아갔지. 결국은 나도 그 기차에 오를 수 있었어. 차장도 보고 있었지만 떠밀어버리려 하지는 않더군. 기차에 군인들이 타고 있었으니까 나도 그 중의 한 사람인 줄 알았던 모양이야."

슈호프는 세니카의 옆구리를 쿡쿡 찔렀다. 어때 이 궁상맞은 놈아, 한 모금 생각 없어? 슈호프는 나무 파이프에 낀 채로 그냥 건넸다. 세니카라면 파이프째 주어도 걱정할 게 없다.

세니카는 재미있는 놈이다. 배우처럼 한 손을 가슴에 대고 고개를 끄덕해 보인다. 귀머거리가 하는 짓이라 무슨 뜻인지 알 수가 없다.

반장의 이야기는 계속된다.

"처녀 일행은 여섯 명이었는데 객실(칸막이 좌석) 하나를 차지하고 있더군. 레닌그라드의 여학생들이라나. 실습을 갔다가 돌아오는 길이라는 거야. 탁자 위에는 과자 부스러기 같은 것도 보이고, 옷걸이에는 레인코트가 걸려 있고, 트렁크에는 깨끗한 커버가 씌워져 있고…… 말하자면 세상의 쓴맛이라는 걸 모른 채 순조로운 인생 코스를 달리고 있는 아가씨들이었지.

처녀들과 함께 이야기도 하고 차도 마시며 시간을 보내고 있었는데, 그 중 하나가 불쑥 '당신의 좌석은?' 하고 묻는 거야. 나는 정직하게 사과했지. 아가씨, 당신들은 지금 삶의 열차를 타고 있지만, 나는 죽음의 열차를 타고 있소……"

실내는 조용했다. 난로에서 불이 타오르는 소리가 들릴 뿐이다.

"처음에는 모두들 깜짝 놀라서 한숨을 짓기도 하고, 저희끼리 소곤소곤 의논을 하기도 했지만, 결국 외투를 뒤집어씌워 맨 위층 침대에 나를 숨겨주었어. 덕택에 노보시비르스크까지 무사히 갈 수 있었지…… 이건 다른 이야기지만, 후에 그 처녀들 중의 하나를 패초라 강(북부 러시아) 근처에서 만나 그때의 은혜를 갚을 수 있었어. 35년, 키로프 암살 사건에 관련된 숙청 때 체포되어 중노동에 시달리고 있는 걸 내가 양재부로 빼주었거든."

"이젠 모르타르를 이기기 시작할까요?"

파블로가 낮은 소리로 반장에게 물었다. 그러나 반장은 듣지 못한 모양이었다.

"나는 밤중에 담장을 넘어 집에 들어갔다가, 날이 새기 전에 어린 동생놈을 데리고 다시 집을 떠나 따뜻한 지방, 그러니까 프룬제〔중앙아시아, 키르기스 공화국의 수도〕로 갔지. 며칠을 굶다시피 하고 프룬제까지 갔는데, 거기서 아스팔트용 가마솥을 둘러싸고 앉아 있는 부랑자들을 만났어. 나도 그들 틈에 끼어 앉아서 이렇게 부탁했지. '여러분, 여긴 내 동생인데 당신들이 이놈을 맡아줄 수 없겠소? 사는 방법을 가르쳐주란 말이오.' 그들은 내 동생을 맡아주더군. 나도 차라리 그때 그 친구들과 어울려버렸으면 좋았을 거라고 지금도 가끔 생각을 하지……"

"동생은 그 후 한 번도 만나지 못했나요?"

중령이 물었다.

추린은 크게 하품을 했다.

"음, 한 번도 못 만났어."

또 한번 늘어지게 하품을 하고 나서 추린은 이렇게 말했다.

"뭐 공연히 서글퍼질 건 없어! 여기 '테츠'에서도 이렇게 얼마든지 살 수 있잖나. 그건 그렇고 모르타르를 이기는 패는 곧 일을 시작하게. 신호 기다릴 것 없이."

작업반이란 이런 것이다. 높은 양반들의 명령이라면 작업시간 중에도 죄수들은 좀처럼 움직이려 들지 않는다. 그러나 반장의 명령이라면 휴식시간에라도 모두들 군소리 없이 일을 시작한다. 반장이야말로 그들을 먹여 살리는 가장이기 때문이다. 그뿐만 아니다. 반장 추린은 절대로 공연한 고생을 시키는 일이 없다.

작업 개시 신호가 울린 다음에 모르타르를 이기기 시작하면, 그동안 벽돌공들이 일손을 놓게 마련이다.

슈호프는 휴우 한숨을 쉬며 옷을 털고 일어났다.

"벽 위의 얼음이나 걷을까."

그는 얼음을 걷기 위해 자귀와 빗자루, 벽돌을 쌓는 데 필요한 망치와 수평기, 가늠줄과 수직추를 손에 들고 갔다.

혈색이 좋은 키르가스가 슈호프 쪽을 보며 얼굴을 찌푸린다.

반장이 명령도 내리지 않는데 뭣 때문에 서두르는 거냐?

키르가스가 얼굴을 찌푸리는 것도 무리가 아니다. 그는 반에 할당되는 식량에 마음을 쓸 필요가 없다. 이 대머리 라트비아인은 자기에게 배급되는 빵이 200그램이건 그 이하건 그런 데는 조금도 관심이 없다. 고향에서 보내오는 식량 소포만으로도 충분히 배를 채울 수 있기 때문이다.

그래도 키르가스는 슈호프를 따라 일어났다. 알고 있는 것이다. 자기 한 사람 때문에 반 전체의 작업에 지장이 있어서는 안 된다.

"여보게, 바냐, 함께 가세!" 하고 슈호프를 불러 세운다.

그러면 그렇지, 저 뚱보가 혼자 늑장을 부릴 리가 있나(슈호프가 급히 서두르는 데는 또 하나의 이유가 있었다. 공구반에서 수직추를 한 개밖에 얻어오지 않았으므로, 키르가스보다 먼저 그것을 쓰려는 속셈이었던 것이다).

파블로가 반장에게 묻는다.

"벽돌을 쌓는 데 세 명이서 해낼 수 있을까요? 어떻습니까, 한 사람 더 배치하면? 그보다도 모르타르를 미처 대지 못하게 될까요?"

반장은 미간을 찌푸리고 잠시 생각한다.

"그럼 내가 벽돌을 쌓기로 하지. 파블로, 자넨 여기서 모르타르를 맡아주게! 혼합통이 크니까 여섯 명을 붙이면 좋을 거야. 한쪽에선 다 된 놈을 이겨내고, 다른 한쪽에서는 새것을 혼합하도록 하게. 벽돌 일을 1분이라도 쉬게 해서는 안 되네. 알겠나!"

"잘 알겠습니다!"

파블로는 벌떡 일어났다. 아직도 혈기가 왕성한 청년이다. 수용소의 폐물들과는 종류가 다르다. 우크라이나의 가루쉬키〔우유에 삶아낸 경단 비슷한 음식물〕처럼 두 볼이 토실토실한 청년이다.

"반장님이 몸소 벽돌을 쌓겠다면 저는 모르타르를 이기지요, 어느 쪽이 이기나 경쟁합시다! 제일 큰 삽은 어디 있지?"

작업반이란 이런 것이다. 파블로는 숲속에 잠복하여 적병을 저격하기도 하고, 여러 지구에서 야습을 감행하기도 한 용감한 사내였다. 이런 데서 고분고분 일하고 있을 위인이 아니었다. 그러나 반장을 위해서라면 사정이 다르다!

슈호프와 키르가스는 2층으로 올라갔다. 세니카도 층층다리를 밟고 뒤따라 올라온다. 귀는 먹었지만 눈치는 어지간히도 빠르다.

2층의 벽돌 벽은 겨우 기초가 쌓인 정도였다. 어디를 돌아봐도 석 줄 이상 쌓아올린 곳은 단 한 군데도 없다. 무릎에서 가슴까지의 높이는 발판이 필요 없기 때문에 그나마 일이 훨씬 수월한 편이다.

전에 쓰던 발판이나 삼각대 같은 건 죄수들이 죄다 가져가버리고 하나도 남아 있지 않았다. 다른 건물로 가져간 것도 있겠지만, 대부분은 난로 속에 넣어버렸을 것이다. 아무튼 다른 반에는 넘겨주지 않겠다는 심보들이다.

그러나 자기들이 일을 하려면 내일이라도 곧 삼각대를 만들어야 한다. 삼각대가 없으면 작업은 중단될 수밖에 없다.

'테츠'의 2층에서는 먼 데까지 한눈에 바라볼 수 있었다. 사람의 그림자도 없는, 눈 덮인 구내(죄수들은 건물 속에 기어들어가서 작업 개시 기적이 울릴 때까지 몸을 녹이고 있다), 시커멓게 솟아 있는 망루, 철조망이 감긴 끝이 뾰족한 말뚝. 해를 등지고 서면 철조망의 가시까지 보인다. 그러나 해를 안고 서면 잘 보이지 않는다. 햇빛이 눈부셔 눈을 뜰 수조차 없다.

그리 멀지 않은 곳에 이동 발전소도 보인다. 하늘을 뒤덮을 듯이 검은 연기를 뿜어 올리고 있다. 환자의 숨소리처럼 씨근거리는 소리가 들려온다. 기적이 울리기 직전에 들리곤 하는 병적인 음향이다. 마침내 기적이 울린다. 그러고 보면 별로 일찍 일을 시작한 것도 아니었던 셈이다.

"여보게, 스타하노프 운동자!〔사회주의적 생산 경쟁 운동가. 여기서는 비꼬는 뜻으로 부르고 있다〕 수직추를 빨리 쓰고 넘기게!"

키르가스가 재촉한다.

"뭐라고? 자네가 쌓을 벽엔 아직 얼음이 그냥 붙어 있지 않나! 저녁때까지 얼음도 다 못 긁어낼 거야. 써보지도 못할 흙손을 뭣 하러 가지고 올라왔지?"

슈호프도 지지 않고 그를 놀려주었다.

점심을 먹기 전에 결정한 대로, 세 사람은 제각기 맡은 벽을 쌓아올릴 채비를 하고 있었다. 그러나 이때 밑에서 반장이 소리쳤다.

"2층! 모르타르가 통 속에서 얼면 곤란하니까 두 사람씩 짝을 지어 함께 일하도록 하게. 슈호프! 자넨 세니카하고 일하게. 나는 키르가스와 짝을 지을 테니까. 우선 나 대신 고프치크를 올려 보낼 테니 키르가스와 함께 얼음을 긁어내라고 해."

슈호프와 키르가스는 서로 눈짓을 한다. 지당하신 말씀. 그렇게 하는 편이 훨씬 능률이 오를 것이다.

이렇게 생각하며 두 사람은 자귀를 집어 든다.

슈호프의 눈에는 이미 아무것도 보이지 않는다—눈부시게 햇빛을 반사하는 눈 덮인 들판도, 난로가 있는 건물에서 나와 이리저리 흩어져가는 죄수들의 모습도, 구덩이를 파러 가는 죄수들도 있다. 아침부터 시작하여 다 파지 못한 구덩이다. 철근을 용접하러 가는 죄수들도 있다.

그러나 슈호프의 눈에는 자기가 맡은 벽돌 벽밖엔 보이지 않는다. 허리 높이까지 계단 모양으로 벽돌을 쌓아올린 왼쪽 구석에서부터, 키르가스가 맡은 벽과 맞닿는 오른쪽 귀퉁이까지—이것이 그가 맡은 벽이다.

슈호프는 우선 얼음을 긁어낼 장소를 세니카에게 떼어 맡긴 다음, 자귀의 날과 등을 번갈아 휘두르며 자기도 얼음을 깨기 시작했다.

자잘한 얼음 조각이 사방으로 흩어지며 얼굴에까지 튄다. 어쩌면 저렇게도 일에 열중할 수 있을까 싶을 정도로 열심히 자귀를 휘둘러댄다. 하기는 얼음을 깨는 일 자체에는 별반 머리를 쓸 것도 없다.

그의 모든 신경과 눈은, 두꺼운 얼음을 통해 그 밑의 벽에 집중되어 있었다. 벽돌을 이중으로 쌓아올린 '테츠'의 정면 외벽이다.

전에 이 벽을 쌓던 벽돌공이 누구였는지 알 수 없는 일이다. 솜씨가 서툴렀기 때문인지 아니면 성의가 부족했기 때문인지, 하여튼 쌓아놓은 꼴이 말이 아니었다.

그러나 슈호프는, 남이 쌓다 그만둔 그 벽을 자기 것으로 만들기에 여념이 없었다. 여기 우묵하게 들어간 곳은, 한 줄로 대번에 바로잡기는 어렵겠다. 모르타르를 좀 많이 놓아 석 줄째에 가서 고르게 해야지. 그리고 저기 두드러진 곳은, 두 줄째면 넉넉히 바로잡을 수 있을 거다.

슈호프의 머릿속에서, 벽은 이미 두 부분으로 나뉘어 있었다. 왼쪽 구석부터 여기까지는 내가 쌓고, 여기서부터 저쪽 키르가스의 벽과 맞닿는 곳까지는 세니카한테 맡겨야겠다. 저쪽 귀퉁이에서는 세니카의 서투른 솜씨를 보다 못해 키르가스가 그를 거들어주겠지 — 그렇게 해야 자기 일이 수월해질 테니까. 귀퉁이에서 둘이 꾸무럭거리고 있는 사이에 나는 이쪽 벽을 반 이상이나 쌓아올릴 수 있다. 이러한 작전으로 나가면 설마 우리 조가 뒤지지는 않겠지.

슈호프는 어디다 몇 개씩 벽돌을 놓게 할 것인가도 미리 생각해두었다. 벽돌을 나르는 알료샤가 2층에 올라오자, 슈호프는 기다리고 있었다는 듯이 그를 붙잡고 당부했다.

"자, 벽돌을 여기다 갖다놓게! 그리고 여기도! 아무 데나 팽개치면 안 돼, 알겠나?"

세니카가 얼음을 다 깨내기도 전에, 슈호프는 벌써 철사로 만든 비를 손에 들고 있었다.

두 손으로 빗자루를 움켜쥐고 좌우로 냅다 흔들며 벽돌 쌓을 자리를 쓸어나간다. 티끌 하나 남기지 않을 정도까지는 못 되지만, 그래도 제법 말끔히 쓸어냈다. 벽돌이 서로 연결되는 곳은 특히 말끔하게 쓸었다.

반장도 위층으로 올라왔다.

슈호프가 비질을 하고 있는 사이에 반장은 벽 귀퉁이에 수평기를 갖다 댄다. 슈호프와 키르가스가 맡은 벽의 양쪽 끝에는 벌써 수평기가 놓여 있다.

"2층!"

밑에서 파블로가 소리친다.

"준비 다 됐소? 모르타르 올라갑니다!"

슈호프는 흠칫했다. 뭐? 아직 가늠줄도 쳐놓지 못했는데 벌써 모르타르가 올라온다고?

숨이 가빠온다. 한 줄이나 두 줄 정도로는 안 되겠다. 한꺼번에 석 줄 높이까지 쳐놓자. 나중에 조금만 손질하면 될 테니까. 세니카가 일을 쉽게 할 수 있도록, 그에게 떼어 맡긴 부분에서 바깥 줄 몇 개를 내가 더 쌓아주고, 그 대신 안쪽 줄을 더 쌓으라고 하자.

벽돌 벽 위에 가늠줄을 치면서, 슈호프는 몸짓을 섞어가며, 어디다 어떻게 쌓으라고 세니카한테 설명한다.

귀머거리 세니카도 그의 말을 알아들은 모양이다. 입술을 깨물고 반장네 벽 쪽을 흘끗 바라보더니, 고개를 끄덕이며 히죽 웃는다 — 전투 개시란 말이지? 좋아, 해보세!

층층다리를 따라 모르타르가 올라왔다. 모르타르 운반에는 두 사람씩 네 개 조가 배치되어 있다. 반장의 지시에 따라 벽돌공 옆에는 따로 모르타르 통을 놓아두지 않기로 했다. 모르타르를 옮겨 담는 사이에 얼어버리기 때문이다. 그래서 운반용 모르타르 통을 그냥 내려놓고 벽돌공이 거기서 직접 모르타르를 떠서 쓰기로 한 것이다.

한편 모르타르를 운반해온 사람은, 벽 위에 떠놓은 모르타르가 얼어붙지 않도록, 벽돌공에게 얼른 벽돌을 집어준다. 통에 든 모르타르를 다 쓰면, 이내 그 다음 조가 올라오고 앞서 올라왔던 조는 빈 통을 들고 밑으로 내려가서, 밑바닥에 얼어붙은 모르타르를 난롯불에 녹인다. 물론 그동안에 자기 몸도 함께 녹일 수 있다.

키르가스네 벽과 슈호프네 벽에 모르타르 통이 동시에 운반되어 왔다. 차가운 바깥 공기에 닿아 모르타르에서는 모락모락 김이 일어나고 있지만, 벌써 따뜻한 기운은 거의 달아나버리고 없었다.

흙손으로 벽 위에 펴놓고 잠깐 숨을 돌릴 양이면 모르타르는 금세 얼어버린다. 그렇게 되면 망치로 다시 그것을 까내야 한다. 흙손 따위로 긁적여봐야 소용도 없다.

벽돌을 얹는 데도, 조금만 기울어지게 놓아도 그대로 얼어붙고 만다. 자귀 등으로 벽돌을 깨고 모르타르를 긁어낼 수밖에 없게 된다.

그러나 슈호프의 솜씨는 결코 서툴지 않다. 벽돌은 그 하나 하나의 형태가 모두 꼭 같은 것은 아니다. 귀퉁이가 떨어져나간 놈이 있는가 하면, 위아래가 휘어진 놈도 있고, 혹이 붙은 놈도 있다. 슈호프는 그 특징을 즉각 판단하여, 그것을 어느 쪽으로 어떻게 놓아야 하는가를 결정한다. 아니, 벽의 어느 부분이 그 벽돌을 필요로 하는지까지 순간적으로 판단하는 것이다.

슈호프는 김이 나는 모르타르를 흙손으로 떠서 벽 위에 놓고, 밑줄 벽돌의 연결점을 겨냥한다(그 연결점이 윗줄 벽돌의 중앙에 오도록 하는 것이다). 그 다음, 옆에 갖다놓은 벽돌 중에서 적당한 놈을 하나 골라잡는다(이때 특히 벽돌의 날카로운 모서리에 장갑이 찢기지 않도록 해야 한다). 그러고는 흙손으로 모르타르를 고르게 펴놓고 그 위에다 벽돌을 제꺽 갖다 얹는다. 방향이 이상하면 흙손 자루로 두드려서 바로잡는다. 벽은 바깥쪽이 수직 추의 줄에 맞도록, 그리고 세로로 보나 모로 보나 기울어진 데가 없도록 해야 한다.

그러노라면 벽돌은 곧 모르타르에 얼어붙기 시작한다. 만일 벽돌 밑으로 모르타르가 삐죽 나와 있으면 얼른 흙손으로 긁어버린다(여름이라면 그것을 다음 벽돌을 쌓는 데 쓸 수 있지만 겨울철에는 어림도 없다). 다음에는, 또 한번 밑줄의 연결점을 확인한다. 모서리가 부서졌거나 떨어져나간 놈이 간혹 있기 때문이다. 이러한 경우에는 그 틈바귀에다 모르타르를 좀 많이 넣고 벽돌을 지그시 누른다.

그러고 나서 한쪽 눈을 감고 수직인가 아닌가를 확인하고, 다시 수평인가 아닌가를 확인한다. 모르타르도 이제는 완전히 굳어버렸다. 됐다, 그 다음!

작업은 점점 속도가 빨라진다. 두 줄가량만 쌓으면 전에 잘못 쌓은 부분도 대개는 바로잡을 수 있을 것이고, 그렇게 되면 일도 훨씬 수월해질 거다. 하지만 아직은 마음을 놓을 수가 없다.

슈호프는 이중 벽의 바깥 줄을 제꺽제꺽 쌓아나갔다. 세니카도 저쪽 귀퉁이에서 반장과 헤어져 역시 이쪽으로 다가오고 있다.

슈호프는 모르타르 운반조에게 눈짓을 한다—모르타르 통

을 더 가까이 옮겨주게, 부탁하네!

일단 일이 진척되기 시작하면 그야말로 눈코 뜰 새도 없다. 이옥고 세니카와 나란히 서게 된다. 둘이 한통에서 모르타르를 떠낸다. 이내 바닥이 드러난다.

"모르타르!"

슈호프는 벽 너머로 고함친다.

"올라가고 있어!"

밑에서 파블로가 외친다.

모르타르가 또 한 통 올라온다. 그것도 순식간에 바닥이 났다.

나무 통 언저리에는 모르타르가 겹겹이 얼어붙어 있다. 내가 알 게 뭐냐, 네 놈들이 긁어내려무나! 이제 옴쟁이처럼 더덕더덕 붙어버리면 올라오기가 무섭게 빈 통이 되어 다시 가지고 내려가야 할 게다. 자, 어서 들고 내려가거라! 다음!

슈호프도, 다른 벽돌공들도 이제는 추위를 느끼지 않았다. 분주하게 움직이고 있노라면 첫 번째 더위가 온몸을 후끈하게 한다. 솜옷과 내의 밑으로 땀이 솟아오른다. 그러나 그들은 한 시도 일손을 쉬려 하지 않는다. 한 시간 후에는 두 번째 더위가 그들을 찾아든다. 이번에는 솟아난 땀이 마르기 시작한다. 발가락이 시린 줄도 모르게 된다. 바람이 불어온대도 그런 것쯤은 문제가 아니다.

세니카만이 연방 발을 구르고 있다. 가엾게도 그의 발은 엄청나게 커서 지급받은 방한화를 신으려면 발싸개를 제대로 감지 못할 지경이기 때문이다.

반장은 쉴새 없이 소리친다—

"모르타르!"

슈호프도 흉내내듯 소리친다—

"모르타르!"

작업에 주동이 되는 반원은, 주위의 반원에게 반장과 같은 태도를 취하게 되는 법이다.

슈호프는 무슨 짓을 해서든지 반장네 조보다 앞서고 싶었다. 지금 같아서는 친형제라도 모두 모르타르 운반에 동원하고 싶을 지경이다.

부이놉스키는 점심 후에 페추코프와 한조가 되어 모르타르를 운반하고 있었다. 층층다리의 경사가 급해서 위험하기 때문이기도 했지만 처음에는 그리 동작이 빠르지 못했다. 슈호프는 몇 번인가 중령을 재촉했다.

"함장! 빨리 움직여주게! 함장, 벽돌을!"

그러던 것이 중령은 점점 동작이 민첩해지는 반면에 페추코프는 점점 게을러지기 시작했다.

망할 놈의 자식이 일부러 통을 기우뚱하게 들고 모르타르를 질금질금 흘리고 다니누나. 슬슬 해보자는 심보겠지.

슈호프는 페추코프 등에다 대고 호통을 쳤다.

"야, 이 악당놈아! 옛날에 지배인 노릇을 할 땐 일꾼들을 마소같이 부려먹고선 지금은 이러기냐!"

"반장님!"

중령이 소리쳤다.

"다른 사람하고 짝을 지어주시오! 이런 놈하곤 못해먹겠소!"

반장은 즉석에서 인원 배치를 변경했다.

페추코프는 밑에 내려가서 발판에 벽돌을 던져 올리게끔 했다. 그것도 몇 개를 올렸는지 알 수 있도록 멀찌감치 혼자 떼어놓았다.

중령은 알료샤와 짝이 되었다. 알료샤는 온순한 청년이다. 그와 함께 일할 때는 누구나 무의식중에 명령조로 말하게 된다.

"전원 갑판으로! 알겠지?"

중령의 해군식 독전(督戰)이다.

"저렇게 번개같이 쌓고 있으니 어디 꿈지럭거릴 수 있느냔 말야."

알료샤도 웃는 얼굴로 맞장구를 친다.

"서둘러달라면 서둘러줍시다요!"

이렇게 말하고 그들은 밑으로 달려 내려갔다.

군소리 없이 일 잘하는 인간, 그들은 반의 보배다.

아래층에 대고 반장이 소리친다. 벽돌을 실은 트럭이 또 한 대 도착한 것이다. 반년 동안이나 한 대도 오지 않는가 하면, 이번엔 둑이라도 터진 듯이 한꺼번에 쏟아져 들어온다. 벽돌이 있을 때 마음껏 일해보자, 적어도 첫날인 오늘만은. 결국은 며칠 안 가서 운반이 중지되고 만다. 그렇게 되면 작업에 박차를 가할 수도 없게 될 테니 말이다.

반장이 또 아래층에 대고 뭐라고 고함을 치고 있다. 승강기의 수리는 어떻게 되었는가 묻는 모양이다. 슈호프도 그것이 궁

금했지만 알아볼 겨를이 없다. 어디 지금 한시나마 일손을 멈추게 되었는가.

모르타르 운반원들이 올라와서 슈호프에게 알려주었다. 승강기의 모터를 수리한다고 수리공 한 사람과 전기 공사 담당 조감독이 밑에 와 있다는 것이다. 모터를 주무르는 건 수리공이고, 그걸 지켜보는 건 조감독이다.

그야말로 도리에 맞는 일이다—한 놈은 일하고 한 놈은 지켜보고.

아무튼 승강기만 고쳐준다면 벽돌이건 모르타르건 번쩍번쩍 실어 올릴 수 있으련만.

슈호프가 어느새 석 줄째를 절반쯤이나 쌓아올리고 키르가스도 석 줄째를 쌓기 시작했을 때, 층층다리를 타고 위층으로 또 한 사람의 상관, 곧 건설 담당 조감독이 올라왔다. 모스크바 태생인 그는 전에 어느 성(省)의 관리였다고 한다.

키르가스 쪽으로 가까이 와 있던 슈호프는, 턱으로 층층다리 쪽을 가리키며 눈짓을 했다.

"흥!"

키르가스가 씹어서 내뱉듯이 말한다.

"나는 말야, 높은 양반들하곤 아예 상종하지 않기로 했어. 하지만 그놈이 층층다리 밑으로 굴러떨어지거든 곧 알려주게. 그런 구경거리라면 안 볼 수 없으니 말야."

조금 후에 녀석이 벽돌공들의 등 뒤에 버티고 서서 작업을 감시하리라는 건 뻔한 일이다.

이 조감독만큼 슈호프가 싫어하는 자도 없을 게다. 당당한 기사(技師) 행세를 하며, 제 깐엔 아주 잘난 척하지만, 실은 돼지 발만도 못한 녀석이다!

언젠가 한번, 그가 벽돌 쌓는 법을 시범 보인 적이 있었다. 그때 슈호프는, 자꾸만 뱃가죽이 들먹거리는 것을 간신히 참았다. 웃기지 마, 이 녀석아! 우리 마을에선 제 손으로 집을 한 채 짓고 나야 비로소 기술자 행세를 할 수 있단 말야!

슈호프의 고향 마을 춤게네보에는, 벽돌집은 한 채도 없고 전부 목조 건물만 있었다. 소학교 건물도 보호림에서 잘라낸 6사젠(약 12미터)짜리 목재를 써서 지은 통나무집이었다.

슈호프는 수용소에 들어온 후 벽돌공 일을 하라는 명령을 받았다. 좋수다, 해봅시다.

그리하여 벽돌공 슈호프가 새로 탄생했던 것이다.

두 가지 기술을 터득할 수 있는 자는 능히 열 가지 기술도 터득할 수 있는 법이다.

그런데 조감독은 밑으로 굴러떨어지진 않았다. 한번 발을 헛디뎠을 뿐, 발을 구르듯 하며 층층다리를 달려 올라왔다.

"추린!"

2층에 올라오기가 무섭게 그는 눈을 부라리며 반장을 불렀다.

"이봐, 추린!"

그의 뒤를 쫓듯이 파블로가 따라 올라왔다. 손에는 그냥 삽을 들고 있다.

조감독도 역시 죄수용 작업복을 입고 있었으나, 그것은 산뜻한 신품이었다. 모자는 가죽으로 만든 고급 방한모, 하기는 그 모자에도 죄수 번호는 붙어 있었다. B-731.

"왜 그러시오?"

흙손을 손에 든 채 추린이 다가갔다. 비뚜름히 기울어진 모자가 한쪽 눈을 거의 가리고 있다.

무슨 일인지 한바탕 벌어질 것 같다. 절대로 놓쳐서는 안 될 장면이다.

그러나 한눈을 팔다가는 통 속의 모르타르가 얼어버린다. 슈호프는 일손을 멈추려 하지 않고 귀만 바싹 기울였다.

"네가 한 일을 몰라?"

조감독의 목소리는 더욱 거칠어지고 입에서는 거품이 튄다.

"이건 영창 정도로 끝날 문제가 아니야! 훌륭한 형사범이란 말이다! 추린! 형기 재연장을 각오해라!"

그제야 비로소 슈호프에게 문득 떠오르는 생각이 있었다. 훌끗 키르가스에게 눈을 준다. 키르가스도 알아챈 모양이다.

방수 천! 창문에 갖다 붙인 방수 천을 보았구나!

그러나 슈호프는 자기에게 화가 미치리라고는 생각하지 않았다. 추린은 반원에게 책임을 전가할 만큼 못난 위인이 아니다. 따라서 반장이 무슨 봉변을 당하지 않을까 그것이 염려될 뿐이었다. 우리 반원에게는 가장과도 같은 반장이지만, 그러나 놈들에게는 자유자재로 옮겨놓을 수 있는 장기의 말과 다를 것이 없다. 그렇지 않아도 반장은 북방의 수용소에 있을 때 이와

유사한 사건으로 형기가 연장되었다지 않는가.

반장의 얼굴이 경련을 일으키듯이 일그러졌다. 손에 들고 있던 흙손을 발밑에 홱 내동댕이치고 한 걸음 조감독 앞으로 다가섰다.

조감독은 뒤를 돌아본다. 등 뒤에는 파블로가 삽자루를 머리 위에 치켜올리고 있다.

삽! 이 삽은 결코 지팡이 삼아 들고 올라온 물건이 아니다.

귀머거리 세니카도, 일이 어떻게 된 것인지 알아차린 모양이다. 두 손을 허리에 얹고 조감독에게 다가갔다. 그 늠름한 몸짓! 꼭 옛날 이야기에 나오는 숲속의 도깨비다.

조감독은 눈을 깜박거리기 시작했다. 불온한 공기를 눈치챈 것이다. 필사적으로 빠져나갈 구멍을 찾고 있다.

반장은 조감독의 코끝에다 얼굴을 갖다 대고 한껏 목소리를 낮췄다. 그러나 위층에 있는 사람들은 모두 그의 말을 분명히 들을 수 있었다.

"이 똥파리만도 못한 놈아, 네 놈들이 멋대로 형기를 연장시키던 시대는 이미 지나갔어! 한마디만 더 해봐라, 오늘이 햇빛 보는 마지막 날이 될 테니까!"

반장은 온몸을 후들후들 떨고 있었다. 파블로의 네모난 얼굴이 조감독의 눈을 노려보고 있다.

"아, 아니, 왜들 이러는 거야!"

조감독은 새파랗게 질려 비실비실 층계 쪽으로 뒷걸음질을 친다.

반장은 더 이상 아무 말도 않고 모자를 바로잡더니, 끝이 휘어진 흙손을 집어 들고 자기가 맡은 벽 쪽으로 돌아갔다.

파블로도 삽을 들고 천천히 밑으로 내려간다.

여유 있게, 천천히……

그냥 위층에 남아 있기도 무서웠지만, 그렇다고 아래로 내려가기도 어쩐지 겁이 나는 모양이다. 조감독은 키르가스의 등 뒤에 몸을 숨기듯이 꼼짝 않고 서 있었다.

키르가스는 아랑곳없다는 듯이 벽돌만 쌓아올리고 있다.

약국에서 약을 조제할 때 흔히 이런 광경을 보게 된다. 약제사는 누가 기다리고 있든 절대로 서두르는 법이 없다. 그 약제사처럼 키르가스도 조감독에게 등을 돌린 채 자기 할 일만 계속하고 있을 뿐이다.

조감독은 슬그머니 반장 곁으로 다가갔다. 조금 전까지만 해도 서슬이 퍼렇던 그 위엄은 대체 어디로 사라졌단 말인가?

"현장감독한텐 뭐라고 말하면 좋을까, 추린?"

반장은 얼굴을 돌리려 하지도 않고 일을 계속한다.

"전부터 그렇게 되어 있었다고 하면 될 게 아니오. 와보니까 그렇더라고."

조감독은 얼마 동안 그 자리에 그냥 서 있었다. 이젠 맞아 죽을 염려는 없다, 이렇게 판단했는지 그는 두서너 걸음 앞으로 나와서 두 손을 호주머니에 찔러 넣었다.

"이봐, CH-854호" 하고 입 속으로 투덜거린다.

"왜 그렇게 모르타르를 얇게 바르는 거야?"

누구한테건 분풀이를 해야만 직성이 풀릴 것 같은 모양이다. 그러나 슈호프가 쌓은 벽돌은 비뚤어지거나 기울어진 데가 한 군데도 없을뿐더러 연결점의 처리도 더할 나위 없이 훌륭했다. 결국 흠잡을 것이라고는 모르타르가 얇다는 것밖엔 없었던 것이다.

"왜냐구요? 설명해드릴까요?"

슈호프는 빈정거리는 투로 말을 받았다.

"이런 엄동설한에 모르타르를 두껍게 깔았다간 봄에 가서 '테츠'는 풀썩 주저앉고 말 거외다."

"벽돌공이면 벽돌공답게 감독의 말을 들을 것이지 무슨 잔소리야."

조감독은 눈살을 잔뜩 찌푸리고 불룩하게 두 볼을 내밀었다. 이것은 그의 버릇이다.

사실 군데군데 모르타르가 얇게 깔린 곳도 없지는 않았다. 좀더 두껍게 까는 게 원칙인지도 모른다. 하지만 그것은 첫째, 날씨가 이렇게 춥지 않을 때, 그리고 모든 격식을 맞춰 제대로 쌓아올릴 때에나 할 말이다.

남의 사정도 좀 알아주면 어떤가 말이다. 이쪽은 작업량에 쫓기고 있는 처지가 아닌가. 하기는 이런 놈에겐 아무리 설명해도 소용없는 짓이다.

조감독은 아무 소리 없이 층층다리를 내려가기 시작했다.

"승강기 수리를 서둘러주시오!"

등에다 대고 반장이 소리쳤다.

"나귀처럼 벽돌을 등짐으로 져올리고 있는 형편이니까!"

"벽돌 운반도 작업량 사정에 넣어주지."

조감독의 어조는 뜻밖에 부드러웠다.

"'손수레 운반'의 비율로 말이오? 어디 한번 손수레를 끌고 층층다리를 올라와보라 하시오. ……이왕 사정에 넣을 거면 '등짐 운반'의 비율로 해주시오!"

"나는 좋지만, 기록계가 '등짐 운반'으로 해줄까?"

"기록계라고? ……하여튼 우리 벽돌공 네 사람에 작업반 전체가 붙어 있는 형편이니까 사정을 좀 봐줘야겠소!"

이렇게 커다란 소리로 외치면서도 반장은 한시도 일손을 멈추지 않는다.

"모르타르!"

아래층에 대고 소리친다.

"모르타르!"

슈호프도 소리친다. 석 줄을 다 쌓고 벌써 넉 줄째를 쌓고 있다.

가늠줄을 위로 올려 쳐야 하겠지만, 그대로 쌓아올려도 무방할 것 같다. 두서너 줄을 가늠줄 없이 그냥 쌓아올리자.

눈 덮인 구내를 가로질러 걸어가는 조감독의 모습이 보인다. 등을 동그랗게 움츠리고 있다. 사무실에 불을 쬐러 가는가? 기분이 개운하지는 못할 게다.

상대가 추린 같은 늑대일 경우엔 약간 신중을 기할 필요가 있다는 것쯤 알고 있어야 할 게 아닌가. 배짱 세기로 유명한 몇 몇 반장들만 적당히 구슬러둔다면 걱정거리라곤 하나도 없는 몸이다. 힘든 일을 하는 것도 아니고 식량도 충분히 받을뿐더러 침실까지 따로 가지고 있으니 그 이상 바랄 것이 뭐란 말인가? 그저 좀 우쭐거리고 싶어서 한 노릇이 오히려 코를 떼고 달아나게 될 줄이야!

아래층에서 올라온 반원들이, 전기 공사 담당 조감독과 수리공이 돌아가버렸다고 보고했다. 승강기는 수리 불가능이란다. 하는 수 없다. '나귀'로 대신할 수밖에.

수용소 생활을 하는 동안 슈호프는 꽤 많은 공사장을 돌아다녀봤지만, 기계들이 제대로 움직이고 있는 것은 본 예가 없었다. 저절로 고장이 나는 수도 있지만, 죄수들이 일부러 부숴버리는 수도 있다. 한번은 죄수들이 제재(製材) 컨베이어를 부쉈다. 체인에 말뚝을 꽂아놓고 모두 그 위에 올라서서, 기계를 못쓰게 만들어버렸던 것이다. 쉬고 싶다는 한 가지 욕망 때문에 한 짓이었다. 원목과 원목 사이가 떨어지지 않게 들이대라는 바람에 원목을 나르는 죄수들은 잠시도 허리를 펼 수가 없었던 것이다.

"벽돌! 벽돌!"

반장이 고래고래 고함을 친다. 벽돌 운반조는 뭘 하고 있는 거야? 제 어미 뭣 할 놈들 같으니……

"모르타르를 더 이길까요? 파블로가 물어보랍니다."

아래층에서 외친다.

"그래, 좀더 이겨!"

"혼합통에 반가량 남았는데요?"

"그럼 한 통만 더!"

히야, 굉장한 속도다! 벌써 다섯 줄째로 접어들고 있다. 첫 줄을 쌓을 때는 허리를 굽혀야 했는데, 이제는 가슴 높이까지 올라왔다. 그러나 더 쌓아서 나쁘다는 법은 없다. 양쪽 벽이 다 출입문도 창문도 뚫리지 않은 뻰뻰한 벽이다. 벽돌도 충분하다. 가늠줄을 다시 치는 게 좋긴 하겠지만 이제 와서 그럴 겨를이 어디 있는가.

"82반이 도구를 반납하러 가는가 봐요."

고프치크가 보고한다.

반장은 힐끔 그쪽으로 눈을 준다.

"하라는 일이나 어서 해! 벽돌이나 빨리 날라!"

슈호프는 뒤를 돌아보았다. 정말 해가 서쪽 지평선으로 떨어져가고 있다. 붉은빛을 띤 잿빛 안개 속에 묻히려는 순간이다.

아무튼 오늘은 성과가 대단하다. 이 이상 욕심을 낼 수는 없을 것이다. 지금 다섯 줄째를 쌓고 있으니까 이 줄만 마저 쌓고 작업을 끝내는 것이 좋겠다.

운반조의 반원들은 지칠 대로 지친 말들처럼 숨을 헐떡이고 있다. 해군 중령은 얼굴까지 창백해졌다. 나이가 나이고 보니 무리가 아니다. 아직 마흔은 되지 않았는지 모르지만, 하여튼 거의 그렇게 된 것만은 틀림없다.

공기가 갑자기 차가워졌다. 분주히 손을 움직이고 있는데도 얇은 장갑을 통해 손가락이 짜릿짜릿하다. 왼쪽 방한화에는 찬

기운이 스며든다. 슈호프는 발을 구른다. 타닥, 타닥, 타닥. 벽돌을 올려놓는 데는 허리를 굽힐 필요가 없게 되었지만 그 대신 벽돌을 집어 올리고 모르타르를 뜨는 데 일일이 몸을 굽혀야 한다.

"누가 벽돌 좀 올려주게, 벽 위에!"

슈호프는 응원을 청했다.

중령은 자진해서 거들어주고 싶었지만 이제는 맥이 빠져 자기 몸도 가누지 못할 지경이었다. 아직도 노동에 익숙해지지 못했기 때문이다. 그 대신에 알료샤가 나섰다.

"내가 하죠, 이반 데니소비치. 어디다 올려놓을 건지 가르쳐 주세요."

알료샤는 누가 무엇을 부탁해도 싫다는 법이 없다. 만일 세상사람들이 모두 알료샤 같다면 슈호프도 역시 그런 인간이 되었을 게다.

남이 도와달라고 자기에게 청하는데 어찌 도와주지 않을 수 있으랴? — 이러한 점으로 본다면 알료샤와 그의 동료들(침례교 신자들)은 옳은 인간들이다.

넓은 작업장 전역에, 여기, '테츠'까지, 레일 토막을 두드리는 소리가 분명하게 울려 퍼졌다.

'작업 끝' 신호다! 모르타르가 남겠구나. 너무 욕심을 부린 것 같다.

"모르타르! 모르타르!"

반장이 외친다.

밑에서는 지금 막 모르타르 한 통을 새로 이겨놓은 것이다.

이제는 벽돌을 더 쌓는 수밖에 다른 도리가 없다. 혼합통을 말끔히 긁어내지 않으면, 내일은 통째로 부숴버려야 한다. 굳어버린 모르타르는 곡괭이로 내리쳐도 꼼짝 않는다.

"기운을 내라, 기운을!"

슈호프가 반원들을 부추긴다.

키르가스도 기를 쓰고 일손을 놀린다. 그는 대체로 "전원 갑판으로!"를 싫어하는 편이지만 그 키르가스까지 죽어라고 일에 박차를 가하고 있다. 달리 어떻게 할 도리가 없기 때문이다!

파블로가 밑에서 달려 올라왔다. 한 손에는 모르타르 통을, 다른 한 손에는 흙손을 들고 있다. 부반장도 벽돌을 쌓기 시작했다. 벽돌공은 도합 다섯 명이 된 셈이다.

이제 남은 일은 두 개의 벽이 맞닿는 곳을 손질하는 것뿐이다. 귀퉁이에 어떤 모양의 벽돌을 놓을 것인지 미리 결정하고, 슈호프는 알료샤에게 벽돌 망치를 넘겨준다.

"자, 여길 좀 따내게!"

덤비면 일을 망치기 쉽다.

모두들 속력을 내는 데만 정신이 팔려 있는 지금, 슈호프는 반대로 침착해진다. 쌓아올린 벽을 이모저모로 살펴본다. 세니카를 왼쪽으로 보내고, 이번에는 자기가 우측으로 가서, 가장 중요한 귀퉁이의 접합부를 손질하기 시작했다. 만일 여기서 한쪽 벽이 불거져 나오거나 틈이 생기거나 했다가는 그야말로 큰일이다. 내일 한나절은 그걸 바로잡느라고 다른 일엔 손도 대지 못하게 된다.

"잠깐만!"

벽돌을 밀어내고 자기가 직접 벽돌을 바로잡는다. 그러고는 저쪽 끝에 가서 한쪽 눈을 감고 벽면의 수직 여하를 살핀다. 세니카가 쌓고 있는 곳이 좀 휘어든 것 같다. 얼른 그리로 달려가서 벽돌 두 장을 움직여 벽면을 바로잡는다.

중령이 또 모르타르 통을 메고 올라왔다. 거세마(去勢馬)처럼 맥이 없다.

"앞으로 두 통이야!" 하고 외친다.

중령은 몸이 흐느적거릴 지경으로 녹초가 됐지만, 그래도 그런 기색은 털끝만큼도 나타내지 않는다.

슈호프네 고향 집에도 전에 이런 거세마가 한 필 있었다. 백방으로 보살펴주었으나 결국은 뻗어버리고 말았다. 그래서 가죽을 벗겨내고 몸뚱이는 땅에 묻어주었다.

태양은 지평선 밑으로 아주 떨어져버렸다. 고프치크에게 물어볼 것도 없다. 다른 반들은 벌써 오래전에 공구 반납을 끝내고 어슬렁어슬렁 정문 쪽으로 모여들고 있다(작업 종료 신호와 함께 밖으로 뛰어나오는 죄수는 하나도 없다. 공연히 한데 나가서 떨고 있을 필요가 어디 있으랴. 모두들 꼼짝 않고 난롯가에 앉아 있는다. 이윽고 반장들이 약속한 시간이 되면, 모든 작업반이 일제히 밖으로 나오는 것이다. 이렇게라도 하지 않는다면, 가뜩이나 엉덩이가 무거운 죄수들은 서로 다른 반보다 늦게 나가려고 한밤중까지 난롯가에 붙어 앉아 있을지도 모른다).

반장도 너무 늦었다고 생각한 모양이다. 공구계 놈들한테 싫은 소릴 들어야겠구나.

"어이!" 하고 소리친다.

"모르타르를 듬뿍듬뿍 얹어라! 운반조는 밑에 내려가서 혼합통 속에 남은 것을 긁어 바깥 웅덩이에 처넣고 보이지 않게 눈으로 덮어놓아라. 그리고 파블로, 자네한텐 두 명을 붙여줄 테니 빨리 연장을 거둬 반납하게. 흙손 세 개는 나중에 고프치크를 시켜 보내주지. 여기 남은 모르타르 두 통은 다 처치해버려야 할 테니까."

제각기 배치된 곳으로 흩어져갔다. 슈호프도 벽돌 망치를 내주고, 다른 반원을 시켜 가늠줄을 감게 한다. 벽돌 운반조도 모두 밑으로 내려갔다. 2층에 남아 있어도 이제는 할 일이 없다. 위층에는 벽돌공이 세 명, 키르가스와 세니카와 슈호프가 남았다. 반장은 오늘 쌓아올린 벽을 돌아보며 자못 흡족한 얼굴이 되었다.

"많이 쌓았어! 승강기도 없이 한나절에 이만큼이나 쌓았으니 말야!"

슈호프는 힐끗 키르가스의 모르타르 통을 넘겨본다. 아직도 조금 남아 있다. 끝까지 다 함께 쌓았으면 좋겠지만, 흙손 때문에 반장이 공구계 놈들한테 봉변을 당하게 해서는 안 된다.

"여보게 키르가스!"

슈호프는 좋은 수가 있다고 생각했다.

"자네들의 흙손은 빨리 고프치크한테 갖다주게. 내 것은 숫자에 들어 있는 게 아니니까 반납할 필요가 없어. 나머지는 내가 혼자 맡겠네."

반장은 웃으면서 말했다.

"슈호프를 '속세'에 돌려보내선 안 되겠는걸. 저런 친구가 없어지면 수용소는 망하고 말 거야!"

슈호프도 따라 웃으며 계속 벽돌을 쌓는다.

키르가스가 흙손을 가지고 내려갔다. 세니카는 슈호프에게 벽돌을 집어준다. 키르가스가 남긴 모르타르는 이쪽 통에 옮겨 담았다.

고프치크가 파블로를 따라가느라고 쏜살같이 공구계 쪽으로 달려간다.

104작업반의 다른 작업반원들도 반장의 명령을 기다리지 않고 뿔뿔이 정문 쪽으로 걸어간다. 반장도 무섭긴 하지만 경호병은 더더욱 무섭다. 시간에 늦으면 영창 신세를 지게 되기 때문이다.

정문 수위실 앞에는 죄수들이 가득 모여 웅성거리고 있다. 집합이 거의 끝난 모양이다.

경호병들도 나와 있는 걸 보면 벌써 인원 점검을 시작했는가 보다(정문을 나갈 때는 두 번 세게 되어 있다. 문을 열기 전에 한번 세어보고 문을 열어도 좋을지 확인한다. 두 번째는 문을 열어놓고 죄수들을 내보내면서 인원을 확인한다. 조금이라도 이상하다 생각되면 문밖에 나가서 또 한번 센다).

"아직도 모르타르가 남았나?"

반장은 초조한 얼굴로 손을 내젓는다.

"남은 건 바깥에다 쏟아버리게!"

"반장, 우리 걱정은 말고 어서 먼저 가보시오!" (여느 때 같으면 슈호프는 반장한테 감히 이런 말투를 쓰지 못한다. 안드레이 프로코피예비치라고 깍듯이 부칭까지 붙여서 말하곤 한다. 그러나 지금의 슈호프는 일을 하는 데에 반장과 동등한 위치에 있다. 그렇다고 해서 반드시 대등하다는 의식을 느끼는 것은 아니지만 하여튼 저도 모르게 그렇게 말이 나온 것이다.) 층층다리를 성큼성큼 내려가는 반장의 등에 대고 농담이라도 한마디 던지고 싶을 만큼 슈호프의 마음에는 여유가 있었다.

"정말 하루 해가 쥐꼬리보다도 짧구먼, 방금 작업을 시작한 것 같은데 벌써 돌아가야 할 시간이 됐으니!"

슈호프는 귀머거리 세니카와 단둘이 남게 되었다. 상대가 귀머거리고 보니 말을 하기도 쑥스럽다. 아니, 그에게는 이래라저래라 할 필요가 없다. 말을 하지 않아도 금세 알아차리기 때문이다.

모르타르를 찰싸닥! 벽돌을 철써덕! 지그시 누르며 위치를 바로잡는다. 모르타르. 벽돌. 모르타르. 벽돌……

모르타르를 아끼지 말라는 반장의 명령도 있다. 나머지를 밖에다 털어버리고 어서 돌아가면 좋으련만 그게 아니다.

슈호프는 본래가 이런 성미였다. 바보의 외고집이라고나 할까, 8년간의 수용소살이도 이 점만은 끝내 고쳐주지 못했다. 아무리 하찮은 자재(資材)라도 그것을 소홀히 취급하기에는 그의 성미가 너무나 고지식했다.

모르타르! 벽돌! 모르타르! 벽돌!

"이젠 그만 끝내세. 그놈의 모르타르 때문에 혼났군!"

세니카가 소리친다.

"음, 가세!"

세니카는 모르타르 통을 들고 밑으로 내려갔다.

그러나 슈호프는 몇 걸음 뒤로 물러서서, 오늘 쌓아올린 벽을 한번 훑어보지 않을 수 없었다. 지금 당장 경호병이 군견을 앞세우고 달려온다 해도 그냥 돌아갈 수는 없었을 것이다. 괜찮게 쌓은 것 같다. 이번에는 벽 쪽으로 달려가서 휘어진 곳이 없는가를 확인한다. 한 눈이 수평기다! 반듯하다! 내 일손도 아직은 늙지 않았구나.

층층다리를 달려 내려간다.

세니카는 벌써 기계실을 빠져나가 언덕 밑을 향해 쏜살같이 뛰어가고 있다.

"빨리, 빨리!"

뒤를 돌아보며 재촉한다.

"어서 가게, 곧 갈 테니!"

슈호프는 손짓을 한다.

그리고 다시 기계실로 되돌아간다. 흙손을 아무 데나 팽개칠 수는 없는 일이다. 혹시 무슨 일이 생겨 내일 작업장에 나오지 못할 수도 있다. 혹은 작업반 전체가 '사회주의 단지'로 배치될 수도 있다. 아니, 어쩌면 앞으로 반년 동안 다시는 이곳에 올 기회가 없을지도 모를 일이다. 그렇다고 흙손을 아무 데나 버려두고 갈 수는 없다. 필요해서 슬쩍한 흙손이 아닌가!

기계실 난로는 이미 불이 꺼져 있었다. 어둡다. 무섭다. 아니, 어두운 것이 무서운 게 아니다. 반원들은 모두 가버렸다. 정문에서 자기 한 사람만이 없다는 게 판명된다. 경호병한테 얻어맞아야 한다. 그것이 무섭다는 것이다.

그러나 그는 어둠 속을 두리번거리다가 마침내 꽤 큰 돌 한 개를 발견했다. 돌을 쳐들고 밑에다 흙손을 넣는다. 다시 돌을 덮어놓는다. 이젠 됐다!

자, 어서 세니카를 쫓아가자. 그러나 세니카는 100걸음쯤 되는 데서 걸음을 멈추고 슈호프를 기다리고 있었다. 그는 결코 동료를 남겨두고 혼자 달아날 인간이 아니다. 책임을 지려면 함께 지자는 것이다.

작은 놈과 큰 놈 둘이서 달려간다. 세니카는 슈호프보다 머리 하나 반만큼이나 더 크다. 게다가 그 머리가 어처구니없이 크다. 운동장 같은 데서, 자진해서 달음질을 하는 한가한 인간도 있기는 하다. 그러나 온종일 죽도록 일하고 나서 허리를 펼 새도 없이 축축한 장갑을 낀 채 꿰진 방한화를 철썩거리며 차가운 바람 속을 한번 달려보라—이것이야말로 달음질 중에도 최고의 달음질일 것이다.

미친 개처럼 숨을 헐떡인다. 허, 헉! 허, 헉!

반장이 경호병에게 미리 이야기해놓았으면 좋으련만.

두 사람은 곧장 군중 속으로 뛰어든다. 겁이 나는 것이다.

수십 수백의 입이 일제히 그들에게 욕설을 퍼붓는다. 어미의 입에, 아비의 입에, 코에, 귀에, 갈빗대에 앞을 다투어 무엇을 쑤셔 넣는다〔러시아어의 욕설에는 이런 표현이 많다. 쑤셔 넣는 것은 똥오줌 따위에 이르기까지 가지각색이다〕. 하지만, 비록 500명의 죄수가 모두 눈을 부라리고 덤벼든다 해도 겁날 건 조금도 없다!

무엇보다도 경호병이 어떻게 나오느냐 하는 것이 문제다. 그러나 경호병은 아무 소리도 없다. 반장도 맨 뒷줄에 붙어 서 있다. 자기가 책임을 지고 미리 변명을 해둔 모양이다.

그렇지만 추위 속에서 그들을 기다려야 했던 다른 반 죄수들이 가만히 있을 리가 없다. 입에 담지도 못할 욕설을 마구 퍼붓는다.

귀머거리 세니카의 귀에도 무슨 소리가 들린 모양이다. 숨을 한번 크게 들이쉬더니 주위의 친구들을 내려다보며 맹렬한 기세로 을러댔다. 평소에는 조용하기만 하던 그의 입에서 귀청이 떨어져나갈 듯한 소리가 터져나온다! 주먹을 높이 쳐들고 금세 후려치기라도 할 것 같은 무서운 형상이다.

순식간에 주위는 잠잠해지고, 이번엔 어느 놈인가가 익살을 떤다.

"야, 104반! 이제 보니 그놈은 귀머거리가 아니었구나! 귀머거린가 아닌가 한번 시험해본 것뿐이야."

모두들 떠나갈 듯이 웃어댄다. 경호병도 웃는다.

"5열 종대!"

그러나 정문은 아직 열지 않는다. 자신이 없는 것이다. 정문 가까이 밀어닥친 죄수들을 떠밀어댄다. (바보 같은 녀석들 같으니, 정문에 붙어 서면 그만큼 빨리 나갈 수 있단 말인가?)

"5열 종대다, 5열 종대! 1열! 2열! 3열!……"

구령에 따라 다섯 명씩 대열을 떠나 몇 걸음 앞으로 나간다.

슈호프는 거친 숨결을 가라앉히며 뒤를 돌아보았다. 한쪽 얼굴을 일그러뜨린 불그레한 달이 이미 지평선 위에 떠올라 있었다. 만월이 지난 지 며칠 안 되는가 보다. 어제 이맘때는 좀더 높이 올라와 있었다. 모든 일이 순조롭게 되어가는 바람에 슈호프는 전에 없이 기분이 들떠 있었다. 중령의 옆구리를 찌르며 말을 건넨다.

"여보게, 함장. 자네의 학문에 의하면 없어진 달은 어디로 간다고 생각하나?"

"어디로 가느냐고? 그걸 말이라고 해? 그저 우리 눈에 보이지 않게 될 뿐이야."

"눈에 보이지 않는데 달이 있다는 걸 어떻게 알지?"

"그럼 자넨 매월 새 달이 하나씩 생겨나는 줄 알았단 말인가?"

중령은 어이없다는 듯이 설레설레 고개를 젓는다.

"왜 웃나? 사람은 매일같이 태어나고 있는데, 달이라고 사주에 한 번쯤 새로 생겨나지 못할 건 없잖아?"

"이런 바보 같은 친구 봤나!"

중령은 퉤 침을 뱉는다.

"해군에 자네 같은 얼간이는 한 놈도 없었어. 그럼 자넨 없어진 달이 어디로 간다는 건가?"

"그러니까 물어보고 있는 게 아냐, 어디로 가느냐고."

슈호프는 히죽 웃었다.

"그러지 말고 자네부터 먼저 대답해보게. 어디로 간다는 거야?"

슈호프는 숨을 한번 크게 쉬고 나서, 혀가 잘 돌아가지 않는 소리로 대답했다.

"우리 마을에서는 말일세, 하느님이 없어진 달로 별을 만드신다는 거야."

"야만인들이로군 그래!"

중령은 웃었다.

"하여튼 생전 처음 듣는 소리야! 그럼 슈호프, 자넨 하느님을 믿나?"

"믿지 않으면?"

슈호프는 눈을 부릅뜬다.

"천둥소리를 듣고도 믿지 않을 수 있어?"

"그럼 하느님은 왜 그런 짓을 하지?"

"그런 짓이라니?"

"왜 달을 가지고 별을 만드느냔 말야?"

"그야 뻔한 일이지!"

슈호프는 어깨를 으쓱해 보인다.

"별이라는 건 오래되면 땅에 떨어지는 물건이니까 그만큼 보충할 필요가 있거든."

"앞을 봐, 이놈아!"

경호병이 호통을 친다.

"줄을 맞춰!"

어느새 그들의 차례가 와 있다. 인원 수의 계산은 400명을 넘은 다음, 다시 열두 줄째가 앞으로 나갔다. 마지막으로 남은 것은 두 명 — 슈호프와 부이놉스키뿐이다.

경호병들이 동요하기 시작했다. 계산판을 에워싸고 수군거린다.

모자란다! 인원이 부족하다는 것이다. 인원 계산쯤 틀리지 않게 할 수 있으련만! 463명 있어야 하는데 아무리 계산해봐도 462명밖엔 안 나오는 모양이다.

작업대 인원을 다시 뒤로 물러서게 한다.

"5열 종대로 정렬! 1열! 2열!……"

이렇게 두 번, 세 번 인원 점검을 되풀이하노라면 그만큼 죄수들의 자유시간이 줄어들게 마련이다. 따라서 죄수들은 분통이 터질 지경이다.

여기서 점검이 끝나면 수용소까지 터덜터덜 어두운 눈길을 걸어가서 또 한번 신체 검사의 차례를 기다려야 하는 것이다!

저녁에 수용소로 돌아갈 때는, 각 작업장에 나갔던 작업대들이 제각기 먼저 신체 검사를 받으려고 앞을 다투어 경주하기 일쑤였다. 먼저 신체 검사를 받으면 그만큼 빨리 수용소에 들어갈 수 있다. 제일 먼저 들어간 작업대는 그날 저녁엔 어디를 가나 선두를 차지한다.

식당에 가서도 줄을 설 필요가 없다. 소포를 찾으러 가는 데도, 보관소에 갈 때도, 사식 취사장에 가는 데도, 문화교육부에 편지를 쓰러 갈 때도, 의무실, 이발소, 목욕탕 할 것 없이 어디를 가나 그들이 일착이다.

하기는 경호병들도 한시 바삐 죄수들을 수용소 안에 처넣고 자기들의 병사로 돌아가고 싶은 마음이 간절할 게다. 병정 노릇도 그리 수월한 직업은 못 된다. 할 일은 많은데 시간은 없다. 게다가 인원 수까지 맞아들어가지 않으니 정말 못해먹을 노릇이다.

마지막 5인조가 앞으로 나갔다. 순간 슈호프는 세 명이 남았다고 생각했다. 그러나 그것은 착각이었다. 역시 뒤에 남은 건 두 명밖에 없다. 경호병들은 계산판을 들고 경호대장 앞으로 모였다. 무언가 한참 의논하더니 이윽고 대장이 소리쳤다.

"제104작업 반장!"

추린이 한 걸음 앞으로 나서며 대답했다.

"예!"

"너희 반에서 '테츠'에 처진 놈은 없나? 생각해봐."

"없습니다."

"잘 생각해봐, 모가지가 달아난다!"

"절대로 없습니다."

이렇게 대답하면서도 반장은 곁눈으로 파블로를 바라본다. 설마 기계실에서 잠들어버린 놈은 없겠지?

"작업반별로 정렬!"

경호대장이 외쳤다.

각 작업반이 한데 뒤섞여 아무렇게나 5열 종대로 늘어서 있었기 때문에, 경호대장의 구령이 떨어지자 제각기 자기 반을 찾느라고 이리 몰리고 저리 밀리며 일대 수라장을 이루었다.

여기저기서 고함 소리가 들린다.

"76반, 이리 모여라!"

"13반! 여기다!"

"32반!"

제일 뒤에 붙어 섰던 104반은 그냥 그 자리에 모인다.

모인 것을 보니 전 반원들이 모두 맨손이다. 나무토막도 집어올 겨를이 없었으니 모두들 어지간히 일한 셈이다. 두서너 줌 되는 나뭇단이나마 들고 있는 반원은 두 사람밖에 없다.

이것은 날마다 되풀이되는 일과의 하나였다. 수용소로 돌아가기 전에 죄수들은 공사장에서 나무토막이나 판자 조각 따위를 닥치는 대로 모아서 새끼줄로 묶어가지고 나온다.

첫 번째 관문은 공사장 정문이다. 만일 수위실 옆에 현장감독이나 조감독이 서 있으면, 당장에 버리라는 명령이 내린다(공사에서 수백 만 루블을 낭비하고 있는 형편이니 하다못해 나무토막으로라도 메워보려는 속셈인가).

그러나 죄수들의 속셈은 다르다. 각 반이 나뭇조각 한 줌씩만 가지고 돌아가도 막사의 온도는 아주 달라진다. 사실 그렇게라도 하지 않으면 막사에 지급되는 하루 5킬로그램의 석탄만으론 도저히 몸을 녹일 수가 없다.

그래서 막대기를 자르거나 판자를 쪼개거나 해서 제각기 작업복 밑에 숨겨가지고 나간다. 현장감독도 이것까진 일일이 들춰낼 수 없다.

경호병들은 어떤가 하면, 공사장에서는 나무를 버리란 말을 절대로 하지 않는다. 나무가 필요한 건 죄수나 경호병이나 매일반이다. 그러나 그들 자신은 나무를 들고 갈 수 없다. 군기가 엄하기 때문이 아니라, 언제든지 발포할 수 있도록 두 손으로 자동소총을 받쳐 들고 있어야 하기 때문이다.

경호병들은 수용소에 거의 도착하고 나서야 비로소 명령을 내린다.

"이 줄부터 이 줄까진 나무를 여기다 내려놓아라."

그러나 그들은 지나치게 심하게 굴지는 않는다. 수용소 간수의 몫도, 죄수들 자신의 몫도 필요할 만큼은 남겨두는 것이다. 아니, 그렇게라도 하지 않는다면 어느 미친놈이 일부러 나무를 들고 온단 말인가.

그래서 죄수들은 날마다 나무토막을 집어 들고 나선다. 막사까지 무사히 들고 가느냐 못 가느냐 하는 것은 순전히 그날 운수에 달려 있다.

손바닥만 한 나뭇조각 하나라도 찾아볼까 하고, 슈호프가 주위를 두리번거리고 있는 사이에 반장은 인원 점검을 끝내고 경호대장에게 보고한다.

"제104작업반, 전원 이상 없습니다."

사무요원들 축에 끼여 있던 체자리도 자기 반을 찾아왔다. 입에 문 파이프를 빨 때마다 빨간 담뱃불이 반짝인다. 검은 콧

수염엔 하얗게 성에가 붙어 있다.

"카피탄, 어떻소, 재미가?" 하고 부이놉스키에게 말을 건다.

따뜻한 데 들어박혀 있는 놈이 한데서 떨고 있는 놈의 심정을 알 리가 없다. 재미가 어떻소? 라니 정말 당치도 않은 질문이다.

"어떠냐고?"

중령은 어깨를 흠칫해 보인다.

"온종일 일에 쫓겨 눈코 뜰 새 없었소."

체자리는 중령에게 담배를 권했다. 반원 중에서 그래도 그가 가까이하는 사람이 있다면, 부이놉스키 한 사람뿐이었다. 말이 통하는 상대가 중령밖에 없기 때문이다.

"32반이 부족하다! 32반이!"

갑자기 떠들썩했다.

32반의 부반장과 또 하나 젊은 반원이 황급히 달려갔다. 자동소총 수리 공장으로 찾으러 가는 것이다.

한편 군중 속에서는, 누가? 왜? 하고 의논이 분분하다.

얼굴이 가무잡잡한 몰다비아인이 없다! 얼마 후에 슈호프의 귀에까지 이런 말이 전해왔다.

어떻게 생긴 놈이더라? 그렇다, 루마니아의 간첩, 그것도 진짜 간첩이라는 소문이 돌고 있던 바로 그 몰다비아인이 틀림없다.

간첩이라는 이름이 붙은 죄수는 각 작업반마다 대여섯 명은 있었다. 그러나 그들은 거의 모두가 당국에 의해 날조된 가짜 간첩들뿐이었다. 입건 서류에는 간첩으로 되어 있지만, 실은 단순한 전쟁 포로에 지나지 않는다. 슈호프도 그러한 간첩 중의 하나였다.

그러나 지금 보이지 않는다는 그 몰다비아인은 진짜 간첩인 것이다.

죄수 명부를 훑어보고 있던 경호대장의 얼굴이 새파랗게 질렸다. 만일 간첩이 탈주했다고 한다면 경호대장의 모가지도 결코 무사할 수가 없다.

그러나 슈호프는, 아니 군중 전체는 무엇보다도 분노가 앞서고 있었다. 빌어먹을 놈, 개자식, 바보, 얼간이, 거지발싸개, 똥물에 튀겨 죽일 놈! ……온갖 욕설이 다 쏟아져 나온다.

어느새 어둠이 깔린 하늘에는 달빛이 환하고, 여기저기 별들이 솟아나기 시작했다. 밤의 냉기가 죄수들을 엄습한다. 그 망할 녀석아 이렇게 늦게까지 뭘 하고 있는 걸까? 아직도 일을 더 하고 싶다는 건가? 해가 돋을 때부터 어두워질 때까지, 상부에서 정해준 열한 시간만으론 부족하다는 건가? 그렇지 않아도 현명하신 검사 나리께서 상여 급식(여기서는 추가형을 말함)을 줄 텐데 말이다! 작업 종료 신호를 듣지 못할 만큼 작업에 열중할 수 있는 인간이 있다는 것이, 슈호프에게는 이해가 가지 않았다. 조금 전까지만 하더라도 자기 자신이 그처럼 일에 열중하고 있었다는 사실을, 그리고 작업시간이 너무 짧은 것에 불만을 느꼈다는 사실을 슈호프는 까맣게 잊고 있었다.

그는 지금 다른 죄수들과 마찬가지로 추위에 떨며 몰다비아인이 나타나기를 초조하게 기다리고 있었다. 만일 그 몰다비아인이 앞으로 30분만 더 죄수들을 기다리게 한다면, 그리고 경호병이 그를 군중에게 떠맡긴다면 아마도 그는 이리 떼 속에 던져진 송아지처럼 갈기갈기 찢기고 말 것이다.

추위가 갑자기 심해지기 시작했다. 한자리에 멍청히 버티고 서 있는 사람은 하나도 없다. 모두들 발을 동동 구르기도 하고, 아니면 2보 전진 2보 후퇴를 되풀이하기도 한다.

죄수들은 다시 수군거리기 시작했다.

그 몰다비아인은 과연 무사히 도망칠 수 있었을까? 만일 해가 떨어지기 전에 탈주했다면 별문제다. 그러나 어느 구석에 숨어서 망루의 감시병이 내려오기를 기다리고 있다면 그것은 되지도 않을 수작이다.

철조망 밑에 밖으로 기어나간 발자국이 보이지 않고 공사장 구내에서도 발견되지 않는다면 사흘이건 일주일이건 망루는 24시간 근무로 들어간다. 수용소살이를 오래 한 죄수라면 이런 것쯤은 모를 사람이 없다.

죄수 가운데 누가 도망쳤다는 것이 판명되기만 하면, 경호병들은 식사도 제대로 얻어먹지 못하고 밤낮없이 시달리게 된다. 그러노라면 경호병들도 악밖엔 안 남게 되어 도망자를 발견하더라도 그 자리에서 쏴버리는 수가 많다.

체자리는 중령과 영화를 논하고 있었다.

"……예를 들면 로프에 걸린 코안경, 기억하고 있어요?"

"음……"

중령은 담배 연기를 내뿜는다.

"그리고 층계의 유모차, 밑으로 밑으로 굴러떨어지는 그 유모차 말이오."

"그도 그럴듯하긴 하지만, 그 영화에 나오는 해군 생활은 어쩐지 인형극 냄새가 풍기는 것 같아서……"

"사실 관중은 현대의 촬영 기술이라는 속임수에 넘어가고 있는 거예요."

"그리고 고기에 생겨난 구더기가 말이오. 그건 꼭 지렁이처럼 보이더군. 그 따위 구더기가 어디 있소?"

"아니, 그보다 더 작으면 영화에선 효과를 낼 수가 없어요!"

"구더기가 들끓는 그런 고기를 지금 이 수용소에 가져온다면 어떨까? 늘 나오는 생선 대신에. 그리고 그놈을 씻지도 않고 그대로 가마솥에 넣는다면? 그렇게 되면 우리는……"〔여기선 에이젠슈테인의 영화 〈전함 포템킨〉이 화제에 오르고 있다. '로프의 코안경'은 수병들이 폭동을 일으킨 함상의 한 장면에, '유모차'는 유명한 오데사의 학살 장면에 나온다. 구더기가 들끓는 고기는 수병 폭동의 직접적인 동기가 되었다. 중령은 수용소 내에서 폭동이 일어날 가능성이 있음을 은연중에 말하고 있다.〕

"야아!"

대열 속에서 고함 소리가 터져나왔다.

"우우!"

자동차 수리 공장에서 세 사람의 그림자가 뛰어나오는 것이 보였기 때문이다. 몰다비아인도 끼여 있다.

"우우!"

정문 근처의 죄수들이 아우성친다.

세 사람의 모습이 좀더 가까워지자 아우성은 욕지거리로 변했다.

"얼빠진 놈! 귀신이 잡아갈 놈! 제 어미 뭣 할 놈! 밸 빠진 놈! 미친 개! 거지발싸개!……"

"얼빠진 놈!"

슈호프도 한몫 낀다.

500명이나 되는 인원을 30분이나 기다리게 하다니, 정말 찢어죽여도 시원치 않을 놈이다!

몰다비아인은 목을 움츠리고 쥐새끼처럼 살살 뛰어온다.

"서라!"

경호병이 소리쳤다. 그리고 수첩에 기입한다.

"K-460호, 어디 있었나?"

이렇게 외치며 경호병은 몰다비아인 앞으로 걸어가더니 기병총의 개머리판을 번쩍 치켜올린다.

군중 속에서는 아직도 욕설이 그치지 않는다.

"똥구더기! 멍청이! 미친 개……"

그러나 경호병이 그를 겨누며 개머리판을 힘있게 비틀어 쥐자, 갑자기 주위는 쥐죽은 듯이 조용해졌다.

몰다비아인은 말없이 고개를 숙인 채 비척비척 뒤로 물러선다. 32반의 부반장이 앞으로 달려나왔다.

"글쎄, 이 죽일 놈이 미장이 발판 위에 올라가서 팔자 좋게 잠을 자고 있지 않겠소!"

부반장의 주먹이 몰다비아인의 목덜미와 잔등에 연거푸 날아든다. 그렇게 함으로써 그를 경호병에게서 떼어놓으려는 것이다.

몰다비아인은 다시 몇 걸음 뒷걸음질쳤다. 그러자 이번에는 같은 32반의 헝가리인이 튀어나오며 엉덩이를 발길로 찬다.

수용소살이란 제멋대로 행동할 수 있는 간첩 생활과는 다르다. 간첩 노릇쯤은 누구든지 할 수 있다. 간첩 생활은 자유롭고 유쾌한 것이다. 그러나 강제 노동 수용소에 들어와서 10년 동안 중노동을 해보라!

경호병은 개머리판을 내렸다.

경호대장이 외친다.

"정문에서 물러서라! 5열 종대로 정렬!"

개새끼들, 또 한번 세어보자는 게로군! 세어보지 않아도 뻔한 걸 가지고! 죄수들의 분노는 몰다비아인에게서 경호병한테로 옮아갔다.

죄수들은 투덜거리며 좀처럼 물러서려 하지 않는다.

"뭐야, 이놈들아?"

경호대장의 목소리가 한층 더 높아진다.

"눈 위에 앉아 있고 싶냐? 좋아, 그렇게 해주마, 내일 아침까지 실컷 앉아 있거라!"

눈 위에 앉히는 것쯤은 얼마든지 할 수 있는 일이다. 전에도 그런 일이 여러 번 있었다. 아니 그냥 앉히는 정도라면 또 괜찮다. 한술 더 떠서 '엎드려총' 자세까지 요구하는 것이다. 이런 일을 실제로 당해본 죄수들인지라 마지못해 정문에서 물러서기 시작했다.

"물러서라! 물러서라!"

경호병들이 재촉한다.

"아니, 뭣 때문에 문에 들러붙어 있는 거야, 바보 같은 자식들!"

뒷줄의 죄수들이 앞줄의 죄수들을 욕한다. 그러면서 주춤주춤 뒤로 물러난다.

"5열 종대로 정렬! 1열! 2열! 3열!……"

동녘 하늘에 떠오른 달이 맑게 빛나기 시작했다. 점점 밝아지면서 불그스름하던 빛은 사라져간다. 어느덧 중천까지 4분의 1이나 떠올라 있다. 결국 오늘 저녁 자유시간은 잡쳐버리고 만 셈이다! ……저주받을 몰다비아놈! 저주받을 경호병들! 저주받을 인생들!

인원 점검이 끝난 앞줄의 죄수들은 발꿈치를 들고 뒤를 돌아보고 있다. 마지막 줄은 몇 명이냐, 두 명이냐, 세 명이냐?

슈호프는 마지막 줄에 네 명이 있는 것 같은 생각이 들었다. 순간 온몸에 소름이 쫙 끼친다—한 명이 남는다! 다시 세겠구나! 그러나 실은 게걸쟁이 페추코프가 중령한테 꽁초를 구걸하러 와서 꾸무럭거리다가 자기 줄에서 떨어졌다는 것이 판명되었다.

화가 머리끝까지 치민 경호대 부대장이 페추코프의 목덜미를 쥐어지른다.

거 잘한다, 한 대 더 갈겨라!

마지막 줄은 세 명이었다. 이제야 겨우 맞아떨어졌구나. 불행 중 다행한 일이다!

"정문에서 물러서라!"

경호병이 또 고함을 지른다.

이번에는 죄수들도 불평이 없다. 병사들이 수위실에서 문밖으로 나가, 경계선을 펴는 것이 보였기 때문이다.

드디어 밖으로 나갈 수 있게 된 셈이다.

현장감독이나 민간인 조감독의 얼굴은 보이지 않았다. 오늘은 버젓이 나무토막을 들고 나갈 수 있겠구나.

정문이 열렸다. 경호대장과 인원 점검원이 벌써 문밖에 버티고 서서 외치기 시작한다.

"1열! 2열! 3열!……"

이번에도 계산이 맞으면 망루에 올라가 있는 경호병들을 철수시킨다. 그러나 반대편 끝에 있는 망루에서 넓은 공사장을 횡단해 오려면 한참이 걸린다.

마지막 죄수가 정문 밖으로 나오고 계산이 맞으면, 그제야 비로소 각 망루에 전화로 명령이 하달된다—철수하라! 융통성 있는 경호대장이라면 전화를 걸고 나서 이내 죄수들을 출발시킨다. 죄수가 도망칠 염려는 없고, 망루에 나갔던 병사들은 얼마 안 가서 뒤쫓아올 수 있을 테니까 굳이 기다리고 섰을 필요가 없다는 판단에서다. 그러나 우둔한 경호대장은 죄수들에 대한 경호진이 어설퍼지지 않을까 염려하여 그들이 돌아올 때까지 기다린다.

오늘의 경호대장도 그런 돌대가리들 중의 하나였다. 출발 명령을 내리지 않고 죄수들을 그냥 붙잡아두고 있다.

온종일 추위 속에서 시간을 보낸 죄수들은 뼛속까지 얼어 있었다. 게다가 작업 종료 후에도 한 시간씩이나 차가운 바람 속에 있어야 했다. 그러나 그 추위보다도, 저녁시간을 헛되이 보내고 말았다는 억울함이 죄수들에게는 더욱 참을 수 없는 것이다. 수용소에 돌아가서도 이제는 아무것도 할 시간이 없다.

"……영국의 해군 생활을 어떻게 그리 잘 아시오?"

옆에서 체자리의 목소리가 들린다.

"전쟁 때 영국 순양함에서 한 달 동안 그들과 같이 생활한 일이 있었으니까요. 전용 선실까지 가지고 있었지요. 연락 장교로서 호송 함대에 파견되었던 겁니다. 그런데 어떻게 됐는지 아시오? 전쟁이 끝난 후에 영국의 제독이 나한테 기념품을 보내왔단 말입니다. '감사의 표시'라는 거죠. 그야말로 어처구니없는 '선물'이었지요. 덕택에 요모양 요꼴이 되었으니까요.……벤데르파 따위와 동일하게 취급하는 데는 나도 두 손을 번쩍 들 수밖엔 없었지요……"

아아, 얼마나 괴이한 정경이냐! 그림자 하나 없는 광야, 텅 빈 공사장, 달빛을 받아 희부옇게 빛나는 눈. 경호병들은 이미 각자의 위치에 서 있다. 서로 열 걸음의 간격을 유지하고 소총의 안전 장치를 풀고 있다. 검은 죄수의 대열. 그 대열 속에, 역시 검은 작업복을 걸치고 끼여 있는 CH-311호, 금몰 견장 없이는 인생을 생각해본 적이 없었고, 영국의 제독과도 친분이 있었던 그 사람이 지금은 페추코프 따위와 어울려 등짐을 지고 서 있는 것이다.

한 인간의 운명쯤 아무렇게나 바꿔놓을 수 있는 세상이다……

이윽고 망루의 경호병들도 다 모였다. 경호대장의 기도문은 생략되고 곧 출발이다.

"속보로 가앗! 빨리들 걸어라!"

개수작 마, 이제 와서 새삼스레 빨리 가면 무슨 소용이 있단 말이냐? 다른 어느 공사장의 작업대보다도 제일 늦어진 이상 구태여 서두를 필요가 없다. 서로 의논이라도 한 것은 아니지만, 죄수들 사이에는 은연중에 묵계가 성립되어 있었다. 늦도록 우릴 붙잡아놓았으니 이번엔 이쪽에서 골탕을 좀 먹여주자. 놈들도 한시 바삐 따뜻한 방으로 돌아가고 싶기는 매일반일 테니까.

"좀더 빨리 걸어라!"

경호대장이 외친다.

"선두! 빨리 걸엇!"

빨리 걸으라고? 흥, 누가 귓등으로나 들을 줄 아느냐! 죄수들은 고개를 푹 수그린 채 보조를 바꾸지 않고 터벅터벅 걸어간다. 마치 장송 행렬과 같다. 우리에겐 이 이상 잃을 것이라곤 아무것도 없다. 어차피 수용소엔 제일 늦게 도착할 게 아니냐. 우리한테 인간 대우를 하지 않는 데 대한 보상이다. 목구멍이 터져나갈 때까지 실컷 짖어보려무나.

몇 번이나 호통을 치며 죄수들의 걸음을 재촉해보았으나 나중에는 경호대장도 죄수들의 속셈을 알아챈 모양이었다. 그렇다고 발포할 수도 없는 일이다. 5열 종대로 질서 정연하게 행진하고 있지 않은가. 경호대장이라 해서 죄수들을 마구 몰아칠 권리는 없다(아침에 죄수들이 한숨 돌리는 데는 지금처럼 느릿느릿 공사장으로 행진하는 방법밖엔 없다. 공사장에 뛰어가는 놈은 형기가 끝날 때까지 수용소에서 살아남을 수 없다. 얼마 안 가서 기진맥진하여 뻗어버리게 마련이다). 작업대는 보조를 바꾸지 않고 느릿느릿 걸어간다. 발밑에서 눈이 바드득거린다. 낮은 소리로 이야기하는 자도 있고, 그저 묵묵히 걷는 자도 있다. 슈호프는 오늘 수용소에서 해야 할 일이 무엇이었던가를 생각하고 있었다. 그렇지, 의무실에 간다는 걸 잊고 있었구나! 작업에 정신이 팔려 의무실에 가는 것까지 까맣게 잊고 있으니 나도 어지간한 놈이다.

지금이 바로 진찰시간이다. 저녁식사를 그만두고 곧장 의무실로 간다면 오늘 저녁 진찰을 받을 수 있을지도 모른다. 그러나 찌뿌드드하던 몸도 이젠 거뜬해진 것 같다. 열도 별로 있는 것 같지가 않다. 가봐야 공연히 시간을 허비할 뿐이다. 의사의 신세를 지지 않고도 이럭저럭 나으려는가 보다. 의사한테 선불리 걸려들었다간 그 손에 들볶일 대로 들볶이고 나서 결국은 황천행이 되기가 일쑤다.

지금 그의 관심사는 의무실이 아니라 저녁식사를 어디서 보충할 것인가 하는 문제였다. 하기는 체자리의 소포에 기대를 걸어도 허탕을 칠 것 같지는 않다. 늦어도 오늘쯤은 와 있어야 할 소포다.

갑자기 대열이 어수선해졌다. 웅성거리는 소리가 나는가 했더니 줄이 마구 헝클어지며 앞으로 내닫기 시작했다. 작업대의 후미인 슈호프네 줄은 앞줄을 따라가느라고 한참씩 뛰지 않으면 안 되었다. 얼마쯤 걷다가 또다시 뛰기 시작한다.

작업대의 후미가 언덕 위에 올라갔을 때 슈호프는 비로소 이 뜀박질의 원인이 무엇인가를 알았다. 그들의 오른쪽 저 멀리 들판 가운데 또 하나의 작업대가 나타난 것이다. 이쪽 작업대와 엇비슷한 방향으로 전진해오고 있다. 저쪽에서도 눈치를 챘는지 속력을 내기 시작했다.

저쪽 작업대는 기계 공장에 나갔던 죄수들이 틀림없었다. 300명 정도로 구성된 작업대였다. 이쪽과 마찬가지로 그들도 역시 현장에 늦게까지 붙잡혀 있었던 모양이다. 그렇다면 이유는? 그들의 경우는 작업 관계로, 다시 말하면 기계 수리를 시간 내에 끝내지 못했다든가 하는 이유로 늦게 돌아오는 수가 많다. 그렇다고 불평할 처지는 못 된다. 그 대신 온종일 따뜻한 곳에서 일할 수 있지 않은가.

드디어 양쪽 작업대 사이에 경주가 시작되었다. 일제히 앞으로 달리기 시작한다. 달리고 또 달린다. 경호병들도 부지런히 쫓아온다. 경호대장 혼자서 고래고래 고함을 치고 있다.

"간격! 간격 유지! 후미, 떨어지지 마! 대열 거리를 좁혀!"

또 미친개처럼 짖어대는군! 간격은 이렇게 유지되고 있지 않느냐!

이젠 이야기하는 자도 생각에 잠겨 있는 자도 없었다. 지금 전 작업대의 관심은 오직 하나, '지면 안 된다! 뒤떨어지지 말자!'이다.

모든 차별이 없어지고, 모든 사람이 한덩어리가 되었다. 경호병조차 이미 죄수들의 적이 아니라 동지였다. 적은 따로 있다—저쪽 작업대가 적이다. 죄수들의 기분이 갑자기 홀가분해지며 조금 전까지 그들의 마음에 덮였던 어두운 안개가 순식간에 사라져버렸다.

"뛰어라! 뛰어!"

뒷줄이 앞줄을 재촉한다.

이쪽 작업대가 큰길에 나서자 기계 공장 작업대는 주택구 뒤로 들어갔다. 집들이 가로막혀 상대방이 보이지 않는다. 눈 가리고 뛰는 경주와 다를 것이 없다.

판판한 대로를 달리는 이쪽 작업대가 아무래도 유리할 것 같다. 길섶을 따라 전진하는 경호병들도 별로 발부리를 채이는 것 같지 않다. 어떻게 해서든지 여기서 저쪽을 앞서야 한다.

기계 공장 작업대에 앞서려고 기를 쓰는 데는 또 하나 다른 이유가 있었다. 수용소에 들어갈 때 그들은 특히 엄격한 신체검사를 받기 때문이다. 수용소 내에서 밀정이 칼침을 맞기 시작하면서부터, 상부에서는 그 칼이 틀림없이 기계 공장에서 만들어가지고 오는 것이라고 확신하게 되었다. 그래서 수용소에 들어갈 때 기계 공장 작업대만은 특별한 검사를 받는 것이다. 가을도 깊어 땅이 얼기 시작할 무렵에도 그들은 날마다 간수들의 호통을 들어야 했다.

"기계 공장 작업대, 신을 벗어! 신을 손에 들어!"

이렇게 맨발로 신체 검사를 받았다.

요즘 같은 엄동설한에도 이 '맨발 검사'는 여전히 되풀이되고 있다.

"이놈아, 오른쪽 신발을 벗어! 그리고 너는 왼쪽!"

죄수들은 방한화를 벗고 한 발로 껑충껑충 뛰면서 벗은 쪽 신을 거꾸로 흔들어 발싸개를 풀어 보인다. 자, 보시오, 칼 같은 건 아무 데도 없소!

정말인지 거짓말인지 확실한 것은 알 수 없지만, 슈호프가 들은 바에 의하면, 기계 공장 패들은 지난여름에 배구장용 철재 기둥 두 개를 들여온 적이 있는데, 그때 기둥 하나에 열 개씩 칼날이 긴 단도를 숨겨가지고 왔다는 것이다. 하여튼 그 칼은 지금도 가끔 수용소 내에서 발견되곤 한다.

종대는 그냥 뛰다시피 하여, 새로 지은 클럽 옆을 지나 주택구를 빠져 목공소 앞을 통과했다. 그리고 마침내 수용소 정문으로 곧장 통하는 모퉁이를 돌았다.

"와아아!"

작업대는 일제히 환성을 올렸다.

이 모퉁이가 제1목표였던 것이다! 기계 공장 패들은 우측으로 150미터가량 뒤떨어져서 전진해오고 있다.

이제는 성급히 서두를 필요가 없게 되었다. 작업대에는 희색이 넘친다. 가련한 '집토끼'들의 만족—우린 그래도 개구리보다는 세지 않느냐!

얼마 후에 수용소에 도착한다. 아침에 나올 때와 조금도 다를 것이 없다. 밤이다. 높다란 담장 위에 쭉 늘어선 외등, 정문 위병소 앞에는 외등의 수가 많다. 신체 검사장 일대를 낮처럼 밝게 비추고 있다.

그러나 위병소 앞에 거의 왔을 때 갑자기 부대장의 구령이 떨어진다.

"종대 섯!"

부대장은 자동소총을 부하에게 맡기고 종대에 가까이 다가온다(자동소총을 든 채 죄수들에게 가까이 가는 것은 금지되어 있었다).

대열 옆에 서 있는 부대장에게는 누가 나무를 들고 있는지 한눈에 보인다. 하나, 둘, 셋…… 나무 묶음이 날아간다. 나무를 좌측으로 넘겨주려는 자도 있지만 옆의 친구가 받아주질 않는다.

"그러다가 다른 사람들의 나무까지 뺏기면 어떡하려고! 순순히 던져버려!"

죄수에게 가장 큰 적은 누구인가? 그것은 다른 죄수다. 만일 죄수들이 서로 시기하지 않고 단합할 수만 있다면, 아아!

"앞으로 갓!"

부대장이 외친다.

종대는 위병소를 향해 전진한다.

위병소를 중심으로 다섯 갈래의 길이 부챗살 모양으로 모여 있다. 한 시간 전에 이 다섯 갈래의 길은 몇 개의 작업대로 가득 차 있었으리라. 만일 이 길들이 모두 아스팔트로 포장되는 날이 온다면, 이 위병소와 신체 검사장 일대는 미래 도시의 중앙 광장이 될 것이다. 그때 이 광장에는, 지금 팔방에서 작업대들이 모여드는 것처럼, 시위 행렬의 인파가 물결칠 것이다.

위병소에 들어가 몸을 녹이고 있던 간수들이 밖으로 달려나와서 앞길을 막아선다.

"작업복 단추를 끄르고, 솜옷 허리띠를 풀어라!"

간수들은 밑을 두드려본다. 대체로 아침에 하는 것과 같은 동작이 되풀이된다. 하지만 지금은 앞섶을 헤치는 것쯤 별로 싫어할 것도 없다. 이제는 곧 집으로 돌아갈 테니까.

"집으로 돌아간다." — 모두들 이렇게 말한다.

그러나 오늘 하루 동안, 또 하나의 '집'에 대해서는 생각할 겨를도 없다.

종대의 선두에서 검사가 시작되었을 때, 슈호프는 체자리의 곁으로 가서 말을 걸었다.

"체자리 마르코비치! 위병소에서 곧장 소포 인계소로 달려가서 미리 순번을 잡아놓겠습니다."

체자리는 검은 수염 — 그 하반부에는 허옇게 성에가 붙어 있다 — 을 슈호프 쪽으로 돌렸다.

"이반 데니소비치, 소포가 왔는지 안 왔는지도 모르는데 차례를 기다리겠단 말이오?"

"뭐 오지 않았어도 상관없어요. 10분쯤 기다려보고 당신한테서 아무 기별도 없으면 그냥 막사로 돌아가지요."

(슈호프는, 체자리한테 소포가 오지 않았을 경우엔 다른 사람한테 순번을 양도하면 된다는 속셈이었다.)

체자리도 소포가 오기를 무척 기다리고 있었던 모양이다.

"그럼 이반 데니소비치, 수고해주시겠소? 10분만 기다려보고 만일 내가 가지 않거든 곧 돌아오시오."

신체 검사를 받을 차례가 점점 다가오고 있었다. 오늘 슈호프는 검사에 걸릴 만한 물건은 하나도 지닌 것이 없다. 조바심을 하며 차례를 기다리지 않아도 된다. 천천히 작업복을 헤치고 솜옷을 동여맨 노끈을 푼다.

금지된 물건은 하나도 없다는 자신을 가지고 있었지만, 8년간의 수용소살이를 통해 신중에 신중을 기하는 것이 이제는 완전히 습관화되어 있었다. 한 손을 무릎 위에 달린 호주머니 속에 넣어본다. 넣어보나마나 한 것이었으나, 그래도 호주머니가 비어 있다는 것을 다시 한번 확인하려는 것이다.

그러나 호주머니는 비어 있지 않았다. 부러진 줄칼 토막이 들어 있었던 것이다. 낮에 공사장에서 눈 위에 떨어져 있는 것을 보고 그냥 지날 수가 없어 집어넣었을 뿐, 수용소에 가지고 돌아올 생각은 없었던 줄칼이다. 애초에는 가지고 돌아올 생각이 없었으나 기왕 여기까지 가져온 것을 이제 새삼스레 버릴 수도 없었다. 잘 갈아서 조그만 칼이라도 만들면 신발을 고치는 데 편리하고 바느질할 때도 쓸 수 있다.

처음부터 가지고 들어갈 생각이었으면 감출 곳을 궁리해두었을 텐데. 그러나 지금 그의 앞에는 두 줄밖에 남아 있지 않다. 그 두 줄 중에 앞의 줄은 벌써 검사를 받으러 앞으로 걸어나갔다.

지체없이 결단을 내려야 했다. 앞 사람의 등 뒤에 숨어 슬쩍 눈 위에 떨어뜨려버리느냐(떨어뜨린 흔적은 발견될지 모르지만 누구의 것인지 알아낼 도리는 없을 것이다), 아니면 가지고 들어가느냐?

만일 이 줄칼 토막이 나이프로 간주된다면 적어도 영창 10일은 각오해야 한다. 그렇지만 무사히 통과하여 신발 수선용 나이프를 만들 수만 있다면 '부업'은 기막히게 잘될 것이다!

그냥 버리기에는 너무나 아까운 물건이다. 슈호프는 가지고 들어가기로 결심하고 장갑 속에 그것을 쑤셔 넣었다.

바로 그때 앞줄에 섰던 다섯 명에게 검사를 받으러 나오라는 명령이 내렸다.

휘황하게 밝은 검사장에는 마지막 세 사람 — 세니카와 슈호프, 그리고 아까 공사장에서 몰다비아인을 찾으러 갔던 32반의 젊은 죄수가 남았을 뿐이다.

남아 있는 죄수가 세 명, 그들을 기다리고 있는 간수가 다섯 명, 약간의 융통성이 허용될 여지가 있다. 즉 오른쪽 두 사람의 간수 중 어느 하나를 이쪽에서 골라잡을 수 있는 것이다. 슈호프는 혈색이 좋은 젊은 간수를 피하고, 흰 콧수염을 기른 늙은 간수를 선택했다. 노인은 물론 경험이 많은 간수다. 따라서 그가 무엇을 들춰내려고만 든다면 누구도 그의 눈을 속일 수는 없다. 그 대신 나이가 나이니만큼 이런 일에는 신물이 날 만큼 싫증을 느끼고 있을 것이다.

앞줄이 검사를 받고 있는 사이에 슈호프는 장갑 두 짝을 다 벗어서, 줄칼이 들어 있지 않은 쪽을 앞에 내밀 듯이 하여 두 짝을 한 손에 쥐었다. 허리띠 대용의 노끈도 같은 손에 쥐었다. 그리고 다른 한 손으로 작업복과 솜옷 자락을 보라는 듯이 높이 쳐들었다. 신체 검사에서 이렇게 봉사 정신을 발휘한 적은 아직 한 번도 없었다. 그러나 오늘만은 자기가 결백하다는 것을 과시할 필요가 있다. 어서 실컷 뒤져봐라! 그리고 간수의 명령이 떨어지자 성큼성큼 노인 쪽을 향해 걸어갔다.

흰 수염을 기른 간수는 슈호프의 양쪽 겨드랑이 밑과 잔등을 툭툭 두드려보고 나서, 무릎 위의 호주머니를 눌러보았다—아무것도 없다. 그 다음 작업복과 솜옷 자락을 두 손으로 만져보았다—역시 아무것도 없다. 이젠 그만 손을 떼려 했으나 그래도 신중을 기하는 뜻에서 앞으로 내민 슈호프의 장갑을 한 손으로 힘있게 쥐어보았다—역시 아무것도 들어 있지 않다.

간수가 장갑을 쥐는 순간, 슈호프는 기중기에 가슴이 눌리는 것 같은 기분을 느꼈다. 만일 다른 쪽 장갑에까지 간수의 손이 닿는다면—그때는 영창 신세를 면할 길이 없다. 하루 300그램의 빵, 더운 국은 사흘에 한 번밖엔 주지 않는다. 순간, 슈호프의 머릿속에는 영창 속에서 굶주림에 시달려 하루하루 쇠약해 가는 자신의 모습이 선명하게 떠올랐다. 그렇게 되면 현재의 생활로 되돌아오는 것도, 배부르지는 못하더라도 견디어낼 만큼은 먹을 수 있는 현재의 상태로 되돌아오는 것도 결코 용이한 일이 아닌 것이다.

그는 마음속으로, 소리 높이 하느님의 이름을 부르며 구원을 빌고 싶은 심정이었다.

"하느님! 자비를 베푸시옵소서! 제발 영창만은 면하게 해주시옵소서!"

이러한 모든 상념은, 간수가 첫 번째 장갑을 쥐어보고 그 다음 또 한 짝의 장갑으로 손을 옮기려 하고 있던 그 짧은 순간에 그의 머릿속을 스치고 지나간 것들이었다(만일 슈호프가 장갑을 한 손에 몰아 쥐지 않고, 한 짝씩 두 손에 쥐고 있었다면, 간수도 두 손으로 동시에 장갑 두 짝을 쥐어보았을 것이다). 그러나 바로 이때, 신체 검사장의 주임 격인 간수가, 빨리 검사를 끝내고 싶었던지 경호병 쪽을 향해 외치는 소리가 들렸다.

"다음은 기계 공장!"

그러자 흰 수염을 기른 간수는 두 번째 장갑을 쥐어보는 대신에 한 손을 휙 저어 보였다. 좋아! 하는 뜻이다. 그러고는 그냥 통과시켜주었다.

슈호프는 앞서 간 반원들을 쫓아가려고 뛰기 시작했다. 그들은 이미 기다란 통나무로 만든 두 개의 목책 사이에서 5열 종대로 정렬하고 있었다. 이 목책은 마시장에 있는 것과 흡사하게 생겼는데, 그 사이로 마치 말들을 몰아넣듯 죄수들을 몰아넣는 것이다. 슈호프는 날 듯이 가벼운 걸음으로 뛰어갔다. 그러나 하느님에게 또 한번 감사의 기도를 드리지는 않았다. 그럴 겨를도 없었거니와 이제는 약간 시기를 잃은 느낌이 들었기 때문이다.

슈호프네 작업대를 경호해온 병사들은 전원 옆으로 물러나서, 기계 공장 작업대 경호병들에게 자리를 내주고 있었다. 다음은 경호대장이 돌아오기를 기다리는 것뿐이다. 검사 전에 문밖에서 던진 나무 묶음은 벌써 말끔히 거둬 들여간 모양이었다. 검사를 받을 때 간수들에게 빼앗긴 나무 묶음이 위병소 옆에 산더미처럼 쌓여 있다.

경호대장은 463명의 호송을 완료했다는 전표를 받으러 위병소로 가는 길에 볼코보이의 부관인 플랴하와 무슨 말인지 주고받고 있었다. 갑자기 그가 소리쳤다.

"K-460호!"

대열 한가운데 몸을 움츠리고 숨어 있던 몰다비아인은 푸우 한숨을 내쉬며 오른쪽 목책 쪽으로 걸어나갔다. 여전히 어깨 속에 목을 움츠린 채 머리를 푹 수그리고 있다.

"이리 와!"

플랴하는 목책을 돌아오라고 손짓을 했다.

몰다비아인은 목책을 돌아서 옆으로 나왔다. 그대로 뒷짐을 진 채 그 자리에 서 있으라는 명령이 내린다.

결국 탈출 기도범으로 간주된 셈이다. 독방행이다.

정문 바로 앞, 목책 옆에 두 사람의 위병이 좌우로 갈라져 섰다. 이윽고 서너 길가량이나 되는 정문이 천천히 열렸다. 호령이 내린다.

"5열 종대로 정렬!"

여기서는 "문에서 물러서!"라고 호령할 필요는 없다(어느 문이나 안쪽으로만 열게 되어 있기 때문이다. 만일 죄수들이 한꺼번에 안에서 문으로 밀어닥친다 해도, 밖으로 나갈 수 없게 하기 위한 장치였다).

"1열! 2열! 3열!……"

저녁에 이렇게 인원 점검을 받을 때, 그리고 수용소 문을 통과하여 막사로 되돌아올 때, 죄수들에게는 이때가 하루 중에서도 가장 춥고 배고픈 시간이다. 저녁식사로 나오는, 혀를 델 듯이 뜨끈한 양배춧국 한 그릇이 지금의 그들에게는 무엇보다 간절하다. 국물 한 방울 남기지 않고, 그들은 단숨에 그것을 들이켜버린다. 이 한 그릇의 양배춧국이 지금의 그들에게는 자유보다도, 지금까지의 생애보다도, 아니 앞으로의 남은 생애보다도 훨씬 귀중하게 생각되는 것이다.

수용소 정문을 통과할 때, 죄수들은 마치 개선한 병사들처럼 의기양양하게 가슴을 펴고 손을 흔들며 행진한다. 그야말로 기세가 당당하다!

본부 건물에서 건들거리고 있는 경작업패들은 겁에 질린 듯, 쏟아져 들어오는 죄수들의 무리를 정면으로 바라볼 엄두도 못 낸다. 그도 그럴 것이, 이 인원 점검이 끝나면, 아침 6시 반 아침 점호 신호가 울린 이래 죄수들은 처음으로 자유로운 인간이 되는 것이다. 바깥 대문을 통과하고 다시 조그만 문을 거쳐 중앙 통로 옆의 문 두 개를 지나면, 각자 가고 싶은 곳으로 흩어져도 좋다.

모두 뿔뿔이 흩어지지만 반장들에게는 작업할당계의 명령이 내린다.

"각 반 반장! 생산계획부로 집합!"

슈호프는 독방 감방 옆을 빠져 막사 속을 지나, 쏜살같이 소포 인계소로 달려간다. 한편, 체자리는 의젓한 자세로 천천히 반대 방향으로 걸음을 옮긴다. 저쪽 기둥 주위는 이미 죄수들로 인산인해를 이루고 있다. 기둥 위에 베니어판 한 장이 붙어 있고, 그 위에 펜으로 쓴 오늘의 소포 수령자 명단이 나붙어 있다.

수용소에서는, 웬만한 일이면 종이 대신 대개 베니어판을 사용한다. 베니어판이라면 어쩐지 확실해 보이면서도 믿음직스러운 인상을 주기 때문이다. 간수나 작업할당계 계원들도 인원 계산을 할 때는 이 베니어판을 사용한다. 쓴 것을 지우면 다음날에도 다시 쓸 수가 있으니, 경제적으로도 그만이다.

하루 종일 구내에 남아 있던 친구들은 가외 벌이도 할 수 있다. 소포가 누구한테 와 있는가를 베니어판에서 봐두었다가, 중앙 통로 근처에서 본인을 붙잡고 그 자리에서 번호를 알려준다. 대단한 보수는 바랄 수 없지만 그래도 궐련 한 개비쯤은 얻어걸린다.

슈호프는 소포 인계소까지 달려갔다. 막사 옆에 조그마한 부속 건물이 붙어 있고, 그 건물에 다시 현관이 비죽 나와 있다. 여기가 바로 인계소다. 현관에는 덧문이 붙어 있지 않아 찬바람이 마구 휘몰아친다. 그래도 지붕 밑이라 어쨌든 바깥보다는 춥지 않다.

현관 벽을 따라서 길게 줄이 늘어서 있었다. 슈호프도 줄에 섰다. 앞에 선 사람은 열댓 명가량 될까. 자기 차례까지 오려면 앞으로 한 시간쯤은 기다려야 한다. 취침시간에나 겨우 돌아올 것 같다. '테츠' 작업대원 중에서 소포 수령자 명단을 보고 달려오는 사람이 있다 해도 슈호프보다 빠르지는 못할 것이다. 그리고 기계 공장 작업대는 이보다도 더 늦어질 게다. 그들은 소포를 받기 위해 아마 내일 아침에 다시 한번 '출동'해야 할지도 모른다.

줄 서 있는 죄수들은 모두 구럭이나 자루 들을 들고 있다. 저쪽 문 뒤에서는(슈호프는 이 수용소에서 지금까지 한 번도 소포를 받아본 적이 없지만 말만은 들어 알고 있었다) 소포 상자를 자귀로 뜯어 젖히고, 일일이 간수가 물품을 검사하고 있다.

자르고 꺾고 들춰보고 열어보는 것이다. 유리병이나 깡통에 든 액체류면 마개를 뽑고 국물만을 쏟아준다. 수령자가 손바닥으로 받건 타올 주머니로 받건, 그들로서는 신경쓰지 않는다. 무엇이 두려워선지 병과 깡통 따위는 내줄 생각도 않는다. 만두, 색다른 과자, 소시지, 훈제된 생선 같은 것은 간수가 먼저 시식을 한다(선불리 불평이라도 한다면, "이건 금지 물품이니 규칙에 의해서 내줄 수 없어" 하고 나온다. 소포를 받아든 사람은 우선 담당 간수를 위시해서 나머지 모든 간수에게 고루고루 얼마씩을 나눠줘야 한다).

이렇게 소포 검사가 끝나도 소포 상자는 수령자에게 돌아오지 않는다. 그들은 소포로 부쳐온 물건들을 보자기나 작업복 자락에 담지 않을 수 없다. 그런데 또 이때, "자, 빨리 나가! 다음 사람!" 하고 소리친다. 어떤 때는 너무 재촉해대는 바람에 검사대 위에 물건을 놔두고 나올 때도 있다. 그러나 찾으러 간들 소용없다. 그대로 있는 예는 한 번도 없기 때문이다.

슈호프도 전에 우스치 이지마 수용소에 있을 때는 두어 번가량 소포를 받은 적이 있었다. 그러나 그는 아내한테 그런 걸 보내줘도 소용없으니, 다시는 보낼 생각 말고 애들에게나 남겨주라고 써 보냈던 것이다.

사실 슈호프는 지금 여기서 혼자 먹고 지내기보다는, 속세에서 가족 전체를 부양하고 있을 때가 훨씬 더 편했다고 생각하고 있다. 그러나 차입되는 소포가 얼마만 한 값어치의 물건이라는 것쯤은 잘 알고 있었다. 게다가 10년씩이나 가족에게 그러한 부담을 계속 지울 수도 없는 일이었다. 그래서 슈호프는 숫제 소포를 받지 않는 편이 더 마음이 편하다고 단념하고 만 것이다.

그러나 이렇게 결심을 한 슈호프였지만, 같은 반원이나 같은 막사 안의 이웃 친구들이 소포를 받을 때면(소포를 받는 사람은 거의 매일같이 있었다) 자기에겐 오지 않는다고 생각하여 저도 모르게 마음이 서글퍼지는 것이었다. 부활절 때도 무엇을 보낼 생각은 아예 하지도 말라고 아내한테 단속해놓았고, 부유한 반원의 심부름이 아니면 소포 수령자 명단이 나붙는 기둥 앞에 얼씬도 하지 않는 슈호프였지만, 그래도 이따금 누가 자기한테 달려와서, "슈호프, 뭘 하고 있나! 자네한테 소포가 왔는데!"라고 말해주기를 마음속으로 은근히 기다렸다.

그러나 자기에게 달려오는 사람은 아무도 없었다.

이젠 고향 마을 춤게네보와 자기 집을 회상하는 시간도 점점 없어져간다. 기상시간부터 취침시간까지 하루 종일 들볶이는 수용소 생활이, 그로 하여금 이렇듯 안일한 회상에 잠길 시간적 여유를 주지 않기 때문이다.

지금 이 주위에 모여 있는 죄수들은 눈앞에 다가온 소포에 대한 기대에 불타, 각자의 위장을 격려하고 있을 것임에 틀림없다. "이제 곧 베이컨을 먹을 수 있다, 버터 바른 빵을 구경할 수 있다, 뜨거운 설탕물을 마실 수 있다"고. 그러나 그들 틈바귀에 끼여 있는 슈호프에겐 단 한 가지 소망밖엔 없었다 — 반원들과 함께 식당으로 가서 식기 전에 어서 뜨거운 국물이라도 마셨으면…… 식은 국 두 그릇보다는 뜨거운 국 한 그릇 쪽이 훨씬 낫기 때문이다.

그는 머릿속으로 시간을 재고 있었다. 만일 체자리의 이름이 명부에 없다면, 그는 이미 막사로 돌아가서 얼굴을 씻고 있을 시간이다. 그러나 이름이 있다면, 지금쯤은 자루며 컵이며 종이 상자들을 긁어모으기에 바쁠 게다. 슈호프는 이런 준비를 모두 계산에 넣어서 체자리에게 10분간을 기다리겠다고 말했던 것이다.

차례를 기다리며 슈호프는, 이번 일요일도 또 빼앗긴다는 소식을 들었다. 오는 일요일이 없으리라는 것은 슈호프뿐만 아니라 다른 죄수들도 예측하지 못한 바는 아니었다. 한 달에 일요일이 다섯 번 있으면, 세 번은 쉬고 두 번은 일하게 마련이기 때문이다. 그러나 예측하고 있었다고는 해도, 막상 그런 소식을 대하고 보니 역시 가슴이 막막하고 찢어지는 것만 같았다. 소중한 일요일 — 그 누구에게 미련이 없으랴! 하긴, 행렬 속의 친구들 말도 일리가 없는 것은 아니었다. 휴일이라 해서 언제 한번 마음놓고 쉬어본 적이 있었던가? 번번이 여러 가지 일거리를 만들어내곤 한다. 목욕물을 끓여라, 통로를 막는 담벽을 쌓아라, 안뜰을 청소해라. 그런가 하면 매트리스를 바꿔 끼워라, 먼지를 털어라, 침대의 빈대를 퇴치하라 등. 나중에는 신분 증명서 검사를 비롯해서 소지품 검사까지 시작한다. 이럴 때면 소지품 전부를 가지고 나가, 한나절이나 바깥에서 떨어야 하는 것이다.

수용소 나리들은, 우리 죄수들이 아침식사를 마치고 단잠을 자는 것이 무엇보다도 못마땅하고 배가 아픈 모양이다.

느리기는 했으나, 그래도 행렬은 조금씩은 나아가고 있었다. 이발사 한 사람, 기록계 한 사람, 그리고 문화교육부 직원 한 사람이 인사도 없이 마구 밀치며 줄에 끼어들었다. 그들은 일반죄수들과 달라서, 당당한 수용소의 특권 계급들이고, 수용소 내의 경작업반 중에서도 이름난 악질들이다. 작업에 나가는 일반 죄수들은 그들을 쓰레기의 쓰레기만도 못한 놈으로 간주하고 있지만, 그들 역시 일반 죄수들을 그렇게 보고 있다. 그러나 그놈들하고 맞서봤댔자 별로 이로울 것은 없다. 특권자들은 자기 동료들끼리 밀접한 횡적 연락을 가지고 있을뿐더러, 간수들하고도 잘 통하고 있는 것이다.

슈호프 앞에는 아직도 열 사람쯤 남아 있었다. 뒤에도 일곱 명이 더 서 있다. 바로 이때다. 활짝 열어젖힌 입구에서 몸을 숙

이듯 하며 체자리가 들어왔다. 수용소 제모가 아닌 새 털모자를 쓰고 있다(이 모자만 해도 그렇다. 필시 체자리는 어느 놈인가를 구워삶아서, 새로운 민간인 모자를 쓸 수 있는 허가를 얻은 것이 분명했다. 일반 죄수라면 낡아빠지고 다 떨어진 군모만 써도 당장 압수하고, 그 자리에서 돼지 가죽으로 만든 수용소 제모로 바꿔 씌우게 마련이다).

체자리는 슈호프에게 빙긋 미소를 던지고는, 줄에 서서 골똘히 신문을 읽고 있는, 인텔리처럼 보이는 안경쟁이 사내에게 말을 걸었다.

"여어! 표트르 미하일로비치!"

그 순간, 두 사람의 얼굴은 양귀비꽃처럼 붉게 물든다. 이윽고 안경쟁이가 말을 건넨다.

"《베체르카》〔모스크바 석간〕가 새로운 것이 왔습니다. 자, 보시오! 우편으로 부쳐왔군요."

"그래요!"

체자리도 신문에 얼굴을 처박는다. 촉수가 낮은 희미한 전등불 한 개가 천장에 매달려 있을 뿐인데, 어떻게 저런 잔글씨들을 읽을 수 있는지 모르겠다.

"이 극평(劇評)이 아주 재미있군요. 자바츠키〔소련의 무대 연출가〕의 초연인데……"

모스크바 사람이라는 건, 멀리서도 서로 개들처럼 냄새를 잘 맡는다. 그리고 함께 어울리면, 그들만이 가지는 독특한 방법으로 서로 상대방의 냄새를 맡기에 바쁘다. 그 수다스러움이란,

마치 어느 쪽이 더 많이 지껄이는지 경쟁하고 있는 것 같다. 말이 무척 빠른데다가 러시아어라곤 좀처럼 찾아볼 수 없기 때문에, 옆에서 듣고 있으면 라트비아인이나 루마니아인이 지껄이고 있는 것처럼 생각된다.

그건 그렇고, 어쨌든 체자리는 왼손에 자루 몇 개를 들고 있었다. 소포를 받을 준비를 해가지고 온 것이다.

"그럼…… 체자리 마르코비치, ……전 가도 좋겠지요?"

"네, 좋다마다요."

체자리는 검은 콧수염을 신문에서 떼며 말한다.

"그럼, 난 누구 뒨가요? 내 뒤는?"

슈호프는 차례를 가르쳐주고, 체자리가 미처 말을 꺼낼 틈도 없이 저녁식사에 대해서 물어본다.

"저녁식사를 날라올까요?" (저녁식사를 식당에서 막사로 냄비에 담아 날라올까요, 하는 뜻이다. 수용소 규칙에 의해서 식사의 반출은 엄금되어 있었고, 이에 대한 명령도 여러 가지가 나와 있었다. 만일 붙잡히는 날이면, 냄비 속의 국은 바닥에 동댕이쳐지고 게다가 영창 신세까지 지게 마련이다. 그럼에도 국그릇은 여전히 밖으로 빠져나오고 있었다. 아니, 앞으로도 그치지는 않을 게다. 용무가 있는 자에게, 반원과 함께 식당으로 가라는 것은 너무나 무리한 요구이기 때문이다.)

저녁식사를 나를까요? 하고 슈호프가 물어본 것은 실은 이런 속셈에서였다.

'그렇게 인색하게 굴지는 않으실 테죠? 저녁식사는 양보하

시겠죠? 저녁은 죽이 아니라, 멀건 국물뿐이니까요!……'

"아니, 아니."

체자리는 미소를 띠었다.

"저녁식사는 드리지요, 이반 데니소비치!"

슈호프가 기다리고 있던 것은 바로 이 한마디였다! 이젠 됐다. 새 새끼처럼 가볍게 현관문을 빠져 그는 쏜살같이 구내를 달린다.

죄수가 쏘다니지 않는 곳이란 없다! 그래서 한때, 수용소장은 이런 명령을 내린 적이 있다—어떤 죄수도 단독으로 구내를 걷는 것은 허용하지 않는다. 될 수 있는 대로 전 반원이 함께 행동하라. 전 반원이 함께 갈 수 없는 곳, 예를 들면, 의무대나 변소 같은 곳은 네댓 명이 그룹을 지어가되 그 책임자를 임명하라. 대오를 지어 필요한 장소까지 가서는 거기서 대기했다가, 돌아올 때도 역시 대오를 지어 돌아오라.

수용소장은 이 명령에 무척 적극적이었다. 아무도 그에게 반대하는 자는 없었다. 간수들은 단독 보행자를 닥치는 대로 붙잡아, 번호를 기입한 후 영창으로 보냈다. 그러나 얼마 안 가서 이 명령은 유명무실하게 되고 말았다. 다른 몇 개의 악명 높은 명령과 마찬가지로 이번의 명령도 결국엔 흐지부지 찌부러지고 말 운명을 지니고 있었던 것이다. 실제로 부딪힌 곤란한 문제로서, 이를테면 수용소 측에서 정보 수집을 위해 누군가를 보안부로 호출할 경우, 그렇다고 명령대로 그룹을 이끌고 오게 할 수는 없었다. 보관소에 자기 식량을 찾으러 가고 싶어도, 상대방이 응하지 않아 못 가는 경우가 생긴다. 그리고 문화교육부에 신문을 읽으러 가고 싶어도 쉽사리 상대방을 발견하기가 어렵다. 방한화를 수선하러 가는 자, 건조대에 볼일이 있는 자, 혹은 다른 막사로 바람을 쐬러 가는 자(막사와 막사 사이의 왕래는 특히 엄금되고 있었다!)—이러한 가지각색의 무리를 어떻게 막을 수가 있겠는가!

수용소장은 이 명령 하나로, 죄수들에게 남은 마지막 자유까지 빼앗으려 했다. 그러나 이 배불뚝이 녀석의 기도는 완전히 실패하고 만 것이다.

막사로 돌아가는 도중, 슈호프는 간수와 마주쳤다. 만사에 조심성을 띠려고 살짝 모자를 쳐들었다. 막사로 뛰어들어가니, 그 속에서는 대소동이 일어나고 있었다. 낮에 작업을 나간 사이에 누군가의 빵을 도둑맞았다고 해서, 당직을 맡아본 노인들이 호되게 경을 치고 있었다. 노인들도 지지 않고 고래고래 고함을 지른다. 그러나 104반의 한쪽 구석만은 텅 비어 있었다.

슈호프는 구내로 돌아올 때부터 오늘 저녁은 운이 좋다고 생각했다. 막사에서도 그의 침실의 매트리스를 뒤진 흔적은 없었다. 오늘은 낮 검사가 없었던 모양이다.

슈호프는 작업복을 벗어젖히면서 자기 침상으로 달려갔다. 작업복을 동댕이치고 줄칼이 든 장갑도 벗어 던지고, 손으로 매트리스 속을 더듬어본다. 아침의 빵은 그대로 남아 있었다. 실로 꿰매두기를 잘했다고 그는 생각했다.

그는 다시 밖으로 뛰어나갔다! 식당으로 가는 것이다!

간수와도 맞닥뜨리지 않고 무사히 식당까지 이르렀다. 큰 소리로 배급 식량에 대해서 이야기하고 있는 몇 명의 죄수들과 마주쳤을 뿐이다.

밖에는 달이 환했다. 수용소의 등불들이 흐릿한 빛으로 반짝이고, 막사는 거뭇거뭇한 그림자를 던지고 있었다. 식당 입구는 네 개의 넓은 층계로 되어 있다. 그러나 그 층계도 지금은 그림자 속에 파묻혀 있다. 층계 위의 조그만 전등불이 혹한 속에서 가볍게 흔들리고 있다. 추위 때문인지 혹은 먼지 때문인지, 전구 위에 일곱 색깔 무지개 무늬가 아롱지고 있다.

수용소장은 또한 다음과 같은 명령을 내린 적이 있었다—식당에 들어올 때는 2열 종대로 입장하라. 그리고 식당에 도착하면, 당장 층계로 올라서지 말고 그 앞에 5열로 정렬해서, 식당 당직의 지시를 기다려라.

식당의 당직 당번은 호로모이〔러시아어로 절름발이라는 뜻〕가 도맡아서 놓아주지를 않았다. 절름발이를 방패 삼아 폐인(廢人)의 자격을 얻고 있으나, 사실은 무척 건장한 사내였다. 그는 자작나무 가지로 만든 지팡이를 가지고 있어서, 지시를 기다리지 않고 들어가려 하면 층계 위에 서서 지팡이로 마구 후려갈긴다. 그러나 누구든지 덮어놓고 때리는 것은 아니다. 호로모이는 눈이 밝아서, 어둠 속에서도 잔등만 보면 그가 누구라는 것을 금방 알 수 있었다. 그래서 면박을 당할 가능성이 있거나, 상판대기를 얻어맞을 가능성이 있는 자에게는 숫제 손도 대지 않는다. 다시 말해서 약한 자만 못살게 구는 것이다. 슈호프도 언젠가 한번 그에게 얻어맞은 적이 있었다.

호로모이의 직책은 당직 당번에 지나지 않지만, 실제론 취사부들과 잘 통하기 때문에 특권층과 다름없는 생활을 하고 있었다.

몇 개의 작업반이 한꺼번에 몰려들었기 때문인지, 정리하는데 시간이 걸렸기 때문인지, 오늘은 층계 근처가 유달리 법석대고 있었다. 층계 위에는 호로모이와 그의 개인 조수, 그리고 식당 주임까지 나와 서 있었다. 그들은 하나같이 간수와도 같은 거만한 얼굴들을 하고 있다.

식당 주임은 띵띵하게 살진 살모사라고나 할까, 호박 같은 머리에 어깨 폭은 1아르신〔약 0.72미터〕이나 되었다. 정력이 남아돌기라도 하는 듯, 걸음을 걸을 때는 용수철처럼 탕탕 튕긴다. 발이나 손에 용수철이 들어 있는지도 모른다. 그는 번호표가 붙지 않은 백색 모피 모자를 쓰고 있는데, 민간인 중에서도 이런 모자를 쓴 사람은 하나도 없었다. 아스트라한의 가죽 조끼를 입고, 그 조끼의 가슴 위에 우표 딱지만 한 크기의 번호표를 마지못해 형식적으로 붙이고 있다. 말하자면 그것으로 볼코보이의 체면이 유지되고 있는 셈이다. 잔등에선 그 정도의 번호표마저 찾아볼 수 없다. 식당 주임은 누구한테나 인사라는 것을 모른다. 죄수들은 한결같이 그를 무서워하고 있다. 수천 명의 생명이 그의 수중에 있는 것이다. 언젠가 한번은 그에게 몰매를 주자고 계획을 세운 적도 있었으나, 본래 그에 못지않은 악당들인 취사부 녀석들이 식당 주임을 지키기 위해서 한사람처럼 궐기했다.

104작업반 반원들이 벌써 식당에 다 들어가버렸다면, 슈호프로서는 다소 난처한 처지에 빠지게 될 것 같았다. 흐로모이는 수용소 내의 얼굴들을 속속들이 꿰고 있기 때문에 주임이 있는 앞에서 일부러 능청을 부리며 다른 작업반 틈에 끼어들어가려 한들, 결코 용납하지 않을 것은 뻔하다.

그러나 흐로모이의 눈을 속여 층계의 난간을 넘어 들어가는 자도 없지는 않았다. 하긴 슈호프도 그렇게 한 적이 없는 것은 아니지만 오늘따라 눈앞에 식당 주임이 있고 보니, 그렇게 할 엄두도 나지 않았다. 일그러질 정도로 얼굴을 얻어맞아, 의무대까지 엉금엉금 기어가는 꼴을 보이게 될지도 모를 노릇이다.

따라서 슈호프로서는 될 수 있는 대로 빨리 층계 밑까지 가서, 검정 작업복을 입은 동료들 속에 104작업반이 아직 섞여 있는지 없는지를 직접 확인할 필요가 있었다.

그러나 바로 이때, 모인 죄수들이 밑에서 위로 세차게 떠밀기 시작했다(그도 그럴 것이, 취침시간이 얼마 남지 않은 것이다!). 죄수들은 요새를 공격하듯 한 계단, 두 계단, 세 계단, 네 계단 층계를 점령하고, 마침내는 식당 문전에까지 육박해갔다!

"떠밀지 마, 이 새끼들아!"

흐로모이는 큰 소리로 외치고, 앞 사람에게 몽둥이를 치켜들었다.

"내려가! 그렇잖으면 대가리를 부숴버릴 테다!"

"우리에게 말한들 소용없어요!"

앞줄의 친구들이 대꾸한다.

"뒤에서 미니 어떡하란 말요!"

확실히 뒤에서 밀고 있는 것은 사실이었다. 그러나 앞줄의 친구들도 대단한 저항을 한 것은 아니다. 식당으로 뛰어들어가려고 기회를 엿보고 있을 뿐이었다.

그러자 흐로모이는 지팡이를 빗장처럼 가슴에 대고, 있는 힘을 다해 앞줄의 죄수들을 밀어내기 시작했다. 흐로모이의 개인 조수도 지팡이에 매달렸다. 아니, 식당 주임까지 망설이지 않고 선뜻 지팡이에 손을 얹었다.

그들 세 사람은 필사적으로 밀어댔다. 배불리 처먹고 있는 그들의 힘은 가공할 만한 것이었다. 결국 죄수들이 밀리고 말았다. 앞줄에 있던 자가 뒷줄로 곤두박이는 등, 그야말로 장기판의 말이 거꾸러지는 꼴과 다름없었다.

"이 절뚝발이 녀석아! ……어디 두고 보자!"

군중 속에서 이렇게 외치는 자가 있지만, 모습을 드러내려고는 하지 않는다. 다른 죄수들은 말없이 넘어졌다가 말없이 일어난다. 짓밟히지 않으려고 동작만은 민첩하지만.

지금 층계에 남은 사람은 하나도 없다. 식당 주임은 층계 위 빈 터로 물러서고, 흐로모이는 층계 맨 윗단에 버티고 서서 훈시를 내린다.

"5열로 정렬해, 이 바보들아. 무슨 꼴들이냔 말야! 들어갈 때가 되면 들여보내준단 말이다!"

슈호프는 층계 바로 앞에서 세니카 크레프쉰의 머리 같은 것을 발견했다. 끓어오르는 기쁨을 참을 길 없이, 그는 다짜고짜 팔꿈치를 뻗치며 그곳까지 뚫고 들어가려 했다. 그러나 자기 앞에 겹겹이 늘어서 있는 사람들을 보고는 맥이 풀렸다. 도저히 뚫고 들어갈 수 없었던 것이다.

"27반!"

호로모이가 외친다.

"들어가!"

27반원은 층계를 뛰어올라, 날쌔게 식당 문 쪽으로 달려간다. 그러자 그 뒤에서 또다시 와락 층계로 밀어닥친다. 뒤의 죄수들도 떠밀어댄다. 슈호프도 있는 힘을 다해 밀었다. 층계가 휘청휘청 흔들리고 층계 위의 전등불이 비명을 지른다.

"또 이러기냐, 이 자식들이!"

호로모이는 머리끝까지 화가 치밀었다. 손에 든 몽둥이로 근처에 있는 죄수들의 어깨건 잔등이건 닥치는 대로 마구 찌르고 때리고 떠밀친다.

또다시 층계에는 사람 그림자가 없어졌다.

아래서 올려다보는 슈호프의 눈에, 호로모이와 함께 층계를 올라가는 파블로의 모습이 보였다. 그가 인솔해서 반원들을 데리고 온 것이다. 추린은 이런 혼잡한 일에 말려들기를 좋아하지 않는다.

"104반 5열로 정렬!"

파블로가 위에서 외친다.

"길을 좀 비켜주시오, 여러분!"

어느 '여러분'이 길을 비켜주겠는가!

"여보, 통과시켜주게! 이 잔등 좀 비켜! 나도 저 반원이야!"

슈호프는 앞에 있는 사내의 어깨를 뒤흔든다.

앞에 있는 사람도 비켜주고 싶은 마음은 태산 같지만, 그 사람 역시 사방팔방으로 밀리고 있으니 옴짝달싹할 수 없다.

군중은 녹초가 되고 숨결마저 거칠어갔다. 그러나 이 모든 것도 한 그릇의 국을 얻기 위한 것이다. 당연히 지급돼야 할 국 한 그릇을 얻기 위해서!

여기서 슈호프는 딴 방법을 생각해냈다. 왼쪽 난간을 붙잡고, 층계의 기둥을 두 손으로 더듬어서, 지면을 떠나 공중에 매달리고 만 것이다. 그 순간 누군가의 무릎팍을 걷어찼는지, 슈호프는 옆구리를 한 대 얻어맞고 한두 번 욕지거리를 들었다. 하지만 그는 교묘히 군중을 빠져나와 한쪽 발을 층계 맨 윗단에 걸치고 기다리고 있었다. 이윽고 같은 반의 친구가 그를 발견하고 손을 빌려주었다.

식당 주임이 돌아가는 길에 뒤돌아보며 호로모이에게 말했다.

"이봐, 호로모이, 다음 두 반을 넣게!"

"104반!"

호로모이가 외쳤다.

"야, 이놈아, 어디로 가는 거야?"

호로모이는 다른 반에 끼어들려는 자를 발견하고 몽둥이로 때린다.

"104반!"

파블로가 외치고, 자기 반 사람들을 안으로 넣는다.

"푸우우—"

슈호프는 가까스로 식당에 들어갈 수 있었다. 파블로의 지시를 기다릴 필요도 없이 그는 다짜고짜 빈 쟁반을 찾기 시작한다.

식당의 모습은 이전과 조금도 다름이 없다. 창구에서는 하얀 김 덩어리가 무럭무럭 새어나오고, 식탁에는 죄수들이 해바라기 씨처럼 촘촘히 줄지어 앉아 있다. 식탁 사이를 왔다 갔다 하며 이리저리 부딪히는 자도 있고, 국그릇이 가득 든 쟁반을 나르는 자도 있다. 그러나 슈호프는 적어도 이 사업에서만은 수년간의 베테랑이다. 그의 눈은 날카롭다. 저쪽 CH-208호는 쟁반에 국그릇 다섯 개를 들고 있을 뿐이다. 그렇다면 그 반의 마지막 분량이 틀림없다. 그렇지 않다면 쟁반 가득히 채우지 않을 리가 없으니까.

슈호프는 그 친구를 따라잡아 귓속말로 속삭인다.

"여보게! 그 쟁반, 다음에 부탁하네!"

"창가에서 또 한 사람이 기다리고 있어. 먼저 약속을 해서……"

"기다리고 있는 놈은 마음대로 기다리라고 해. 정신 좀 차리라고 말야!"

결국 쟁반을 얻기로 약속이 되었다.

그는 쟁반을 자기 반원 자리로 가져가서 국그릇을 내려놓는다. 슈호프가 쟁반을 붙잡는다. 거기에 유약한 사내가 달려와서 쟁반 귀퉁이를 잡아당긴다. 슈호프보다는 약해 보이는 사내다.

슈호프는 잡아당기는 쪽으로 쟁반을 떠밀친다. 사내는 쾅 기둥에 부딪힌다. 손에서 쟁반이 떨어진다. 슈호프는 쟁반을 겨드랑이에 끼고 창구로 달려간다.

파블로는 창구에서 차례를 기다리고 있었다. 그는 쟁반이 없어서 난처한 빛을 띠고 있었으나 슈호프를 보자 기쁨을 감추지 못한다.

"이반 데니소비치!"

이렇게 말하고 그는 앞에 서 있는 27반의 부반장을 밀어젖힌다.

"좀 비켜줘! 멍청하니 서 있기만 하면 뭘 하나? 우린 쟁반이 있단 말야!"

바라보니, 약삭빠른 고프치크 녀석도 의젓하게 손에 쟁반을 들고 있다.

"한눈을 팔고 있길래" 하고 웃는다.

"슬쩍해버렸어요!"

고프치크 녀석, 대단한 라겔리(수용소라는 뜻)족이 될 것임에 틀림없다. 앞으로 3년만 더 자라면, 아마 빵 배급계 이하로 떨어지지는 않으리라.

고프치크의 쟁반은 에르몰라예프에게 넘겨주라고 파블로가 지시했다. 역시 포로 출신으로서 수용소살이 10년을 보낸 완강한 시베리아인이다. 고프치크는 어느 식탁에서 '만찬'이 끝나가는지 알아보라는 정찰 업무를 띠고 물러갔다. 슈호프는 자기 쟁반 끝을 창구에 걸치고 기다리고 있다.

"104반!"

파블로가 창구에다 보고한다.

창구는 모두 다섯 개 있다. 세 개는—일반 죄수용 창구, 하나는—특별식사 창구로 '궤양환자(潰瘍患者)' 열 명과 나머지는 얼굴로 통하는 기록계 등의 특수층, 또 하나는—접시 반환구다(여기에는 접시를 핥아먹으려는 친구들이 득실거리고 있다). 창구는 그다지 높지 않다. 허리보다 조금 높을 정도다. 창구에서는 취사부의 얼굴이 보이지 않는다. 손과 국자만이 보일 뿐이다.

취사부의 손은 하얗고 미끈하지만, 털북숭이고 탄탄해 보인다. 전형적인 권투선수의 손이다. 보통 흔히 보는 취사부의 손과는 다르다. 그는 연필을 손에 들고, 벽에 붙은 자기 쪽 명부에 체크를 한다.

"104반, 스물네 그릇!"

판첼레프 녀석이 어슬렁어슬렁 식당으로 찾아왔다. 무엇이 병이란 말인가, 개새끼 같으니! 취사부는 먼저 3리터들이 큰 국자를 손에 들고 통 속을 휘휘 젓는다(그의 앞에 놓여 있는 통에는 거의 찰 만큼 새로운 국이 부어져서, 무럭무럭 김이 피어 오르고 있다). 그리고 750그램들이의 작은 국자로 바꿔 들고, 그것으로 국을 푸기 시작한다. 그러나 국자를 몽땅 담글 때는 없다.

"하나, 둘, 셋, 넷……"

어느 그릇에는 건더기가 아직 통 밑으로 가라앉기 전에 부어졌지만, 어떤 그릇에는 국물만 들어갔을 뿐 건더기는 없다—슈호프는 이것을 잘 기억해둔다. 그는 자기 쟁반에 열 개의 국그릇을 올려놓고 식탁으로 운반해간다. 두 번째 기둥에서 고프치크가 손을 흔들고 있다.

"이리 오세요, 이반 데니소비치! 여기예요!"

국그릇 운반은 누구나 다 할 수 있는 게 아니다. 슈호프는 그릇이 흔들리지 않도록 매끄럽게 발을 옮긴다. 그리고 몸의 어느 부분보다도 목구멍을 더 많이 사용한다.

"야, X-920호! ……조심하게. 이봐! 비켜줘, 젊은이!"

이런 혼잡 속에서 국물 한 방울 흘리지 않고 운반한다는 건 보통 솜씨로는 도저히 불가능한 일이다. 게다가 열 개나 되는 국그릇을 담은 쟁반을 말이다. 그러나 고프치크가 자리를 비워 놓은 식탁 모퉁이에, 살며시 쟁반을 내려놓았을 때, 새로 엎지른 국물 자국이란 찾으려야 찾아볼 수 없었다. 뿐만 아니라 슈호프는 미리 봐둔 건더기가 많은 두 개의 그릇이 자기가 앉을 자리의 구석 쪽에 오도록, 방향까지 고려해서 쟁반을 내려놓는 것이다.

에르몰라예프도 열 개의 그릇을 날라왔다. 고프치크는 창구로 달려가서, 파블로와 함께 나머지 네 개의 그릇을 마저 손에 들고 돌아왔다.

또 한 사람의 반원, 키르가스가 빵을 쟁반에 담아가지고 왔다. 오늘은 작업량 사정 결과에 따라 상여 급식이 나오는 날이다. 200그램짜리도 있고, 300그램짜리도 있다. 슈호프는 — 400그램, 자기 앞으로 나오는 400그램과 체자리의 몫인 200그램을 배당받는다.

반원들이 모여서 저녁식사를 배급받는다. 앉을 자리를 발견하기가 바쁘게 훌훌 들이마신다. 슈호프는 국그릇을 나누어주고 누구누구에게 주었다는 것을 기억해둔다. 그러는 한편, 그는 자기의 것이라고 정한 쟁반 귀퉁이를 감시하고 있다가 건더기가 많은 한쪽 그릇에 숟가락을 넣었다. 이미 선약이 되었다는 표시다. 페추코프는 종종걸음으로 달려와서 국그릇을 받아들고는, 재빨리 자취를 감추어버렸다. 자기 반에서는 찌꺼기의 혜택을 받을 수 없다고 생각해선지, 식당 내의 다른 장소로 찌꺼기 원정을 나선 모양이다. 먹다 남은 것이 있으면, 굶주린 개처럼 용맹을 발휘해서 강제로라도 빼앗아 먹겠다는 심보다(어쩌다가 먹다 남은 찌꺼기라도 내미는 날이면, 먹이를 노리는 솔개처럼 단번에 대여섯 명의 손이 그 접시를 낚아채려든다).

파블로와 함께 그릇 수를 맞추어보니, 딱 들어맞는 것 같다. 반장인 추린을 위해서, 슈호프는 건더기가 있는 것을 남겨두었다. 파블로가 그것을 뚜껑 달린 납작한 독일식 냄비에 옮겨 담는다. 작업복을 들추고 겨드랑이 밑에 감춰가지고 나가면 문제없다.

쟁반은 다른 반에게 넘겨주었다. 파블로는 곱빼기로 담은 국그릇 앞에, 슈호프는 두 개의 국그릇 앞에 각각 자리를 잡는다. 그 이상 두 사람 사이에는 한마디의 대화도 오가지 않는다. 엄숙한 순간이 다가온 것이다.

슈호프도 모자를 벗어서 무릎 위에 얹는다. 한쪽 국그릇 속의 건더기를 숟가락으로 확인하고, 계속해서 또 하나의 국그릇도 확인한다. 웬만큼은 들어 있다. 생선도 걸려든다. 대체로 저녁 국은 아침에 비해 훨씬 멀겋게 마련이다. 조반을 먹이지 않으면 죄수들을 부려먹을 수가 없다. 그러나 저녁을 먹이지 않았다고 해서 죄수들이 잠을 못 잘 리가 없을 테니 말이다.

그는 먹기 시작했다. 우선 한쪽 국그릇의 국물만을 단숨에 들이켠다. 뜨끈한 국물이 목구멍을 지나 전신에 퍼지자, 오장육부가 국물을 반기며 요동을 친다. 살 것 같다! 바로 이 순간을 위해서 죄수들은 살고 있는 것이다.

적어도 지금의 슈호프는 무엇에 대해서나 불만을 느끼지 않는다. 기나긴 형기에 대해서도, 긴 하루에 대해서도, 또다시 일요일을 빼앗긴다는 불길한 소식에 대해서도. 지금 그의 머릿속을 사로잡고 있는 것은 오직 한 가지, 어떻게든 살아보자는 생각뿐이다. 하느님의 은총으로 이 모든 것이 끝날 때까지 무슨 일이 있더라도 살아남아야 한다!

두 개의 국그릇에서 뜨끈한 국물만을 마셔버리자, 그는 두 번째 국그릇의 건더기를 첫 번째 그릇으로 옮겼다. 옮겨 붓고 나서, 그릇을 손으로 털고 다시 숟가락으로 긁어낸다. 이제야 어느 정도 마음이 놓인 셈이다. 두 번째 그릇이 마음에 걸려서, 시종 곁눈으로 흘끔흘끔 바라볼 필요도 없고 한 손으로 국그릇을 감싸 안을 필요도 없다.

한눈을 팔 수 있는 여유가 생겼으므로, 옆에 앉은 사내의 국그릇을 들여다본다. 왼쪽 친구의 것은 거의 국물뿐이다. 살모사

같은 녀석들, 누구나 죄수이기는 매한가진데 저렇게까지 차별을 하다니!

슈호프는 국물 찌꺼기와 함께 이번에는 양배추를 먹기 시작한다. 감자는 두 그릇 중, 체자리의 국그릇에만 한 개 들어 있을 뿐이었다. 잘지도 굵지도 않고, 물론 얼어서 상한 것이다. 하물하물한 게 어쩐지 달짝지근하다. 생선은 거의 없고 가끔 살이 빠진 등뼈가 눈에 띌 정도였다. 그러나 생선의 뼈와 지느러미는 씹고 또 씹어서, 속속들이 국물을 빨아먹지 않으면 안 된다. 뼈다귀 속의 국물은 자양분이 가장 많다. 이것을 깨끗이 처치하는 데는 물론 시간이 필요하다. 그러나 지금의 슈호프는 별로 서둘러야 할 필요성을 느끼지 않는다. 오늘은 그에게 명절과 다름없는 날이다. 점심도 곱빼기, 저녁도 곱빼기, 이런 용무 때문이라면, 다른 용무를 뒤로 돌리더라도 아무 아쉬울 것이 없다.

다만 라트비아인한테 가서 담배만은 꼭 사두고 싶었다. 아침까지는 담배를 구할 수 있다는 보장이 없기 때문이다.

슈호프는 저녁식사를 마쳤다. 그러나 빵은 먹지 않았다. 국을 곱빼기로 먹어치우고, 게다가 빵까지 먹는다는 건 분에 넘치는 일이다. 빵은 내일 몫으로 돌리자. 인간의 배는 은혜를 모른다. 어제의 은혜 같은 건 씻은 듯이 잊어버리고, 내일이면 또다시 시끄럽게 조르기 시작할 것이다.

슈호프는 자기 국을 거의 다 먹어가고 있었으나, 주위의 모습에 별로 주의를 돌리려고는 하지 않았다. 정당한 자기 몫을 먹고 있는 그로서는, 또 한 그릇을 바랄 필요가 없었기 때문이다. 그러나 어쨌든 자기 맞은편에 자리가 비고, 거기에 키가 큰 노인 U-81호가 와서 앉은 것만은 놓치지 않았다. 슈호프는 이 노인이 64반 소속이라는 것을 알고 있었다. 아까 소포 인계소에 줄을 지어 있었을 때, 104반 대신에 '사회주의 단지'로 돌려진 것은 64반이라는 이야기를 언뜻 들었다. 하루 종일 바람을 피할 장소도 없는 허허벌판에서 자기 자신을 에워쌀 철조망을 치고 돌아왔음에 틀림없다.

슈호프는 이 노인에 대해서 들은 이야기가 있었다. 그가 수용소와 감옥에 얼마나 오래 있었는지, 이젠 햇수를 셀 수조차 없다. 게다가 그동안에 단 한 번도 특별 사면의 혜택을 받은 적이 없다. 10년의 형기가 끝나면 또다시 어느새 새로운 형기가 추가된다는 것이었다.

지금 슈호프는 처음으로 그를 가까이서 마주 볼 기회를 가졌다. 수용소 내의 죄수들이 대부분 고양이 등처럼 구부정하니 등을 구부리고 있는 데 반해서, 유독 이 노인만은 언제나 등을 쭉 펴고 있다. 식탁에 앉아 있는 모습을 보니 걸상 위에 무언가를 괴고 앉아 있는 것 같다. 머리는 훌렁 까져서 이발할 필요가 없어진 지도 이미 오래다. 지나치게 좋은 수용소 생활로 인해서 머리칼이 몽땅 빠지고 만 것이다. 그의 눈은 식당 내에서 일어나고 있는 모든 일에 대해선 아무런 관심이 없다는 듯, 슈호프의 머리 너머로 허공의 한 점만을 응시하고 있다. 그는 끝이 닳아 떨어진 나무 숟가락으로 건더기가 없는 국물을 단정히 떠서 마신다. 다른 죄수들처럼 얼굴을 국그릇에 처박지도 않고, 숟가락을 높이 쳐들어 입으로 가져간다. 아래위에 이가 하나도 없다. 뼈처럼 굳어진 잇몸으로 굳은 빵을 씹고 있다. 그의 얼굴에서는 생기라곤 하나도 찾아볼 수가 없다. 그럼에도 그의 얼굴은 폐인처럼 연약해 보이지는 않았다. 오히려 산에서 파낸 바위처럼 단단하고 거뭇거뭇했다. 쩍쩍 금이 간 그의 크고 검은 손은, 그가 걸어온 수십 년 동안의 감옥살이를 통해, 거의 경노동 같은 일로 혜택을 받아보지 못했다는 것을 입증해주고 있었다. 하지만 그는 조금도 굴할 줄을 모른다. 어떤 종류의 타협도 받아들이려 하지 않는다. 300그램의 빵만 하더라도, 다른 죄수들처럼 국물에 더럽혀진 식탁에 대뜸 내려놓으려 하지 않고 깨끗이 세탁한 천 조각을 깔고 그 위에 올려놓는 것이다.

그러나 슈호프는, 언제까지나 노인의 얼굴만을 바라보고 있을 수는 없었다. 국을 다 마시고 숟가락을 핥아 방한화에 찔러넣은 슈호프는 모자를 눈썹까지 푹 눌러쓰고, 자기 빵과 체자리의 빵을 집어 들고 밖으로 나갔다. 식당의 출구는 다른 계단으로 나 있었다. 거기에도 두 사람의 당번이 서 있다. 문고리를 열어 사람을 통과시키고, 다시 고리쇠를 잠그는 것이 그들의 일이다.

슈호프는 포만감을 느끼며 흡족한 기분으로 밖으로 나왔다. 어느새 취침 신호가 가까웠지만, 어쨌든 그는 라트비아인한테 달려가보기로 결심한다. 자기 바라크인 9호 막사에 빵을 갖다 놓을 생각도 않고, 그는 황급히 7호 막사로 달려간다.

달은 이미 중천에 떠 있었다. 밤하늘에 조각된 듯 선명한 윤곽을 보이며 투명한 은빛으로 빛나고 있다. 빛이 강한 별들만이 여기저기서 반짝인다. 그러나 슈호프에게는 하늘을 마음껏 바라볼 여유조차 없었다. 다만 혹한이 가라앉을 것 같지 않다고 생각했을 뿐이다. 민간인에게 듣고 온 자의 말을 빌린다면, 라디오의 기상 예보는 밤에는 영하 30도, 아침 나절에는 영하 40도까지 내려갈 것이 예상된다고 전하고 있다는 것이다. 귀를 기울여보니, 멀리서 무슨 소리가 들려온다. 어느 마을에선지 트랙터의 모터 소리가 으르렁거리고, 한쪽 길에서는 굴착기가 금속성 소리를 내고 있다. 수용소 구내에서는 방한화들이 삐걱거리고 있었다. 걸어가는 자도 있고 뛰어가는 자도 있다.

바람은 없었다.

오늘도 슈호프는, 한 컵에 1루블이라는 전과 다름없는 시세로 쌈지 담배를 살 생각이었다. 속세에서는 같은 한 컵에 3루블, 아니 물건에 따라서는 좀더 시세가 올라갈 때가 있지만 특수범 수용소 내의 물건값은, 다른 어느 곳과도 달라서 독특한 것이었다. 그도 그럴 것이 여기서는 돈을 저축해둘 수가 없다. 죄수들이 가지고 있는 돈은 불과 몇 푼 안 되기 때문에 그만큼 가치가 있는 것이다. 이 수용소에서는 작업에 대해서 1코페이카도 지불하지 않았다. 우스치 이지마에서는 한 달에 겨우 30루블씩이기는 했으나, 그래도 꼬박꼬박 지불해주었다. 가족에게서 우편으로 돈이 송금되어 와도, 그 돈은 직접 본인에게 전해지지 않고, 개인 명의로 예금을 시키게 마련이다. 이 개인 예금은 한 달에 한 번씩, 매점에서 비누며, 곰팡이가 슨 비스킷이며, '프리마'표 궐련을 살 때 꺼낼 수 있다. 그러나 물건이 마음에 들건 안 들건, 신청서 용지에 기재한 양만큼을 사지 않으면 안 된다. 일단 신청서 용지에 기입하면 돈은 자동적으로 예금 통장에서 공제되게 돼 있다.

슈호프에게 돈이 생길 수 있는 구멍은 가외 벌이 말고는 없었다. 헝겊은 저쪽에서 가져오고 신발을 기워주는 데만 2루블. 조끼를 기워주는 건 가격이 일정치 않아 교섭 여하에 따라 금액이 결정된다.

7호 막사는 9호 막사와 달라서 통로를 가운데 끼고 두 부분으로 나뉘어 있지 않았다.

7호 막사에는 긴 복도가 있고, 열 개의 방문이 복도에 면해 있었다. 한 반에 한 방씩 할당되고 일곱 대씩 계단식 침대가 배정된다. 그 밖에 한 개 복도의 막사장실이 붙어 있다. 그리고 화공들도 별실들을 가지고 있었다.

슈호프는 라트비아인의 방으로 들어갔다. 라트비아인은 아래층 침상에 드러누워 발을 가로대에 얹은 채 옆의 친구하고 라트비아어로 무슨 말인가를 주고받고 있었다.

슈호프는 라트비아인 옆에 가서 앉는다. 잘 있었나? 하고 인사를 한다. 그래, 어떤가 자넨? 라트비아인은 발을 가로대에 얹은 채 인사를 받는다. 방이 작으므로 반원들이 모두 귀를 기울이고 있다—어떤 놈이야? 뭣 하러 왔어? 두 사람 다 그쯤은 눈치채고 있었다. 슈호프도 이에 용건을 말하려 들지는 않는다. 자리에 앉은 채, 어때 재미는? 뭐 그렇지. 오늘은 춥군, 정말 추운데 하는 대화들이 오고간다.

슈호프는 반원들이 다시 지껄이기를 기다렸다. 한국전쟁을 둘러싸고 의논이 전개되어 있었다—중공이 개입한 것은 이런 이유 때문이야. 그럼 드디어 세계 전쟁이로구나, 아니, 그렇겐 안 될 거야.

이윽고 슈호프는 눈치를 봐 라트비아인 쪽으로 허리를 굽혔다.

"담배 있나?"

"있어."

"보여주게."

라트비아인은 가로대에서 발을 통로로 내려놓고 몸을 일으켰다. 이 라트비아인은 지독한 노랑이로 유명하다. 컵에 담배를 넣을 때, 한 대분이라도 더 갈까 봐 바들바들 떤다.

그는 담배통을 꺼내서 슈호프에게 뚜껑을 열어 보인다.

슈호프는 담배를 조금 손에 집어 들었다. 전번 것과 다름없는 품질이라는 것을 대번에 알 수 있었다. 그 누르스름한 빛이며, 썬 모양도 비슷했다. 코끝으로 가져다가 냄새를 맡아본다. 틀림없다. 그래도 한번 찔러본다.

"어쩐지 다른 것 같은데."

"다를 리가 있나! 바로 그건데!"

라트비아인은 버럭 화를 낸다.

"난 다른 담배라곤 가져본 적도 없어. 언제나 같은 것뿐이야."

"그래, 좋아."

슈호프는 더 이상 캐묻고 싶지는 않았다.

"자, 한 컵 눌러 담게, 한 대 피워보고 좋으면 한 컵 더 살지도 모르니까."

슈호프가 새삼스레 "눌러 담게"라고 말한 것은, 라트비아인이 언제나 살짝 눈가림식으로 담아주기 때문이다.

라트비아인은 베개 밑에서 아까보다도 둥근 느낌을 주는 또 하나의 담배통을 꺼내고, 선반에서 컵을 내린다. 컵은 사기로 만든 것이지만, 슈호프의 눈짐작에 의하면 유리컵의 크기와 다를 것이 없다.

담배를 넣는다.

"눌러 담게, 눌러 담아!"

슈호프는 말로만 하지 않고, 저도 모르게 손가락으로 담배를 누른다.

"왜 이래!"

라트비아인은 컵을 낚아채서는 자기가 누른다. 물론, 훨씬 가볍게 살살 누른다. 그러고는 다시 넣는다.

그러는 동안 슈호프는 솜옷 끈을 끄르고, 솜 속에 자기만 알게 넣어둔 지폐를 찾는다. 그리고 두 손가락으로 솜에다 지폐를 누르면서 실밥이 터진 조그만 구멍 쪽으로 밀고 나간다. 지폐를 감추었던 장소하곤 아주 정반대 쪽에 나 있는 구멍이, 두 가닥 실로 가볍게 꿰매져 있다. 슈호프는 그 구멍 가까이까지 지폐를 밀고 가서는 손톱으로 실을 뜯고, 지폐를 다시 한번 세로로 꺾는다(그렇지 않아도 제법 길쭉하게 접혀 있는 지폐였지만). 드디어 구멍으로 잡아뺀다. 2루블짜리 지폐다. 워낙 낡은 지폐가 돼서 바스락 소리도 안 난다.

방 안에서는 누군가가 고래고래 고함을 지르고 있다.

"너희는 수염난 늙다리〔스탈린을 가리킨다〕의 자비를 바라는 거냐! 그 녀석은 말야, 친형제까지도 믿지 않는단 말야. 하물며 어디서 굴러다니던 개뼈다귄지도 모를 너희 같은 건 염두에도 없다는 걸 알아야 해!"

특수범 수용소에는 좋은 점이 한 가지 있다. 마음대로 울분을 터뜨릴 자유가 있는 것이다. 우스치 이지마에서는, "소련에는 성냥이 부족하대" 하고 작은 소리로 속삭였다는 것만으로, 영창에 들어가서 10년형의 연장을 선고받았다. 그러나 여기서는 위층의 침상에서 마음대로 지껄여대도 밀고자에게 고발당할 염려가 없다. 그리고 보안부에서도 문제거리로 삼으려 들지 않는다.

그러나 여기서는 말을 오래 할 시간적 여유가 없다……

"야, 굉장히 깍쟁이처럼 담았군."

슈호프는 불평을 한다.

"그럼 좀더 주지!"

컵 위에 조금 더 올려놓는다.

슈호프는 안주머니에서 담배통을 꺼내서 컵에 있던 담배를 옮겨 담는다.

"좋아, 한 컵 더 주게."

슈호프는 대뜸 이렇게 말했다. 귀중한 첫 대를 조급한 마음으로 빨고 싶지는 않았던 것이다.

다시 실랑이가 있은 후, 슈호프는 두 번째 컵의 담배를 담배통에 옮겨 넣고 2루블을 지불한 다음, 라트비아인에게 인사하고 일어섰다.

밖으로 나오자, 다시 막사까지 있는 힘을 다해 달려간다. 체자리가 소포를 가지고 돌아오는 대목을 놓치고 싶지 않았기 때문이다.

그러나 체자리는 벌써 아래층 침상에 들어가서, 기쁨에 찬 눈으로 소포를 바라보고 있었다. 침대와 선반 위에는 소포로 온 물건들이 가득 널려 있었다. 그러나 위층 슈호프의 침상이 전등 빛을 방해하고 있어서, 그 안은 어두컴컴한 느낌까지 들었다.

슈호프는 몸을 굽히고, 중령의 침대와 체자리의 침대 사이로 들어가서, 저녁식사 때 받은 빵을 체자리에게 내민다.

"빵을 타왔습니다, 체자리 마르코비치."

그는 "소포를 받았습니까?"라고는 숫제 묻지도 않았다. 그렇게 말하면, 줄을 서준 대가라도 달라는 듯이 들릴 것이기 때문이다. 물론, 그는 그것을 당연한 권리라고 생각하고 있다. 그러나 슈호프는 죄수살이 8년을 보낸 지금이지만, 그래도 아직은 추접한 게걸쟁이로까지는 떨어지지 않았다. 아니, 시간이 가면 갈수록 그는 더욱더 의지가 굳어져가는 것이다.

그러나 그런 굳은 의지를 가진 그도, 자기 눈을 의지의 명령에 복종시킬 수는 없었다. 그의 눈, 수용소 죄수들만이 가지는 특유한 독수리같이 민첩한 그 눈은, 눈 깜짝할 새에 침대와 선반에 놓인 체자리의 소포 위를 달려서, 무엇 하나 놓치려 하지 않았다. 종이 꾸러미는 아직 끄르지도 않았고, 몇 개의 자루는 아직 손도 대지 않은 채 놓여 있었다. 그러나 슈호프는 그 번개 같은 눈초리와 그의 추리력을 뒷받침해주는 후각만으로도, 이미 체자리가 무엇을 받았는가를 꿰뚫고 있었다. 그것은—소시지, 연유(煉乳), 훈제된 생선, 소금에 절인 베이컨, 향기로운 건빵, 조금 냄새가 이상한 비스킷, 굳은 설탕 덩어리가 2킬로그램 가량, 그 밖에도 크림이며 궐련, 쌈지 담배 등. 아니, 이것이 전부가 아니다.

"빵을 타왔습니다. 체자리 마르코비치" 하고 말을 건 그 순간, 그는 재빨리 이 모든 것을 알아내고 만 것이다.

체자리는 마치 거나하게 취하기라도 한 듯, 시종 싱글벙글 미소를 띠고 있을 뿐(식량 소포를 받은 사람은 누구든지 이렇게 되지만), 빵 같은 것은 거들떠보지도 않았다.

"드리지요, 이반 데니소비치!"

국 한 그릇에 빵 200그램, 이것은 이미 완전한 1인분 식사였다. 그리고 물론, 체자리의 소포에 대해서 슈호프가 요구할 수 있는 당연한 대가도 완전히 충족된 셈이다.

슈호프는, 체자리가 벌여놓은 음식에서 더 이상 바라지 않기로 깨끗이 단념하고 말았다. 떡 줄 사람은 생각지도 않는 데 김칫국부터 마시는 것처럼 어리석은 짓은 없다.

지금 그의 손에는 400그램의 빵과 200그램의 빵이 있다. 매트리스 안의 빵도 200그램은 될 것이다. 이 이상 뭘 더 바라랴!

200그램은 지금 처치하기로 하자. 그리고 내일 아침엔 배급받은 것 이외에 200그램을 더 먹기로 하자. 그야말로 호화판이다! 매트리스 안의 빵은 얼마 동안 그대로 놔두기로 하자. 그건 그렇고, 아침에 꿰매둘 여유가 있었다는 것이 무엇보다도 다행스런 일이다. 75반에서는 선반에 넣어두었다가 몽땅 털리고 말았다지 않은가. 일단 도둑맞으면 하소연할 데라곤 아무 데도 없다.

이런 생각을 하는 사람도 있을는지 모른다—소포 수령자란 그득 찬 식량 자루와 다름없어서, 아무리 뜯어도 자리가 안 난다고. 그러나 공을 들이지 않고 얻은 것은, 역시 나갈 때도 쉽게 나가게 마련이다. 하긴 그들 자신도 소포를 받기 전에는, 어떻게 하면 한 그릇의 죽이라도 더 많이 얻어먹을 수 있을까 해서 가외 벌이의 기회를 노리기도 하고, 담배꽁초에 눈독을 들이지 않았던가! 간수와 반장은 말할 것도 없고, 소포 인계소의 사무원들에게도 응분의 사례를 해야만 한다. 자칫 잘못하는 날이면, 다음 소포가 왔을 때 질질 시간을 끌어서 1주일이나 명부에 이름이 나붙지 않을 우려도 있는 것이다. 사물 보관소의 보관계에겐 어떤가? 그에겐 모든 죄수들이 식량을 맡긴다. 체자리 자신도 내일 작업도 나가기 전에 소포를 표목별로 자루에 넣어서 그에게 맡기지 않으면 안 된다(도둑을 맡거나 검사에게 몰수당하지 않으려면 이렇게 하는 수밖에 없다. 이것은 당국의 명령이라고 한다). 그에게도 넉넉히 쥐어주지 않으면 안 된다. 맡겨놓은 물품이 어떻게 될지 모르기 때문이다. 하물며 하루 종일 남의 식량 속에 파묻혀 있는 쥐새끼들이고 보니, 무슨 일을 할지 누가 알겠는가! 또 예를 들어 슈호프와 같은 여러 가지 심부름을 해주는 친구들이 있다. 그리고 될 수 있는 대로 새로운 내의를 지급받기 위해서는 보급계 당번에게도 얼마간 찔러줘야 한다. 이발사만 해도, 면도칼을 제대로 종이에 닦기 원한다면(대개는 무르팍에 문질러버린다), 더도 말고 궐련 서너 개비는 쥐어줘야 한다. 아직 더 있다. 문화교육부의 계원. 그에게는 별도로 편지 취급을 부탁해서 잃어버리지 않게 해주어야 한다. 그리고 게으름을 피워서 하루 종일 구내에 자빠져 있고 싶다면, 의사에게도 뇌물이 필요하다. 그럼, 한 선반을 사용하고 있는 이웃 친구—체자리의 경우엔 부이놉스키 중령—에게는 어떤가? 이쪽이 무엇을 입에 넣고 있는 처지고 보니 웬만한 철면피가 아니고서는 모른 체할 수가 없다.

무턱대고 남의 것을 탐내는 자는 탐내도 좋다. 그러나 슈호프는 생활이라는 걸 이해하고 있었다. 남의 국그릇에 침을 흘리는 졸장부들하곤 아예 종류가 다른 것이다.

그러는 사이에 그는 신발을 벗고, 위층 자기 침상으로 올라갔다. 장갑에서 줄칼 조각을 꺼내서, 한참 동안 물끄러미 바라보고는 이런 생각을 한다. 내일 적당한 돌을 찾아와서, 이 줄칼을 구두 수선용 칼로 갈도록 하자. 아침저녁으로 나흘만 갈면 끝이 굽은 멋진 칼이 될 것이다.

하지만 지금은, 비록 내일 아침까지만이라도, 줄칼을 감추어 둘 장소를 찾아야 한다. 칸막이 판자의 틈에라도 감추어둘까. 마침 밑의 침상에 중령이 없으니 그의 얼굴에 먼지가 떨어질 염려는 하지 않아도 된다. 슈호프는 대팻밥이 아니라, 톱밥이 든 무거운 매트리스를 접어 올리고, 줄칼을 감춘다. 위층 침상의 이웃인 알료사와, 통로 맞은편의 에스토니아인 두 사람이 슈호프를 보고 있었다. 그러나 그들을 근심할 필요는 없다.

페추코프가 훌쩍훌쩍 울면서 막사로 돌아왔다. 구부정하니 등을 굽히고, 입가에 피가 말라붙어 있다. 필시 또 국그릇 때문에 몰매를 맞고 돌아오는 모양이다. 누구의 얼굴도 바라보려 하지 않고, 얼굴의 눈물을 감추려고도 하지 않으며, 반원들 사이를 지나 위층 자기 침상으로 올라가더니 매트리스에다 얼굴을 파묻고 만다.

생각해보면 그놈도 불쌍한 사내다. 아무래도 형기를 마칠 때까지 살아남을 것 같지 않다. 자기 자신을 어떻게 해야 할지 모르는 인간인 것이다.

이때 중령이 나타났다. 사뭇 즐거운 듯한 표정으로, 특별히 끓인 차를 냄비에 담아 들고 들어왔다. 막사에는 차를 넣어두는 통이 두 개 놓여 있다. 그러나 그것은 이름뿐, 미적지근하고 누르스름한 빛이 돌긴 하지만 도저히 마실 수는 없다. 썩은 물통 냄새가 코를 쿡 찌른다. 바로 이것이 일반 죄수용 차라는 것이다. 그러나 부이놉스키는 체자리한테서 진짜 차를 한 줌 얻어서, 냄비에 넣고 차 끓이는 곳까지 단숨에 달려갔다 온 것이 분명하다. 그는 싱글벙글 웃는 얼굴로 아래층 선반 위에 냄비를 놓는다.

"뜨거운 물에 손을 델 뻔했어요!" 하고 중령은 자랑삼아 말한다.

아래서는 체자리가 막 종이를 펼치고 그 위에 하나둘 물건을 늘어놓고 있는 중이었다. 슈호프는 매트리스를 제자리에 깔았다. 될 수 있는 대로 아래층은 내려다보지 않기로 한다. 기분을 혼란스럽게 만들고 싶지 않기 때문이다. 그러나 아래서는 또다시 슈호프의 도움이 필요하게 된 것 같았다. 체자리가 통로에 나와서 슈호프에게 눈을 깜박인다.

"데니소비치! 저…… 영창 10일 좀 빌려주십시오!"

'영창 10일'이라는 건, 접었다 폈다 할 수 있는 조그만 칼을 말하는 것이다. 슈호프는 그런 손칼까지 판자 뒤에 감춰두고 있었다. 손가락 반만 한 길이의 칼이지만, 그 위력은 굉장하다. 손가락 다섯 개 두께만 한 베이컨이라도 썩썩 나간다. 이 칼도 슈호프가 직접 조립하고 갈아서 만든 것이다. 부스럭부스럭 칼을 꺼내서 체자리에게 빌려준다. 체자리는 머리를 끄덕이고 침상으로 들어간다.

이 손칼 하나만 해도, 슈호프로서는 훌륭한 밑천이었다.

손칼을 가지고 있다는 것이 탄로나는 날이면 영창 신세는 틀림없는 일이다. 그래서 완전히 인간적 양심을 잃어버린 사람이 아닌 이상 이렇게 뻔뻔스럽게 나올 수는 없다—"칼 좀 빌려주지 않겠소? 소시지를 자르려는 데 미안하지만. 당신은 손가락이나 빠시오."

그러니까 체자리는 다시금 슈호프에게 빚을 진 셈이다.

빵과 나이프를 처리하고 나서, 슈호프는 곧 담배통을 끄집어

낸다. 그리고 낮에 꾼 양만큼 담배를 집어내서, 통로 맞은편의 에스토니아인에게 손을 내민다. 고맙소.

에스토니아인은 빙긋 미소를 띠고는 옆에 있는 단짝에게 뭐라 말을 건넨다.

그러고는, 받아 쥔 담배만으로 한 대의 담배를 말았다. 슈호프의 담배 품질을 감정해보자는 눈치다.

너희 것보다 못하지는 않을 거야, 실컷 감정해보게! 슈호프 자신도 한 대 피우고 싶은 마음은 태산 같았다. 그러나 배꼽시계에 의하면, 점호까지는 이제 얼마 남지 않은 것 같았다.

지금쯤 간수들은 각자의 담당 막사를 향해 떠나기 시작했으리라. 담배를 피우려면 지금이라도 곧 복도로 나가지 않으면 안 된다. 그러나 슈호프는 자기 침상의 푸근한 이불 속을 떠나고 싶지 않았다. 막사 안이라 해서 결코 따스한 것은 아니니까.

천장에는 여전히 성에가 달려 있다. 밤이 되면 온몸이 얼어들 것이다. 그러나 아직까지는 참을 만하다.

슈호프는 그대로 침상에 남아서, 200그램의 빵을 지근지근 씹는다. 그의 바로 아래 침상에서는 중령과 체자리가 차를 마시며 말을 주고받고 있다. 듣고 싶지 않지만, 들려오는 데는 어쩔 수 없다.

"드세요, 카피탄. 사양하지 말고 어서 드십시오! 어때요, 훈제된 생선은? 소시지도 어서."

"고맙습니다, 먹고 있습니다."

"바톤〔기다란 러시아 빵〕에 버터를 발라 드세요, 모스크바의 진짜 바톤이랍니다!"

"호오…… 거, 정말 신기한 거군요, 아직도 바톤을 굽는 데가 있다니요. 갑자기 이렇게 호사를 하니, 옛날 생각이 떠오르는군요. 아르한겔리스크에 있을 때……"

커다란 막사 안은 200명의 말소리로 웅성거렸다.

그러나 슈호프는 레일 토막을 두드리는 소리를 놓치지는 않았다. 슈호프 외에 그것을 들은 사람이 없는 것 같았다.

그리고 슈호프는 간수 크르노스니키〔들창코라는 뜻〕가 막사로 들어온 것도 재빨리 알아봤다. 볼이 빨간, 새파랗게 젊은 놈이다. 손에 종이 한 장을 들고 있다. 그가 든 종잇장과 거동으로 보아, 그는 담배 피우는 놈을 잡으러 온 것도 아니고, 점호로 몰아내기 위해서 온 것도 아니다. 누군가를 찾고 있는 것이 분명했다.

간수는 다시 한번 종잇장을 확인하고 나서 이렇게 물었다.

"104반은 어딘가?"

"여깁니다" 하고 대답한다. 에스토니아인 두 친구는 황급히 담배를 감추고 허겁지겁 연기를 흩뜨린다.

"반장은 어디 있어?"

"예, 왜 그러시죠?"

추린은 침상에서 이렇게 대답하고 마루로 발을 내린다.

"시말서를 쓰라고 했는데, 다 썼나?"

"지금 쓰고 있는 중입니다."

추린은 자신 있는 어조로 대답한다.

"제출해야 할 시간이 벌써 지났단 말야."

"우리 반엔 문맹자가 많아서 정말 일하기가 곤란합니다(이것이 체자리와 중령을 두고 한 말이니 알 만한 일이다. 반장은 보통 사람하곤 다르다. 결코 말이 막힐 때가 없다). 게다가 펜도 잉크도 없으니."

"준비해두면 되잖나."

"압수당하고 마는걸요."

"이봐, 반장, 넋두리를 너무 늘어놓으면 너도 가만히 두지 않을 테야!"

간수는 농담조로 말한다.

"내일 아침, 집합 전까지 간수실로 가져오게! 그리고 금지 물품은 모두 사물 보관소에 제출하도록 지시할 것, 알았나!"

"알았습니다."

('함장이 무사히 지나가는가 보다', 슈호프는 퍼뜩 이렇게 생각했다. 한편 중령 자신은 아무것도 듣고 있지 않는지, 아래층 침상에서 소시지를 씹으며 눈물을 흘리고 있을 뿐이다.)

"그건 그렇고."

간수가 말한다.

"CH-311호는 확실히 네 놈의 반이었지?"

"명부를 보지 않고선……" 하고 반장은 말끝을 흐린다.

"번호를 기억할 수가 있어야죠. 귀찮아서." (반장은 지연 작전을 쓰고 있다. 이 한 밤이나마 부이놉스키를 구해주고 싶었던 것이다. 점호까지 끌고 나가기만 하면 되는 것이다.)

"부이놉스키, 어디 있나?"

"예, 저올시다만?"

슈호프의 침대 밑에서 중령이 대답했다.

지레 겁을 먹고 달아나는 이는 언제나 먼저 덫에 걸리는 법이다.

"네 놈인가? 음, 틀림없구나, CH-311호, 준비해라!"

"어디로요?"

"네 자신이 알 게 아냐!"

중령은 푸우 한숨을 몰아쉬고 신음 소리를 냈을 뿐이다.

캄캄한 밤, 폭풍이 휘몰아치는 바다에서 수뢰정대를 이끌고 나가는 데도 주저하지 않던 그였지만, 지금, 친구하고 흉금을 털어놓는 정다운 대화를 버리고 얼음의 독방으로 떠나가는 데는 확실히 망설이지 않을 수 없는 모양이다.

"며칠입니까?"

풀이 죽은 목소리로 묻는다.

"10일. 빨리 해!"

바로 그때였다. 당직 당번이 외치는 소리가 들려왔다.

"점호! 점호! 점호 집합!"

이 목소리는 점호 담당 간수가 이미 막사 안에 와 있음을 뜻하고 있었다.

중령은 뒤를 돌아본다. 작업복을 가져갈까? — 생각해본다.

아니, 소용없다. 작업복은 아무래도 빼앗기게 마련이고, 솜옷 바람으로 들어가게 할 테니까. 지금 이대로 가는 수밖에 없다. 중령은 볼코보이가 잊어버려주리라 생각하고(그러나 볼코보이는 결코 잊을 때가 없다), 아무 준비도 하고 있지 않았다. 담배를 솜옷 속에 넣어둘 생각조차 하지 않고 있었다. 손에 들고 간다는 건 무의미하다. 신체 검사를 할 때 빼앗기고 말 것이기 때문이다.

그래도 그가 모자를 쓰는 동안 체자리는 궐련 두 개비를 쥐어주었다.

"자, 여러분, 잘들 있으시오."

중령은 넋을 잃은 표정으로 머리를 한번 끄덕여 104반 동료들에게 인사를 하고는 간수 뒤를 따라 막사를 나갔다.

몇 명의 목소리가 그를 격려한다—기운을 내라! 굴하지 말라!

그 이상 또 무슨 말을 할 수 있으랴? 104반은 자기들의 손으로 영창을 세웠다. 잘 알고 있는 것이다. 감방 벽은 돌, 바닥은 시멘트, 창문은 하나도 없다. 난로를 때는 것은 벽의 얼음을 녹여 바닥에 물구덩이를 만들기 위해서다. 잠자리는 판자 조각.

가령 이가 멀쩡하다면, 300그램씩의 빵이 매일 지급되고, 사흘째와 엿새째, 아흐레째 되는 날에 국이 나온다.

10일! 이곳 독방 영창에서의 10일, 게다가 중영창에서 10일을 채우고 나면, 이미 그의 건강은 평생을 두고도 회복될 길이 없다. 십중팔구는 무서운 결핵에 걸려 다시는 병원 침대를 떠날 수 없게 된다.

그리고 만일 중영창에서 15일 밤낮을 채우고 나면, 그때는 이미 축축한 땅 속에 묻혀버리고 마는 것이다.

그러고 보면 막사에서 지낼 수 있는 것만도 고마운 일이다. 섣불리 영창 신세를 지지 않도록 조심할 수밖에 없다.

"이놈들아, 빨리 나와!"

막사장이 소리친다.

"지금부터 셋을 셀 때까지 나오지 않는 놈은 번호를 적어 간수님한테 넘기겠다!"

막사장—이놈은 악질 중의 최고 악질이다. 자기 자신도 일반죄수들과 함께 밤새껏 막사에 갇혀 있어야 하는 처지이면서 무서운 줄 모르고 상관 모양 우쭐거린다.

막사 안에서는 누구보다도 그를 무서워한다. 죄수들을 간수한테 일러바치기도 하고 자기가 직접 때려주기도 한다. 싸움을 하다가 손가락 한 개를 잘렸기 때문에 불구자 취급을 받고 있기는 하지만, 상통은 아무리 보아도 영락없는 살인범이다. 사실 그는 살인범이었다. 다시 말해서 형사범인 것이다. 다만 형법 제58조 14항이 그에게 적용되었기 때문에 이 수용소에 굴러들어온 데 지나지 않는다.

공연히 꾸물거리고 있다가는 당장에 번호가 적혀 간수의 손으로 넘어간다. 그렇게 되면 경영창(輕營倉) 2일도 오히려 가벼운 처벌이다.

여느 때 같으면 어슬렁어슬렁 출입문 쪽으로 걸어나갈 것이지만, 오늘은 전원이 한꺼번에 문으로 밀어닥쳤다. 위층 침상에 있는 죄수들도 곰처럼 쿵쿵 마룻바닥에 뛰어내려 좁은 출입문으로 몰려든다.

슈호프는 바라고 기다리던 담배를 이제야 겨우 한 대 말아서 입에 물려던 참이었으나 하는 수 없이 담배를 손에 든 채 밑으로 뛰어내려 방한화에 발을 쑤셔 넣었다.

곧장 문 쪽으로 달려나가려다가, 문득 체자리가 가엾다는 생각이 들었다. 체자리에게 무엇을 기대하고 또 한번 친절을 베풀려는 마음은 꿈에도 없었다. 다만 진심으로 그가 측은해졌을 뿐이다.

정말 이 체자리란 사내는 어수룩하기 짝이 없는 친구다. 어쩌면 그렇게도 사물을 판단하는 힘이 없을까? 소포를 받았으면 그걸 펼쳐놓고 대견하게 바라보고 앉았을 게 아니라 점호 전에 얼른 보관소에 갖다 맡겨놓고 와야 할 일이 아닌가. 먹는 건 나중에라도 늦지 않다. 그러나 지금, 이렇게 다급한 판국에 체자리는 도대체 저 소포를 어쩌자는 생각일까? 자루를 어깨에 걸머지고 점호에 나갈 셈인가? 당치도 않은 소리다! 500명 죄수의 웃음거리가 될 뿐이다. 그러면 여기다 그냥 놔두고 나갈 생각일까? 천만에, 위험하기 짝이 없는 소리다! 점호를 끝내고 제일 먼저 들어오는 놈이, 이게 웬 떡이냐고 집어가버리고 말 게다(우스치 이지마에서는 더 지독한 놈들이 있었다. 작업장에서 돌아올 때, 수용소로 앞질러 달려가서는 다른 죄수들이 돌아오기 전에 선반을 깨끗이 청소해놓기가 일쑤였다).

체자리는 허겁지겁 손을 쓰고 있는 모양이었지만, 이제는 시간이 너무나 촉박했다. 소시지와 베이컨은 솜옷 속에 넣었다.

그것만이라도 점호에 가지고 나가려는 생각인가 보다.

슈호프는 동정 어린 어조로 그에게 조언했다.

"다른 사람들이 모두 밖으로 나갈 때까지 그냥 남아 계세요, 체자리 마르코비치. 저기 저 구석에 숨어 있으면 됩니다. 얼마 후에 간수와 당번이 순찰을 하러 와서 구석구석 들여다볼 테니 그때 밖으로 나오세요. 몸이 불편해서 좀 늦게 나간다고 말이오. 내가 제일 먼저 나갔다가 제일 먼저 들어올 테니까, 그새 아무도 손 댈 사람은 없을 겁니다."

이렇게 말하고 그는 급히 달려나간다.

처음에 슈호프는 빽빽한 군중 틈을 헤치고 나가야 했다(그러면서도 손에 든 담배만은 단단히 쥐고 있었다).

그러나 복도로 나가서 현관문 쪽으로 가까이 가자, 거기서부터는 앞길이 쭉 트여 있었다. 꽤 약아빠진 놈들이다. 좌우측에 각각 두 줄씩 바람벽에 거머리처럼 달라붙어, 가운데로 사람 하나가 지나갈 만한 통로를 남겨놓고 있다.

남보다 먼저 나가서 떨고 싶은 바보들은 어서 나가라, 우린 여기서 눈치껏 기다려보겠다. 그렇지 않아도 온종일 추위에 몸이 얼었는데, 지금 나가서 10분 동안이나 공연히 떨고 있을 만큼 우리는 바보가 아니다. 이렇게라도 해야 네 놈보다 내가 단 하루라도 더 살아남을 게 아니냐!

여느 날 같았으면 슈호프도 그들 틈에 끼어서 벽에 들러붙어 있었을 것이다. 그러나 오늘은 현관 쪽으로 성큼성큼 걸어나간다. 아니, 그뿐만이 아니었다. 이를 드러내고 그들을 비웃기까지 한다.

"왜들 여기서 웅크리고 있는 거야, 병신들처럼! 시베리아의 추위를 아직 몰랐나? 늑대들의 햇님이 떠 있으니 볕이나 쬐러 나가세! 여보게, 거기 그 친구, 담뱃불 좀 빌려주게."

슈호프는 현관문 옆에서 담배를 붙여 물고 바깥 층계로 나간다. '늑대들의 햇님'이란, 그의 고향에서 농담할 때 달을 가리켜 부르는 말이다.

뜻밖에도 달은 높이 떠올라 있었다. 한가운데까지 2분의 1 높이다. 엷은 초록빛을 띤 희멀건 하늘에는 별들이 듬성듬성 돋아 있다. 눈은 희게 빛나고 막사의 벽도 역시 희다. 외등의 불빛이 엷게 보인다.

건너편 막사 앞에도 사람들의 검은 그림자가 움직이고 있다. 역시 점호를 받으러 나온 모양이다. 그 옆의 막사 앞에도 마찬가지다. 그러나 어느 막사에서도 사람들의 목소리는 별로 들려오지 않는다.

눈 밟는 발소리만 들릴 뿐이다.

다섯 명이 층계를 내려가서 현관 쪽을 향해 한 줄로 섰다. 그 뒤를 이어 세 명이 내려가서 둘째 줄에 선다. 둘째 줄의 세 명 중에는 슈호프도 끼어 있다. 빵을 씹든가 담배를 입에 물고 있으면, 여기 서 있어도 그다지 추운 것 같지가 않다.

좋은 담배다. 라트비아인의 말은 거짓이 아니었다. 알맞을 정도로 독한데다 향기 또한 더할 나위 없이 좋다.

현관에서 띄엄띄엄 사람들이 나온다.

슈호프의 뒤에도 벌써 두서너 줄이나 늘어섰다. 먼저 나온 이들은 모두 구부정하게 몸을 굽히고 있다. 복도에 들러붙어 있는 친구들은 여태 뭘 하는 걸까? 놈들 때문에 우리가 얼어 죽을 수는 없다.

죄수로서 시계를 보는 사람은 하나도 없다. 하기야 볼 필요도 없다. 다만 죄수들은, 기상시간까지, 집합시간까지, 점심시간까지, 취침시간까지, '몇 분'이 남았느냐가 아니라 '얼마나' 남았느냐 하는 것을 알고 있으면 된다.

그럼에도 취침 전 점호는 9시에 하는 것으로 되어 있다. 물론 점호가 9시에 끝난 적은 한 번도 없다. 두 번, 아니 때로는 세 번씩이나 인원 점검이 되풀이된다. 잠자리에 들어가는 것은 빨라야 10시. 그리고 기상은 5시다.

오늘 공사장에서 몰다비아인이 작업 종료 신호도 모르고 그냥 잠들어버린 것도 결코 놀랄 만한 일은 아니다. 죄수들은 몸만 따뜻해지면 아무 데서나 금세 잠들어버린다. 1주일 동안 계속해서 수면이 부족하기 때문이다.

그래서 작업에 끌려나가지 않는 일요일에는, 어느 막사를 막론하고 일어나 있는 죄수는 하나도 없다.

"이놈들아, 빨리 나가! 어서 층계 밑으로 내려가지 못해?"

막사장과 간수가 죄수들의 엉덩이를 걷어찬다. 정말 말썽만 부리려는 족속들이다!

"뭘 하고 있는 거야!"

앞줄에 있는 죄수들도 덩달아 고함친다.

"똥을 싸고 있는 거냐, 똥으로 크림을 만들고 있는 거냐? 빨리 나오면 벌써 끝났을 게 아냐?"

막사의 죄수 전원이 밖으로 나왔다. 막사 하나에 400명, 다섯 명씩 서면 80열이다. 나중에 나온 죄수는 뒤에 가서 선다. 앞에는 다섯 명씩 제대로 서 있지만 뒤로 가면 엉망이다.

"후미! 줄을 맞춰라!"

층계 위에서 막사장이 소리친다. 그 말썽꾸러기들이 정렬을 할 리가 없다!

현관문에서 체자리가 나왔다. 일부러 환자인 척하고 몸을 움츠리고 있다. 그 뒤를 따라 막사 당번 네 명과 절름발이 한 사람이 나온다. 그들이 맨 앞에 섰기 때문에 슈호프가 선 줄은 셋째 줄이 되었다. 체자리는 맨 뒤로 쫓겨갔다.

간수도 층계 위에 나타났다.

"5열로 정렬!"

후미에 대고 고함친다. 굉장히 큰 목소리다.

"5열로 정렬!"

막사장도 고함친다. 이건 더욱 큰 소리다.

개자식들, 아직도 줄을 맞추지 않는구나.

막사장은 맹렬한 기세로 층계를 뛰어내려 곧장 후미로 달려가더니 고래고래 고함을 치며 죄수들의 잔등을 마구 후려갈긴다. 그러나 얻어맞은 것은 줄 가운데 점잖게 서 있던 친구들뿐이었다.

막사장은 정렬을 끝내고 다시 층계 위로 올라왔다. 그리고 간수와 소리를 합하여 외친다.

"1열! 2열! 3열! ……"

한 줄씩 층계를 올라 쏜살같이 막사 안으로 뛰어들어간다. 오늘은 이것으로 일단 높은 양반들하고의 인연도 끝장이 나는 것이다.

아니, 아직도 알 수 없는 일이다. 점호를 또 한번 실시할지도 모르기 때문이다.

그건 그렇고, 저 밥통 같은 놈들이 인원 수를 파악하는 걸 보면, 머리가 좀 모자라서 그런지 시골 목동들만도 못하다. 학교 문 앞에도 가보지 못한 목동들도 자기가 맡은 송아지의 수가 맞나 안 맞나 하는 것쯤은 언제나 환하게 알고 있다. 그런데 저놈들은 날마다 하는 일인데도 좀처럼 나아지는 것 같지가 않다.

작년 겨울에 이 수용소에는 방한화 건조대 설비가 전혀 없었다. 죄수들의 신발은 밤중에도 막사 안에 그냥 놓여 있었다. 그래서 두 번, 세 번, 네 번까지라도 인원 점검을 위해 죄수들을 밖으로 끌어낼 수 있었다. 나중에는 옷을 입기도 귀찮아 담요를 뒤집어쓰고 밖에 나간 적도 있었다. 금년부터는 건조대 설비가 갖추어졌다. 죄수 전원의 신발을 한꺼번에 다 말릴 수는 없었지만, 사흘에 한 번씩 각 작업반이 교대로 사용할 수 있게 되었다. 그래서 금년에는 두 번째부터의 인원 점검은 실내에서 실시되고 있다. 양쪽 방의 죄수들을 한방에 몰아넣고 계산이 끝난 죄수들을 빈 방으로 들여보내는 방법으로 인원을 점검하는 것이다.

슈호프는 막사로 달려들어갔다. 일착으로 들어가지는 못했지만, 자기보다 먼저 들어간 친구들에게서 한시도 눈을 떼지 않고, 곧장 체자리의 침대로 뛰어갔다. 침대에 걸터앉아 방한화를 벗어가지고 난로 옆의 침상에 기어올라가서 그것을 달아매놓았다. 여기다 신발을 달아매는 것은 먼저 들어오는 죄수의 특권에 속한다. 그러고 나서 다시 체자리의 침대로 돌아간다. 침대 위에 걸터앉아 다리를 꼬부리고, 한 눈으로 베개 밑에 있는 체자리의 식량 자루를 감시하고, 다른 한 눈으로는 난로 옆에 모여든 죄수들이 자기의 방한화를 옆으로 밀어내지 않는가 지켜본다.

"야, 야!"

역시 한번 큰 소리를 쳐야만 할 모양이다.

"거기 빨강머리! 방한화 짝으로 상통을 한 대 얻어맞고 싶은 거냐? 네 것을 달아매는 건 좋지만 남의 신발엔 손대지 말란 말이다!"

죄수들은 연달아 막사 안으로 들어왔다. 20반에서 누가 소리치고 있다.

"신발들을 내주게!"

건조대로 방한화를 가져가는 죄수들이 밖으로 나가자 막사 문이 잠긴다.

얼마 후에 건조대에 갔던 친구들이 헐레벌떡 달려온다.

"간수님! 문 열어줘요!"

그러나 간수들은 이미 본부에 결합하여 제각기 인원 점검판을 앞에 놓고 인원 수 맞추기에 여념이 없다. 탈주자는 없었는가? 전원 이상은 없는가?

하지만 슈호프로서는 전혀 상관할 바가 아니다.

이윽고 체자리도 침상 그림자 속을 지나 자기 침대에 돌아왔다.

"고맙소, 이반 데니소비치!"

슈호프는 고개를 한번 끄덕여 보이고는, 다람쥐처럼 날쌔게 위층의 자기 잠자리로 기어들었다. 이제는 200그램짜리 나머지 빵을 먹어도 좋고, 담배를 한 대 더 피워도 좋고, 그대로 잠을 자도 좋다. 그러나 오늘 하루 동안 모든 일이 너무나 순조로웠기 때문에, 어쩐지 마음이 들떠서 자고 싶은 생각도 안 난다.

취침 준비라고 해봐야 별로 복잡할 건 없다. 슈호프는 때묻은 담요를 들추고 매트리스 위에 눕는다(41년에 집을 떠난 후부터 슈호프는 시트를 깔고 잔 적이 한 번도 없었다. 무엇 때문에 여편네들은, 빨래니 뭐니 해서 손길이 많이 가는 시트를 그처럼 대수롭게 생각하는지, 지금의 그에게는 이해가 가지 않았다). 대팻밥을 넣은 베개에 머리를 얹는다. 그 다음 두 다리를 모아 솜조끼 속에 함께 쑤셔 넣고, 그 위에 담요와 작업복을 덮으면 그만인 것이다.

하느님, 덕분에 또 하루를 무사히 보냈습니다! 영창에 들어가지 않게 된 것을 감사합니다. 여기서라면 어떻게든지 견뎌낼 수 있겠습니다.

슈호프는 머리를 창문 쪽으로 두고 누웠다. 판자 하나를 사이에 두고 같은 침상을 쓰고 있는 알료샤는 전등불이 비치는 쪽으로 머리를 향하고, 슈호프와는 반대로 누워 있다. 또 성경을 읽고 있나 보다.

마침 전등불이 가까운 데에 있어 책을 읽을 수도 있을뿐더러 무엇을 깁거나 꿰맬 수도 있다.

하느님이라는 말이 슈호프의 입에서 나온 것을 들었는지 알료샤가 이쪽으로 얼굴을 돌렸다.

"거 보십시오, 이반 데니소비치. 지금 당신 입에서 흘러나오는 말은, 당신의 영혼이 하느님께 기도를 드리고 싶어한다는 증겁니다. 어째서 당신은 영혼의 소리에 귀를 기울이려 하지 않지요?"

슈호프는 힐끔 알료샤를 바라본다. 두 눈이 마치 촛불처럼 환하게 빛나고 있다. 슈호프는 휴우 한숨을 내뿜었다.

"어째서냐고? 기도라는 건 죄수들이 써내는 진정서와 꼭 같다고 생각하기 때문이지. 꿩 구워 먹은 소식이 되기가 일쑤고, 그렇지 않으면 '이유 없음'이라고 퇴짜를 맞을 게 뻔하거든."

수용소 본부 앞에는 밀봉된 '진정서 접수함'이라는 상자가 네 개나 걸려 있다. 한 달에 한 번씩 당(黨) 지도위원이라는 사람이 와서 그것을 개봉한다. 이 상자를 이용하는 죄수들은 상당히 많았다. 모두들 손꼽아 기다린다—두 달쯤 있으면, 아니 앞으로 한 달만 지나면 무슨 회답이 있겠지.

그러나 회답은 없었다. 혹시 있다고 하더라도 거기에는 '이유 없음'이란 한마디가 씌어 있을 뿐이다.

"이반 데니소비치, 그건 당신의 기도가 부족하기 때문입니다. 참된 마음으로 정성껏 기도 드리지 않기 때문에 당신의 소원은 이루어지지 않는 거예요. 기도나 기원이라는 건 믿음을 바탕으로 삼아야 합니다! 당신이 만일 완전히 믿음을 갖게 된다면, 그리고 완전한 믿음을 갖고 기도를 드린다면, 그때는 눈앞에 가로막힌 산이라도 능히 옆으로 옮길 수 있을 겁니다."

슈호프는 코웃음을 쳤다. 담배를 또 한 대 말아가지고 에스토니아인에게 불을 돌린다.

"잠꼬대 같은 소리 그만 하게. 나는 산을 옮겨놓았다는 얘긴 여태 들어본 일도 없네. 그리고 솔직히 말해서, 자네가 말하는 그 산이라는 걸 나는 아직 본 적이 없어. 자네 고향인 카프카즈의 산중에서, 침례교 신자들이 모여 기도를 드려가지고 조그만 산 하나나마 옮겨놓은 적이 있나?"

그들은 가엾은 인간들이다. 다만 하느님께 기도를 드렸다는 이유만으로, 아무에게도 해되는 짓을 한 일이 없는데, 일률적으로 25년을 선고받은 것이었다. 요즘은 걸려들기만 하면 무조건 25년이기 때문이다.

"하느님께 우린 그런 기도를 드린 적은 없습니다."

알료샤는 성경책을 들고 바싹 다가와서 똑바로 슈호프의 얼굴을 바라보며 열띤 어조로 말했다.

"하느님께선 이 속세의 모든 것 중에서, 다만 그날그날의 양식만을 구하라고 말씀하셨습니다. '우리에게 일용할 양식을 주시옵소서……'라고 말이죠."

"말하자면 한 조각의 빵 말인가?"

슈호프는 물었다.

"이반 데니소비치! 식량 소포가 오게 해달라든가, 국을 한 그릇 더 먹을 수 있게 해달라든가, 라는 것으로 기도를 드려서는 안 됩니다. 우리 인간이 귀중하게 여기고 있는 것은, 하느님 앞에선 모두가 하잘것없고 추악한 것입니다. 물질적인 것이 아닌 정신적인 문제, 즉 우리의 영혼에 끼어 있는 때를 씻어주기를 기원해야 합니다……"

"내 얘기를 좀 들어보게. 우리 고향 폴로므냐 교회의 신부는……"

"당신네 신부 얘긴 여기서 할 필요가 없어요!"

알료샤는 아픈 곳을 찔린 것처럼 이맛살을 찌푸리며 애원하듯 소리쳤다.

"아니, 그러지 말고 들어보라니까!"

슈호프는 팔꿈치를 세우고 비스듬히 몸을 일으켰다.

"우리 폴로므냐 교구에서는 그 신부만큼 돈이 많은 사람은 하나도 없었네. 그래서 지붕 일을 해주는 데도 다른 사람한테서는 하루 35루블씩 받는다면 그 사람한테서는 100루블이나 받아냈지. 저쪽에서도 군소리 없이 달라는 대로 척척 내준단 말일세. 폴로므냐의 신부가 생활비를 대주는 여자만도 셋이나 있었는데, 네 번째 여자는 아주 자기 집에 데려다가 함께 살고 있었네. 주(州)의 주교도 그 신부한테는 꼼짝 못하거든. 그도 그럴 것이 그 신부한테 많은 뇌물을 받고 있는 처지니까 말이야. 다른 신부가 배치되어 와도 며칠이 못 가서 그 신부한테 쫓겨나고 말지. 아무에게도 나눠주지 않고 고스란히 혼자서만 먹겠다는 거야……"

"뭣 때문에 나한테 신부 얘길 하는 겁니까! 러시아 정교회는 성경에서 이탈한 교회예요. 그들이 투옥되지 않고 편안히 지내고 있다는 건, 곧 그들의 믿음이 부족하다는 증겁니다."

"이거 봐, 알료샤."

슈호프는 알료샤의 손을 옆으로 밀어내고, 그 얼굴에 담배 연기를 내뿜으면 말했다.

"나도 하느님을 부정하지는 않아, 오히려 믿고 싶을 지경이야. 하지만 천당이니 지옥이니 하는 것만은 아무래도 믿을 수가 없어. 바보가 아닌 다음에야 누가 그런 소릴 곧이듣겠나? 어째서 자네들은 우리한테 천당이니 지옥이니 하는 걸 약속하느냔 말이다. 난 그게 마음에 들지 않는단 말일세."

슈호프는 다시 자리에 반듯이 누웠다. 아래층 중령의 물건에 불똥이 떨어지지 않도록 창문과 침상 사이에 조심스레 담뱃재를 턴다. 그러고는 생각에 잠긴다. 알료샤가 뭐라고 열심히 지껄이는 소리도 이제는 귀에 들어오지 않는다.

"어쨌든" 하고 그는 결론을 내리듯 다시 입을 열었다.

"아무리 기도를 드려봐야 형기가 줄어들 리는 없지 않나! 형기가 끝나는 날까지 죄수살이를 할 수밖에 없는 거야."

"아니, 그런 걸 바라고 기도를 드려서는 안 됩니다!"

알료샤는 펄쩍 뛰었다.

"자유의 몸이 된다고 해서 당신한테 이로울 건 뭡니까? 만일 자유의 몸이 된다면 당신의 그 마지막 남은 믿음이나마 몹쓸 잡

초들 사이에 끼어서 말라버리고 말 겁니다! 이런 데 갇혀 있는 것을 오히려 다행으로 여기십시오! 그래도 여기서는 자기 영혼에 대해 생각할 시간이 있으니까요! '어째서 너희는 눈물을 흘려 내 마음을 슬프게 하느냐? 주 예수의 이름을 위해서라면 감옥살이는 말할 것도 없고 죽음까지도 기꺼이 받아들이리라'고 하신 사도 바울의 말씀을 우린 명심해야 합니다!"

슈호프는 말없이 천장을 바라보았다. 그는, 자기가 과연 자유를 바라고 있는지 없는지 이제는 그것조차 알 수 없게 되었다. 처음에는 애타게 자유를 갈망했다. 저녁마다 앞으로 남은 형기를 손꼽아 세어보곤 했던 것이다.

그러나 얼마 후엔 그것도 싫증이 났다. 그리고 또 얼마 후엔, 형기가 끝나더라도 집에는 돌아갈 수 없고 다시 유형지(시베리아 및 중앙아시아 등의 변방)로 쫓겨가야 한다는 것을 알게 되었다. 유형지에서의 생활이 과연 여기보다 나을지 어떨지, 그것도 그에게는 분명치 않다.

슈호프가 자유를 갈망한 것은, 다만 집으로 돌아가고 싶다는 한 가지 희망 때문이였다.

그러나 지금은 형기가 끝나도 집으로 돌려보낼 것 같지가 않다……

알료샤는 거짓말을 할 줄 모른다. 그의 음성이, 그의 눈이 그가 진심으로 감옥살이를 기쁘게 생각하고 있음을 증명해주고 있었다.

"알료샤."

슈호프는 변명 비슷하게 말했다.

"자네는 감옥살이를 한다 해도 억울할 건 없을 거야. 자넨 그리스도의 명령에 따라, 그리스도의 이름을 위해 감옥에 들어온 사람이니까. 하지만 나는 무엇 때문에 들어왔을까? 41년(독 · 소 전쟁이 일어난 해)에 우리 나라가 무방비 상태에 있었기 때문일까? 그렇지만 그것이 나와 무슨 상관이 있느냔 말야?"

"두 번째 점호는 없을 모양이군……"

키르가스가 자기 침상에서 중얼거렸다.

"그럴 것 같군!"

슈호프가 말을 받았다.

"굴뚝 속에다 숯 덩어리로 써놔야겠어, 두 번째 점호는 없다고."

하품을 하고 나서 중얼거렸다.

"아마 잠이 들어버렸나 보지."

그러나 바로 그 순간, 바깥쪽 문고리를 벗기는 소리가 조용한 막사 안에 들려왔다. 방한화를 건조대에 가지고 갔던 죄수 두 명이 복도로 달려들어오며 소리쳤다.

"두 번째 점호다!"

뒤이어 간수가 외치는 소리도 들린다.

"건너편 방으로 집하압!"

벌써 잠이 들어버린 패들도 있었다. 투덜거리며 자리에서 일어나 방한화를 신는다(솜바지를 벗은 사람은 하나도 없었다. 담요 한 장만으로는 다리가 시려 잠을 잘 수 없기 때문이다).

"쳇, 제기랄!"

슈호프는 씹어 뱉듯 말했다. 그러나 아직 잠이 들었던 것도 아니니 너무 화를 낼 것까지는 없다.

체자리가 위층으로 손을 올려 밀었다. 비스킷 두 개와 사탕 두 덩어리, 그리고 소시지 한 개가 쥐어져 있다.

"고맙습니다, 체자리 마르코비치!"

슈호프는 통로 쪽으로 몸을 구부리고 말했다.

"자, 당신의 자루를 이리 올려 보내세요. 내 베개 밑에 넣어 두면 안전하니까." (위층에 놓아두면 지나는 길에 슬쩍 집어가려 해도 그리 쉽지는 않을 것이다. 더욱이 슈호프 따위 가난뱅이의 침대에 눈독을 들일 놈이 어디 있으랴?)

체자리는 주둥이를 잡아맨 흰 자루를 슈호프에게 넘겨주었다. 슈호프는 그것을 매트리스 밑에 넣었다. 그리고 나서도 마루 위에 맨발로 서는 시간을 조금이라도 단축할 셈으로, 재촉이 심해질 때까지 그냥 침상에 앉아 있었다.

간수가 호통을 친다.

"야, 거기 구석에 있는 놈!"

슈호프는 얼른 밑으로 뛰어내렸다. 발에는 아무것도 걸친 게 없다(방한화와 발싸개가 난로 바로 위에 걸려 있었기 때문에 풀어 내리기가 아까웠던 것이다!). 남에게는 슬리퍼를 여러 켤레 만들어준 슈호프였지만, 자신의 것은 가지고 있지 않았다. 게다가 그다지 시간이 걸리는 것도 아니고, 맨발로 실내 점호를 받는 것쯤은 이미 익숙해져 있었기 때문이다. 그리고 낮에는 슬리퍼를 신고 다닐 수 없게 되어 있다.

방한화를 건조대에 보낸 반원들도 실내 점호라면 그다지 걱정하지 않는다. 슬리퍼를 신거나 발싸개를 감거나, 아니면 그냥 맨발로 나온다.

"야, 빨리 해!"

간수가 소리친다.

"막사 밖으로 나가고 싶으냐, 굼벵이 같은 놈들아!"

막사장은 한술 더 뜬다.

전원이 건너편 방으로 들어갔다. 뒤늦은 몇 명만이 복도 벽 밑, 똥통 옆에 서 있어야 했다. 슈호프도 그들 사이에 끼어든다. 발 밑이 질퍽질퍽하고, 현관문 쪽에서는 얼음 같은 찬바람이 불어온다.

죄수들을 죄다 몰아낸 다음, 간수와 막사장은 또 한번 방 안을 살피고 돌아간다. 혹시 남아 있는 놈은 없는가, 어두컴컴한 구석에서 그냥 자고 있는 놈은 없는가를 살피는 것이다. 인원수가 모자라서 다시 세어야 한다면 곤란하다. 하루 저녁에 세 번이나 점호를 되풀이하다가는 잠잘 새가 없다.

한 바퀴 둘러보고 나서 출입구로 돌아온다.

"하나, 둘, 셋 넷……"

이번에는 한 사람씩 방으로 들여보낸다. 슈호프는 열여덟 번째에 끼어들었다. 맨발로 곧장 침상에 달려와서, 한쪽 발로 발판을 짚고 훌쩍 위층으로 뛰어올랐다.

이젠 살았구나! 솜옷 속에 다시 발을 쑤셔 넣는다. 담요를 덮고 그 위에 작업복을 덮는다. 이젠 이대로 잠들 수 있다! 이번에는 건너편 방의 죄수들이 전원 이쪽으로 들어올 차례다. 그까짓 건 우리가 알 바가 아니다.

체자리가 돌아왔다. 슈호프는 그에게 자루를 도로 내준다.

알료샤도 돌아왔다. 착하다 할까 어수룩하다 할까, 누구에게나 친절을 베풀어주면서도 자기 자신은 아무런 벌이도 할 줄 모른다.

"이거 받게, 알료샤!"

비스킷을 한 개 그에게 내준다.

알료샤는 벙긋 웃는다.

"고맙습니다! 하지만 당신이 먹을 것은 있습니까?"

"어서 먹게!"

우리야 없으면 또 벌면 되니까 염려할 건 없다.

그리고 자기는 소시지를 한 조각 입에 던져 넣는다. 어금니로 지그시 눌러본다. 자근자근 씹어본다. 향긋한 고기 냄새! 달콤한 고기즙이 혀끝을 녹인다. 아, 목구멍으로 넘어간다. 뱃속으로 미끄러져 들어간다.

벌써 '이상, 끝'이로구나.

나머지는 내일 아침 작업장에 가기 전에 먹기로 하자.

그는 때묻은 얄팍한 담요를 머리서부터 뒤집어썼다. 침상 사이의 통로는 점호를 기다리는 건너편 방의 죄수들로 가득 찼다. 그러나 그리로는 귀를 기울이지도 않았다.

슈호프는 더없이 만족한 기분으로 잠을 청했다. 오늘 하루 동안 그에게는 좋은 일이 많이 있었다. 재수가 썩 좋은 하루였다. 영창에도 들어가지 않았고, '사회주의 단지'로 추방되지도 않았다. 점심때는 죽그릇 수를 속여 두 그릇이나 얻어먹었다. 작업량 사정도 반장이 적당히 해결한 모양이다. 오후에는 신바람나게 벽돌을 쌓아올렸다. 줄칼 토막도 무사히 가지고 들어왔다. 저녁에는 체자리 대신 순번을 기다려주고 많은 벌이를 했다. 담배도 사왔다. 병에 걸린 줄만 알았던 몸도 거뜬하게 풀렸다.

이렇게 하루가, 우울하고 불쾌한 일이라고는 하나도 없는, 거의 행복하기까지 한 하루가 지나갔다.

이런 날들이 그의 형기가 시작되는 날부터 끝나는 날까지 만 10년이나, 3653일이나 계속되었다.

사흘이 더해진 것은 그사이에 윤년이 끼었기 때문이다.

작품 해설

러시아 저항 문학 최후의 기수로서 옛 소련의 '학대받는 사람들', 불운의 문학인들의 상징적 존재가 되었던 솔제니친은 온 세계의 양심적 지식인들의 뜨거운 지지와 공감을 등에 업고 1970년도 노벨문학상 수상작가로 지명되었다.

이로써 전후 소련 문단은 보리스 파스테르나크(1958), 미하일 숄로호프(1968)에 뒤이어 세 번째 노벨문학상을 획득하기에 이르렀다.

소련 작가에게 노벨문학상이 수여될 때마다 그 작품의 문학적·예술적인 가치와는 상관없이 언제나 세계적으로 떠들썩한 논란이 일어나는 것이 통례처럼 되어왔다. 파스테르나크의 경우에는 수상작인 《의사 지바고》가 소련 내에서 출판이 금지된 반공·반소적 작품이라는 점에서 소련 당국의 노여움과 불만을 사 작가로 하여금 수상을 거부하지 않을 수 없게 한 데 원인이 있었지만, 숄로호프의 경우에는, 수상작인 《고요한 돈 강(江)》이 20여 년 전의 작품이라는 점, 수상 결정이 강대국의 비위를 맞추려는 정치적 배려의 인상이 짙다는 점 등 때문에 서방 측

지식인들의 빈축을 샀던 것이다.

그러나 솔제니친에 대한 노벨문학상 수여는 적어도 '정치적 배려' 운운하는 불명예만은 깨끗이 씻은 셈이다. 왜냐하면 솔제니친이야말로 소련 집권층이 파스테르나크보다 몇 배나 더 미워하고 기피하는 작가이기 때문이다.

솔제니친은 1962년 그의 처녀작이며 대표작이기도 한 《이반 데니소비치의 하루》를 발표함으로써 국내외적으로 높은 문학적 명성을 획득했으며 세계 문학의 기대와 격려를 받아왔다. 그의 작품의 기조가 되고 있는 날카로운 비판 정신과 그것이 서방 세계에서 불러일으킨 놀라운 반향에 질겁을 한 소련 당국은 그를 작가동맹에서 추방했으며(1968) 온갖 형태의 탄압을 가함으로써 그를 묵살해버리려고 시도했다.

그러나 그는 결코 굴하지 않았다. 그는 여전히 작품 활동을 계속하여 《암병동》(1968), 《연옥 1번지(제1원)》(1968) 등 걸작을 완성했고, 소련 국내에서의 출판이 불가능해지자 용감하게도 원고를 국외로 '밀송'하여 서방 세계에서 출판케 했다. 그러면서도 그는 다른 몇몇 소련 작가처럼 국외로의 망명 같은 건 생각지도 않았다. 조국과 동포를 버린 작가란 이미 그 생명이 끝난 것임을 그는 너무도 잘 알고 있기 때문이다.

세계의 여론이 두려워 감히 그의 생명을 위협할 수는 없었던 소련 당국은 차라리 솔제니친의 국외 망명을 은근히 바라고 있었을지도 모른다. 실제로 망명을 바라고 있었다는 증거는 얼마든지 있다. 하지만 그는 과거 러시아 문학의 위대한 저항작가들이 모두 그러했듯이 끝까지 자기의 불행한 동포와 더불어 고난을 함께하기로 한 것이다.

솔제니친(알렉산드르 이사예비치)은 1918년 남부 러시아 코카서스 지방에서 한 교사의 아들로 출생했다. 로스토프대학 물리·수학과를 졸업한 후 1941년 독소 전쟁 발발과 함께 군대에 자원 입대, 포병 중대장으로서 전선에서 활약했으며, 종군 중에는 두 번이나 훈장을 수여받았다.

1945년 2월, 그 자신의 표현을 빌린다면 '스탈린에 대한 불손한 언사' 때문에, 8년형을 언도받고 북극 지방과 중앙아시아의 강제 노동 수용소에서 징역살이를 했으나, 형기 만료 후에도 집에 돌아오지 못하고 카자흐스탄의 유형지에서 계속 억류 생활을 했다.

1956년 흐루시초프의 이른바 '반(反)스탈린 운동'의 혜택을 받아 그는 석방되었고, 다시 1년 후에는 '범죄 사실 없음'이라는 판정을 받고 시민으로서의 명예가 회복되었다.

1962년 소련의 '자유파' 문예지 《노비미르(신세계)》에 《이반 데니소비치의 하루》를 발표하여 작가적 명성을 획득할 때까지, 중부 러시아 랴잔 시에서 고등학교 물리·수학 교사로 생계를 유지했으나, 그 후 교사직에서 물러나 본격적인 작품 활동에 몰두하기 시작하여 몇 편의 중·단편을 계속 집필하고 1967년에는 소련 정부에 작품 검열 철폐를 요구하는 공개 서한을 발표한다.

1968년 병든 소련 사회를 통렬히 비판한 두 편의 장편 소설

《암병동》, 《연옥 1번지》를 국외에서 출판, "현대의 도스토예프스키"라는 최고의 명성을 얻기에 이르렀다.

1969년에는 마침내 소련작가동맹에서 추방되었다. 작가동맹에서의 추방이란 작가로서의 권리, 즉 작품 활동과 작품 발표라는 기본적 권리의 말살을 의미한다.

어쩌면 뒤늦게 그에게 노벨문학상을 수여한 데는 불우한 처지에 있는 이 세계적 작가를 격려하고 고무함으로써 소련 내에서의 그의 입지를 강화시켜주려는 의도가 작용했는지도 모를 일이다.

그럼에도 솔제니친은 1973년 파리에서 《수용소 군도》가 출판된 후 반역죄로 법정에 섰고, 1974년 국외로 추방되었다가 1994년 소련이 붕괴되고 나서야 20여 년간의 망명 생활을 마치고 러시아로 돌아갈 수 있었다.

《이반 데니소비치의 하루》는 한마디로 말해서, 현대 러시아의 비극이며 공산주의 소련의 치부인 강제 노동 수용소 생활을 배경으로 한 인간 존중의 절규라고 할 수 있다.

일찍이 도스토예프스키도 《죽음의 집의 기록》에서 피력한 바 있지만, 솔제니친의 이 외침은 더욱 처절하고 더욱 큰 호소력을 지니고 있다.

여기 묘사되고 있는 스탈린 시대 수용소의 현실은 눈뜨고는 차마 볼 수 없을 만큼 비참한 것이다. 그러나 작가 솔제니친은 이 가공할 현실을 묘사하는 데 어디까지나 냉정하고 침착한 태도를 취하고 있다. 때로는 가벼운 유머까지 섞어가며 담담한 필치로 이야기를 전개시킨다.

특히 등장 인물의 성격을 묘사하는 놀랄 만한 정확성, 간결하고도 박력 있는 문체, 작품 전체의 밑바닥을 흐르는 강인한 저항 정신, 바로 이러한 것들이 이 작품에 높은 문학적 예술성을 부여하여 독자를 완전히 휘어잡는다. 또한 이러한 점이 그에게 노벨문학상이라는 영예를 안겨준 것이다.

"작가와 독자를 연결하는 길은 오직 하나, 소설이 있을 뿐이다"라고 솔제니친은 말했다. 따라서 작가나 작품에 대한 더 이상의 해설은 《이반 데니소비치의 하루》를 직접 읽은 독자에겐 사족에 불과할 것이다.

옮긴이

옮긴이 **이동현**

한국외국어대학교 러시아어과 교수를 역임했으며 한국번역문학상을 수상했다. 역서로 푸시킨의《대위의 딸》, 고골리의《검찰관》,《외투》,《코》, 도스토옙스키의《지하생활자의 수기》,《카라마조프가의 형제들》,《백치》,《죄와 벌》, 톨스토이의《크로이처 소나타》,《결혼의 행복》, 파스테르나크의《의사 지바고》등이 있다.

이반 데니소비치의 하루

1판 1쇄 발행 1970년 10월 17일
4판 1쇄 발행 2024년 11월 15일

지은이 알렉산드르 솔제니친 | **옮긴이** 이동현
펴낸곳 (주)문예출판사 | **펴낸이** 전준배
출판등록 2004. 02. 11. 제 2013-000357호 (1966. 12. 2. 제 1-134호)
주 소 04001 서울시 마포구 월드컵북로 21
전화 02-393-5681 | **팩스** 02-393-5685
홈페이지 www.moonye.com | **블로그** blog.naver.com/imoonye
페이스북 www.facebook.com/moonyepublishing | **이메일** info@moonye.com

ISBN 978-89-310-2409-8 04800
ISBN 978-89-310-2365-7 (세트)

• 잘못 만든 책은 구입하신 서점에서 바꿔드립니다.

문예출판사® 상표등록 제 40-0833187호, 제 41-0200044호

■ 문예세계문학선

★ 서울대, 연세대, 고려대 필독 권장 도서 ▲ 미국대학위원회 추천 도서
● 《타임》 선정 현대 100대 영문 소설 ▽ 《뉴스위크》 선정 세계 100대 명저

1 **젊은 베르테르의 슬픔** 괴테 / 송영택 옮김
▲▽ 2 **멋진 신세계** 올더스 헉슬리 / 이덕형 옮김
▲●▽ 3 **호밀밭의 파수꾼** J. D. 샐린저 / 이덕형 옮김
4 **데미안** 헤르만 헤세 / 구기성 옮김
5 **생의 한가운데** 루이제 린저 / 전혜린 옮김
6 **대지** 펄 S. 벅 / 안정효 옮김
●▽ 7 **1984** 조지 오웰 / 김승욱 옮김
▲●▽ 8 **위대한 개츠비** F. 스콧 피츠제럴드 / 송무 옮김
▲●▽ 9 **파리대왕** 윌리엄 골딩 / 이덕형 옮김
10 **삼십세** 잉게보르크 바흐만 / 차경아 옮김
★▲ 11 **오이디푸스왕 · 안티고네** 소포클레스 · 아이스킬로스 / 천병희 옮김
★▲ 12 **주홍글씨** 너새니얼 호손 / 조승국 옮김
▲●▽ 13 **동물농장** 조지 오웰 / 김승욱 옮김
★ 14 **마음** 나쓰메 소세키 / 오유리 옮김
★ 15 **아Q정전 · 광인일기** 루쉰 / 정석원 옮김
16 **개선문** 레마르크 / 송영택 옮김
★ 17 **구토** 장 폴 사르트르 / 방곤 옮김
18 **노인과 바다** 어니스트 헤밍웨이 / 이경식 옮김
19 **좁은 문** 앙드레 지드 / 오현우 옮김
★▲ 20 **변신 · 시골 의사** 프란츠 카프카 / 이덕형 옮김
★▲ 21 **이방인** 알베르 카뮈 / 이휘영 옮김
22 **지하생활자의 수기** 도스토옙스키 / 이동현 옮김
★ 23 **설국** 가와바타 야스나리 / 장경룡 옮김
★▲ 24 **이반 데니소비치의 하루** A. 솔제니친 / 이동현 옮김
25 **더블린 사람들** 제임스 조이스 / 김병철 옮김
★ 26 **여자의 일생** 기 드 모파상 / 신인영 옮김
27 **달과 6펜스** 서머싯 몸 / 안흥규 옮김
28 **지옥** 앙리 바르뷔스 / 오현우 옮김
★▲ 29 **젊은 예술가의 초상** 제임스 조이스 / 여석기 옮김
▲ 30 **검은 고양이** 애드거 앨런 포 / 김기철 옮김
★ 31 **도련님** 나쓰메 소세키 / 오유리 옮김
32 **우리 시대의 아이** 외된 폰 호르바트 / 조경수 옮김
33 **잃어버린 지평선** 제임스 힐턴 / 이경식 옮김
34 **지상의 양식** 앙드레 지드 / 김붕구 옮김
35 **체호프 단편선** 안톤 체호프 / 김학수 옮김
36 **인간 실격** 다자이 오사무 / 오유리 옮김
37 **위기의 여자** 시몬 드 보부아르 / 손장순 옮김
●▽ 38 **댈러웨이 부인** 버지니아 울프 / 나영균 옮김
39 **인간희극** 윌리엄 사로얀 / 안정효 옮김
40 **오 헨리 단편선** O. 헨리 / 이성호 옮김
★ 41 **말테의 수기** R. M. 릴케 / 박환덕 옮김
42 **파비안** 에리히 케스트너 / 전혜린 옮김
★▲▽ 43 **햄릿** 윌리엄 셰익스피어 / 여석기 옮김
44 **바라바** 페르 라게르크비스트 / 한영환 옮김
45 **토니오 크뢰거** 토마스 만 / 강두식 옮김
46 **첫사랑** 이반 투르게네프 / 김학수 옮김
47 **제3의 사나이** 그레이엄 그린 / 안흥규 옮김
★▲▽ 48 **어둠의 속** 조셉 콘래드 / 이덕형 옮김
49 **싯다르타** 헤르만 헤세 / 차경아 옮김
50 **모파상 단편선** 기 드 모파상 / 김동현 · 김사행 옮김
51 **찰스 램 수필선** 찰스 램 / 김기철 옮김
★▲▽ 52 **보바리 부인** 귀스타브 플로베르 / 민희식 옮김
53 **페터 카멘친트** 헤르만 헤세 / 박종서 옮김
★ 54 **몽테뉴 수상록** 몽테뉴 / 손우성 옮김
55 **알퐁스 도데 단편선** 알퐁스 도데 / 김사행 옮김
56 **베이컨 수필집** 프랜시스 베이컨 / 김길중 옮김
★▲ 57 **인형의 집** 헨리크 입센 / 안동민 옮김
★ 58 **소송** 프란츠 카프카 / 김현성 옮김
★▲ 59 **테스** 토마스 하디 / 이종구 옮김
★▽ 60 **리어왕** 윌리엄 셰익스피어 / 이종구 옮김
61 **라쇼몽** 아쿠타가와 류노스케 / 김영식 옮김
▲▽ 62 **프랑켄슈타인** 메리 셸리 / 임종기 옮김
▲●▽ 63 **등대로** 버지니아 울프 / 이숙자 옮김
64 **명상록** 마르쿠스 아우렐리우스 / 이덕형 옮김
65 **가든 파티** 캐서린 맨스필드 / 이덕형 옮김
66 **투명인간** H. G. 웰스 / 임종기 옮김
67 **게르트루트** 헤르만 헤세 / 송영택 옮김
68 **피가로의 결혼** 보마르셰 / 민희식 옮김

(뒷면 계속)

★ 69 **팡세** 블레즈 파스칼 / 하동훈 옮김
70 **한국 단편 소설선** 김동인 외
71 **지킬 박사와 하이드** 로버트 L. 스티븐슨 / 김세미 옮김
▲ 72 **밤으로의 긴 여로** 유진 오닐 / 박윤정 옮김
★▲▽ 73 **허클베리 핀의 모험** 마크 트웨인 / 이덕형 옮김
74 **이선 프롬** 이디스 워튼 / 손영미 옮김
75 **크리스마스 캐럴** 찰스 디킨슨 / 김세미 옮김
★▲ 76 **파우스트** 요한 볼프강 폰 괴테 / 정경석 옮김
▲ 77 **야성의 부름** 잭 런던 / 임종기 옮김
★▲ 78 **고도를 기다리며** 사뮈엘 베케트 / 홍복유 옮김
★▲▽ 79 **걸리버 여행기** 조너선 스위프트 / 박용수 옮김
80 **톰 소여의 모험** 마크 트웨인 / 이덕형 옮김
★▲▽ 81 **오만과 편견** 제인 오스틴 / 박용수 옮김
★▽ 82 **오셀로 · 템페스트** 윌리엄 셰익스피어 / 오화섭 옮김
★ 83 **맥베스** 윌리엄 셰익스피어 / 이종구 옮김
▽ 84 **순수의 시대** 이디스 워튼 / 이미선 옮김
★ 85 **차라투스트라는 이렇게 말했다** 니체 / 황문수 옮김
★ 86 **그리스 로마 신화** 에디스 해밀턴 / 장왕록 옮김
87 **모로 박사의 섬** H. G. 웰스 / 한동훈 옮김
88 **유토피아** 토머스 모어 / 김남우 옮김
★▲ 89 **로빈슨 크루소** 대니얼 디포 / 이덕형 옮김
90 **자기만의 방** 버지니아 울프 / 정윤조 옮김
▲ 91 **월든** 헨리 D. 소로 / 이덕형 옮김
92 **나는 고양이로소이다** 나쓰메 소세키 / 김영식 옮김
★ 93 **폭풍의 언덕** 에밀리 브론테 / 이덕형 옮김
★▲ 94 **스완네 쪽으로** 마르셀 프루스트 / 김인환 옮김
★ 95 **이솝 우화** 이솝 / 이덕형 옮김
★ 96 **페스트** 알베르 카뮈 / 이휘영 옮김
▲ 97 **도리언 그레이의 초상** 오스카 와일드 / 임종기 옮김
98 **기러기** 모리 오가이 / 김영식 옮김
★▲ 99 **제인 에어 1** 샬럿 브론테 / 이덕형 옮김
★▲100 **제인 에어 2** 샬럿 브론테 / 이덕형 옮김
101 **방황** 루쉰 / 정석원 옮김
102 **타임머신** H. G. 웰스 / 임종기 옮김
●103 **보이지 않는 인간 1** 랠프 엘리슨 / 송무 옮김
●104 **보이지 않는 인간 2** 랠프 엘리슨 / 송무 옮김
▲105 **훌륭한 군인** 포드 매덕스 포드 / 손영미 옮김
106 **수레바퀴 아래서** 헤르만 헤세 / 송영택 옮김
▲107 **죄와 벌 1** 표도르 도스토옙스키 / 김학수 옮김
▲108 **죄와 벌 2** 표도르 도스토옙스키 / 김학수 옮김
109 **밤의 노예** 미셸 오스트 / 이재형 옮김
110 **바다여 바다여 1** 아이리스 머독 / 안정효 옮김
111 **바다여 바다여 2** 아이리스 머독 / 안정효 옮김
112 **부활 1** 레프 톨스토이 / 김학수 옮김
113 **부활 2** 레프 톨스토이 / 김학수 옮김
▲●114 **그들의 눈은 신을 보고 있었다**
조라 닐 허스턴 / 이미선 옮김
115 **약속** 프리드리히 뒤렌마트 / 차경아 옮김
116 **제니의 초상** 로버트 네이선 / 이덕희 옮김
117 **트로일러스와 크리세이드**
제프리 초서 / 김영남 옮김
118 **사람은 무엇으로 사는가**
레프 톨스토이 / 이순영 옮김
119 **전락** 알베르 카뮈 / 이휘영 옮김
120 **독일인의 사랑** 막스 뮐러 / 차경아 옮김
121 **릴케 단편선** R. M. 릴케 / 송영택 옮김
122 **이반 일리치의 죽음** 레프 톨스토이 / 이순영 옮김
123 **판사와 형리** F. 뒤렌마트 / 차경아 옮김
124 **보트 위의 세 남자** 제롬 K. 제롬 / 김이선 옮김
125 **자전거를 탄 세 남자** 제롬 K. 제롬 / 김이선 옮김
126 **사랑하는 하느님 이야기** R. M. 릴케 / 송영택 옮김
127 **그리스인 조르바** 니코스 카잔차키스 / 이재형 옮김
128 **여자 없는 남자들** 어니스트 헤밍웨이 / 이종인 옮김
129 **사양** 다자이 오사무 / 오유리 옮김
130 **슌킨 이야기** 다니자키 준이치로 / 김영식 옮김
131 **실종자** 프란츠 카프카 / 송경은 옮김
132 **시지프 신화** 알베르 카뮈 / 이가림 옮김
133 **장미의 기적** 장 주네 / 박형섭 옮김
134 **진주** 존 스타인벡 / 김승욱 옮김
135 **황야의 이리** 헤르만 헤세 / 장혜경 옮김